카스
테
라

카스테라

박민규 소설

문학동네

마이클 잭슨에게
교황 요한 바오로 2세에게

그리고 당신에게

차례

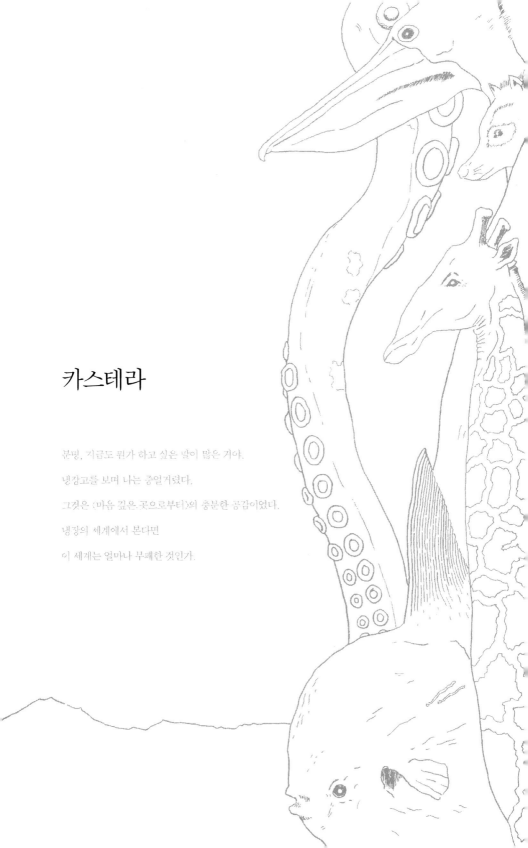

카스테라

분명, 지금도 뭔가 하고 싶은 말이 많은 거야.
냉장고를 보며 나는 중얼거렸다.
그것은 〈마음 깊은 곳으로부터〉의 충분한 공감이었다.
냉장의 세계에서 본다면
이 세계는 얼마나 부패한 것인가.

1

이 냉장고의 전생은 훌리건이었을 것이다.

아마도 그랬을 거라고, 나는 생각한다. 즉 1985년 5월 벨기에의 브뤼셀이다. 리버풀과 유벤투스의 유럽 챔피언스리그 결승전. 흥분한 영국 응원단이 이탈리아 응원석을 향해 돌진한다. 담장이 무너진다. 서른아홉 명이 깔려 죽는다. 이 남자는 그 속에 있었다.

제정신이 들었을 땐 이미 하늘나라였다. 어이가 없군. 당연히, 걷잡을 수 없는 후회가 밀려들었다. 열을 식힐 줄 아는 지혜를 배워야 해. 난 그게 필요해. 그런 그에게 신이 다음과 같은 조언을 했다. 그럼 냉장고 같은 건 어떨까? 과연! 그는 무릎을 쳤다. 그거 보람찬 삶이겠는걸.

그런 이유로, 한때 리버풀을 사랑했던 이 남자는 냉장고로 태어났다. 그리고 굴러 굴러 나의 소유가 되었다. 누가 뭐래도, 나는 그렇게 생각한다.

지금도 가끔, 나는 이 남자와의 첫날밤을 기억하고는 한다.

지극히 고통스러운 밤이었다. 처음엔 시끄럽다고만 여겼는데, 저러다 폭발하는 게 아닐까? 급기야 두려워져 도무지 잠을 잘 수가 없었다. 우웅 우웅. 한 채의 공장이 내뿜을 만한 소음을 한 대의 냉장고가 내뿜고 있는 광경은 - 가관이라면 가관이고 장관이라면 장관이었다. 조심조심 귀를 대보니 마그마와도 같은 것이 그 속을 맹렬히 흐르고 있었다. 나는 당장 코드를 뽑아버렸다. 여섯 개의 맥주캔과 거대한 김치통, 저녁에 먹다 넣어둔 호두아이스크림이 그 속에 들어 있었다. 찌는 듯이 무더운 여름밤이었다.

어떻게 이따위 걸 팔 생각을 했지? 무너진 담장에 깔려 죽은 이탈리아인처럼, 나는 분하고 억울했다. 당장 그 망할 놈의 중고가전상을 찾아가 셔터를 박살내버리고 싶었지만, 당장 해야 할 일은 따로 있었다. 녹기 전에, 호두아이스크림을 먹어치우는 일이었다. 잠을 설친 탓에, 또 호두 냄새가 심한 설사까지 겹쳐 다음날 오후나 되어서야 그 중고가전상을 찾아갈 수 있었다. 굳게 닫힌 셔터 위에는 〈내부수리중〉이란 종이가 붙어 있었다.

방으로 돌아오니 이미 은은한 김치 냄새가 방 안 가득 퍼져 있었다. 될 대로 되라지. 그 시큼한 냄새에 자포자기의 심정이 되어 그만 코드를 꽂아버렸다. 우웅. 훌리건들이 들이닥치는 듯한 맹렬한 소음이, 다시금 건물의 담장을 뒤흔들기 시작했다. 하필, 왜 나에게 이런 일이! 라고 생각하는 순간 - 몹시도 불운했던 나의 전생이 눈앞을 스치는 느낌이었다. 어쩌면 나는, 유벤투스를 응원하다 졸지에 변을 당한 불쌍한 이탈리아인이었을지도 모른다.

2

전생이야 어땠건 간에 - 결국 나는 이 냉장고와 함께 이 년 이상을 살아왔다. 말도 안 된다. 라고 여길지도 모르지만, 어쩔 수 없는 사실이다. 우선은 그 망할 놈의 중고가전상이 정말 망해버린 게 이유였고, 함께 지내다보니 그럭저럭 견딜 만했다는 게 또하나의 이유였다. 게다가 말도 안 되게 튼튼했다. 정말 아무렇지 않았냐구?

정말, 아무렇지 않았다.

오히려 독신인 나로서는 그 굉장한 소음이 있어 외롭지 않을 수 있었다. 라고 말할 수 있을 정도이다. 나는 인간. 결국엔 길들여지게 마련이다. 냉장고와 내가 만난 것은 대학생활을 갓 시작한 일학년 때의 여름이었다. 사상 유례없이 불쾌지수가 높았던 여름으로 기억한다. 집에 불만이 많았던 나는 학교 근처에서 무작정 자취를 시작했고, 그래서 그 좁은 방 안에 냉장고와 TV, 미니오디오와 나 이렇게 넷이 옹기종기 모여 살고 있었다. 그러나 실제로는 나와 냉장고만이 살고 있었단 느낌이다. 냉장고의 소음이 워낙 특출했기 때문이다.

정문에서 300미터 정도 가파른 언덕길에 위치한 이 원룸에는, 그래서 정말이지 아무도 찾아오지 않았다. 마침 방학이었고, 다시 말하지만 사상 유례없이 불쾌지수가 높았던 여름이었다. 언덕이라곤 해도 이렇게 아스팔트가 잘 놓여진 길인데 왜 인간들이 안 오는 거지? 늘 들르던 〈언덕 위 호프〉의 주인은 종종 나와 같은 생각을 푸념 삼아 늘어놓고는 했다. 글쎄, 왜 그럴까요? 굵어진 종아리를 어루만지며 나는 땅콩을 집어먹고는 했다. 불쾌지수가 높은 날도 불쾌지수가 낮은 날도 아무도 찾아오지 않는 여름이었다.

나는 늘 불쾌할 정도로 외로웠다.

즉 그런 연유로 냉장고와 나는 친구가 되었다. 그런 느낌이다. 다시 말하지만, 그 굉장한 소음이 있어 나는 외롭지 않을 수 있었던 것이다. 아무도 찾지 않는 그 〈언덕 위 원룸〉에서, 단 둘이서 말이다. 세상의 여느 친구들처럼 – 냉장고도 알고 보니 좋은 놈이었다. 알고 보면 세상에 나쁜 인간은 없다.

드물게도, 이는 1926년 제너럴일렉트릭이 세계 최초의 현대식 냉장고를 생산해낸 이후, 인간과 냉장고가 친구가 된 최초의 사례였다. 내가 최초라니! 도대체 우리는 냉장고에 대해 얼마나 소홀했었단 말인가. 과연 이 세상에는 냉장고의 존재가치를 제대로 알고 있는 인간이 있기나 한 것일까. 드넓은 세상에서 우리는 늘 인간만이 살고 있다 생각하기 마련이다. 그러나 조금만 더 신경을 기울이면, 바로 자신의 곁에 〈냉장고〉가 있음을 알 수 있다.

냉장고는 인격(人格)이다.

자, 이제 저 소리에 귀를 기울여라. 그리고 느껴보아라. 압축기와 응축기, 증발기와 열 교환기를 순환하는 저 냉장의 흐름, 기적의 사이클링을. 내가 냉장고에게 매료되기 시작한 것은 저 순환의 소리에 서서히 눈을 떠가면서부터였다. 물론 처음부터 그랬단 얘기는 절대 아니다. 나역시 〈냉장의 세계라니? 알게 뭐야〉에 속해 있던, 흔하고 흔한 인간의 한 명에 불과했으니까. 즉 출발은 뭐니뭐니 해도 저 엄청난 소음을 줄여보겠다는 소박한 의지에서 비롯된 것이었다. 돌이켜보면 옹졸한 처사였지만, 나는 제조회사에 전화를 걸어 신속하고 정확한 A/S를 부탁했다. 변명이 아니라, 누구라도 그랬을 것이다.

신속하고 정확할 줄 알았던 A/S는, 그러나 길고 지루하게 한참을 이어졌다. 제상 히터의 점검에서 각종 부품의 교체, 결국은 모세관의 청소까지. 방은 어수선했고, 중복에서 말복 사이의 언제나 찜통 같은 오후였다. 기사는 결국 네 번씩이나 내 방을 방문했고, 매번 수리가 끝날 때마다 늘 다른 얘기를 늘어놓았다. 첫 방문 때는 〈이제 괜찮을 겁니다〉, 두번째는 〈거참 이상하네〉, 세번째는 〈차라리 하나 사시죠〉 네번째는 들릴락 말락 죽어가는 목소리로 〈이 짓도 이제 관둬야겠어〉.

소음은 전혀 줄어들지 않았다.

그럭저럭 2학기가 시작되었으나 절대로 맘이 개운할 리 없었다. 결국, 라디오를 분해해놓고 조립을 못 해 애태우는 소년처럼 - 나는 냉장의 원리, 냉장고의 구조, 냉장고의 수리, 나아가 냉장의 역사를 공부하기 시작했다.

이상한 일이지만 그 냉장의 세계가 의외로 나를 빨아들였다. 말 그대로의 흥미진진. 나는 점점 학교를 빼먹는 일이 잦아졌고, 간혹 빨랫감을 들고 찾아가던 본가에도 어느 순간 발길을 끊은 지 오래였다. 뭐랄까, 〈냉장의 세계라니? 알게 뭐야〉가 지배하는 눈부신 일상의 거리를 활보하다 - 갑자기 맨홀 속으로 떨어진 기분이었다.

어둡고 은밀하고 서늘한 냉장의 세계가, 그 속에 펼쳐져 있었다. 나는 한 줌의 프레온 가스처럼 지하세계의 모세관 속을 온종일 헤매다녔고, 밤이 되면 눈부신 한 줌의 성에가 되어 지하의 벽 어딘가에 들러붙어 얕은 잠을 청하고는 했다. 출구를 발견한 것은 – 올라가서 알게 된 일이지만 – 가을이 거의 끝나갈 무렵이었다. 눈이 부셨다. 그리고

　세상의 풍경은 완전히 달라져 있었다.

3

　그러니까, 일 주일 정도를 꼬박 매달렸다는 기억이다. 꼼꼼한 진단을 마친 후, 가능한 경우의 수를 모두 생각해 수리에 열을 올렸지만 그래도 소음은 줄어들지 않았다. A/S 기사와 마찬가지로 도무지 원인을 짐작할 수 없었다. 절로 〈차라리 하나 사버려?〉라든지 〈이 짓 이제 관둘래〉가 튀어나올 법한 일이었지만, 이미 냉장의 세계를 이해하기 시작한 나는 – A/S기사와는 전혀 다른 각도로 그 문제를 해석하고 있었다. 그것은

　이 냉장고는 강한 발언권(發言權)을 가지고 있다

　라는 것이었다. 그랬다. 훌리건의 전생을 지닌 이 냉장고는 남달리 강한 발언권을 가진 채 태어난 것이다. 어쩌면 이 남자는 유달리 목청

이 크고 괄괄한 성격의 소유자였을 것이다. 리버풀과 유벤투스의 결승전에서 〈받아버려!〉를 외치며 난동을 선도한 인물도 분명 이 친구였겠지. 누가 뭐래도 나는 그렇게 생각했다. 멋지다!

〈받아버려!〉라니.

냉장의 역사는 부패와의 투쟁이었다.

인류는 오래전부터 음식을 차갑게 보관하면 오랫동안 보존할 수 있다는 사실을 알고 있었다. 중국인들은 기원전 천년 무렵부터 이미 지하실과 얼음을 이용한 원시적 냉장기술을 사용하고 있었다. 굳이 따지자면, 인류 최초의 냉장고는 땅 속 ─ 즉 지구였던 셈이다.

14세기의 중국인, 17세기의 이탈리아인들은 소금물이 저장된 용기가 상온보다 차가운 상태를 유지한다는 사실을 알아내었다. 소금물이 증발할 때 주변의 열을 빼앗아가기 때문이었다. 비록 초보적인 수준이지만, 기화열을 이용한 현대의 냉장원리가 인류 역사에 최초로 그 면모를 드러낸 순간이다.

1834년. 영국의 제이콥 퍼킨스가 얼음을 인공적으로 만드는 압축기를 발명, 특허를 얻는 데 성공한다. 퍼킨스는 압축시킨 에테르가 냉각효과를 내면서 증발했다가 다시 응축되는 원리를 이용했는데, 그의 압축기는 훗날 냉장고의 탄생에 결정적인 기여를 한다.

1926년. 미국의 제너럴일렉트릭이 세계 최초의 밀폐형 냉장고를 생산해낸다. 이후 끊임없는 개선을 통한 현대식 냉장고의 역사가 시작된다. 1939년에는 냉장실과 냉동실이 구분된 오늘날의 가정용 냉장고가 탄생했고, 이 획기적인 형태의 냉장고는 크라랜스 버즈아이가 처리과정을 개발해 만든 수많은 냉동식품들과 더불어, 환상적인 냉장시대를 열어간다.

냉장고의 보급은 인류의 삶을 크게 바꾸어놓았다. 가장 획기적인 성과 중 한 가지는 식중독, 암 등 질병의 발생률을 대폭 낮춘 것이다. 신선한 야채를 항상 먹을 수 있는 점과 소금에 절이지 않은 생선의 섭취, 그리고 변질되지 않은 식품을 먹음으로써 현대의 인류가 건강한 생활을 누리는 데 커다란 공헌을 한 것이다. 냉장고를 통해, 비로소 인류는 부패와의 투쟁에서 승리한다. 환상적인 승리였다. 따라서 20세기를 냉전의 시대로 보는 시각에 나는 동의하지 않는다. 20세기의 인류가 거둔 가장 큰 성과는 다른 무엇보다 이 환상적인 냉장술이었다. 그렇다. 20세기는 환상적인 냉장의 시대였다.

저명한 냉동학자 테오도르 앵글은 자신의 저서 〈환상적인 냉장시대〉에서 위와 같이 저술하고 있다. 그랬다. 알고 보니 나는 〈환상적인〉 냉장의 시대를 살고 있었다.

과연!

때문에 나는 마음 깊은 곳으로부터 이 남자의 〈강한〉 발언권을 인정하기 시작했다. 물론 진심이었다. 저 정도라면, 확실히 나보다는 큰소리 칠 만한 입장이었던 것이다.

분명, 지금도 뭔가 하고 싶은 말이 많은 거야.

냉장고를 보며 나는 중얼거렸다.

그것은 〈마음 깊은 곳으로부터〉의 충분한 공감이었다.

냉장의 세계에서 본다면

이 세계는 얼마나 부패한 것인가.

4

그러니까, 이 세상은 각자가 〈냉장고〉를 어떻게 사용하느냐에 달려있는 게 아닐까. 〈언덕 위 호프〉의 주인은 그런 얘기를 했다.

언제였냐 하면, 냉장고의 사용법에 크나큰 전환의 계기가 찾아든 무렵이다. 그것은 지극히 자연스러운 일이었다. 즉 올 것이 왔다, 란 느낌. 그러니까. 어느 날 냉장고의 문을 열었는데 그 속에 여전한 풍경이 펼쳐져 있었다. 두 개의 맥주캔과 김치통, 입을 쩍 벌리고 있는 1.5리터짜리 우유팩과 한 줄의 계란. 입을 허 벌린 채 나는 생각했다.

환장할 노릇이군.

그것은 모든 인류에게 부끄러운 풍경이었다. 이 환상적인 냉장시대에 겨우 이따위로 냉장고를 사용해왔다니. 과연 이 정도로 몰지각한 인간이었나? 나는 자성(自省)했고, 두 개의 맥주캔과 김치통과 우유팩과 계란들을 모두 끄집어냈고, 냉장고의 내부를 윤이 나도록 청소했고, 이제 앞으로는 뭔가 근사한 용도로 냉장고를 사용하리라는 굳은 각오를 다져나갔다. 그게 인류에 대한 도리야. 변질된 우유를 싱크대에 버리며 나는 생각했다.

그러나 훌륭했던 각오와는 달리, 막상 그 용도에 대해선 뾰족한 생각이 떠오르질 않았다. 고민은 날이 갈수록 깊어갔지만 ─ 뭐야, 사지선다형이 아니잖아. 친구들은 그런 식으로 나의 고민 자체를 부정했고 ─ 자식, 보기보다 태평한 성격이네. 선배들은 태평한 얼굴로 그런 대답들을 늘어놓았으며 ─ 싫어, 재밌는 얘기나 해줘. 재미가 없다는 이유로 여자애들은 괜한 짜증을 부렸다. 입을 허 벌린 채 나는 생각했다.

환장할 노릇이군.

그러나 결코 수확이 없던 것만은 아니었다. 앞서 말했듯 나는 〈언덕 위 호프〉의 주인으로부터 〈글쎄다. 너 나이 때는 일단 뭐든지 다 담아 보는 것도 방법은 방법이지〉란 조언을 들었고, 주인집 아주머니로부터 〈정말 소중한 것들을 보관하면 어떨까. 냉장상태라면 더 오래오래 간직되지 않을까?〉란 교훈을 들었으며, 도서관의 젊은 사서에게서 〈인류를 위한다면 세상의 해악(害惡)을 가두는 게 우선 아닐까? 이를테면 미국 같은 것 말이지〉란 충고를 들었고, 단골 레코드 가게의 주인으로부터 ― 작은 메모지 한 장을 건네받았다. 글쎄, 혹시 도움이 될까 싶어서. 그가 건네준 종이 위에는 깨알 같은 글씨로 다음과 같은 메모가 적혀 있었다.

코끼리를 냉장고에 넣는 법

1. 문을 연다.

2. 코끼리를 넣는다.

3. 문을 닫는다.

〈많은 도움이 되겠군요〉라고, 나는 대답했다.

결국 그래서 – 나는 소중한 것이나 해악이 될 만한 것, 행여 그것이 미국이나 코끼리 같은 것이라고 해도 무작정 냉장고에 넣어버리기로 마음을 굳혔다. 그 정도면 〈일단 뭐든지 다 담아보는 것〉의 범주에도 포함이 되지 않겠나, 란 생각이었다.

첫 수납은 조나단 스위프트의 〈걸리버 여행기〉였다. 말 그대로 걸작이란 생각이 들어서였고, 냉장고도 그 결정에 큰 불만이 없어 보였다. 달에 첫발을 내려놓는 암스트롱처럼 – 나는 냉장실의 정중앙에 조심스레 한 권의 책을 내려놓았다. 걱정 마, 다 잘될 거야. 불안한 표정으로 낯선 세계를 두리번대는 걸리버를 안심시킨 후, 나는 조심스레 냉장고의 문을 닫아주었다. 성공이다. 이제 걸리버는 인류를 위해 오래오래 냉장 보관될 것이다.

그것이 시작이었다. 그후 나는 때로는 부지런하게, 때로는 되는대로 인류의 걸작들을 읽고, 판단하고, 엄선하여 냉장고 속에 차곡차곡 쌓아갔다. 거의 대부분이 책이었고 이 또한 명작인 두 편인가 세 편인가의 영화가 책들 사이에 끼어 있었다.

하루는 낮잠을 푹 자고 난 후 청명한 의식으로 방 안을 둘러보는데, 〈환상적인〉 소음을 내고 있는 냉장고가 역시나 눈에 들어왔다. 인류의 명작은 쌓여가고 냉장고는 힘차게 돌아간다 – 순간 뭔가 제대로 되어간단 느낌이 강하게 드는 것이었다. 말 그대로 환상의 냉장이다.

5

그래서 그 무렵의 일요일인데, 아버지가 찾아왔다. 오랜만이구나. 네. 요즘 왜 집에 들르지 않는 거냐? 할 일이 좀 있어서요. 그래, 나도 오늘은 할 얘기가 좀 있단다. 갑자기 찾아와서는 무척이나 답답한 얘기들을 주절주절 잘도 늘어놓았다. 그러니까 사실은 빚을 많이 지셨다 이 말씀인가요? 그래 그렇게 됐구나.

요컨대 상상을 초월한 액수였고, 아버지가 못 갚으면 내가 대를 이어 갚아야 할 빚이었고, 게다가 전부 달러 빚이었다. 사업하는 친구들이랑 나눠 쓴다고 말이다. 컨트리클럽 회원도 그냥 되는 건 아니고. 또, 넌 잘 모르겠지만 수십 년째 가장의 위치를 지켜오는 데도 얼마나 많은 돈이 들어갔는지 모른다. 어쨌거나 말이다. 너희들이 책임을 좀 져야 할 것 같은데 그래서 팔 건 내다 팔고, 뭐랄까 집에 있는 금이라도 모아볼까 싶은데 너 생각은 어떠냐.

나에겐 시간이 필요했다. 이 〈아버지〉란 것은 무척이나 복잡한 존재였기 때문이다. 누구나 소중하다고는 하지만 분명한 세상의 해악이다.

26

세상에 뭐 이딴 게 다 있지?

일단은, 이란 생각에 나는 그대로의 절차를 따랐다. 그대로의 절차라 함은 말 그대로 ① 문을 연다 ② 아버지를 넣는다 ③ 문을 닫는다 였다. 그렇게 해서 나는 아버지를 냉장고에 넣는 데 성공했다.

꽤나 시끄러울 줄 알았던 그날 밤은 의외로 조용했다. 혹시 얼었나 싶어 문을 열어보니 아버지는 독서를 하고 있었다. 어떻게, 온도는 맞으세요? 라고 물으니 이 안에 좋은 책들이 많구나, 라며 딴청이다. 물어본 내가 잘못이다. 사뭇 행정적인 어투로 나는 〈식품의약품 안전본부가 권장하는 식품의 냉장보관 온도조항〉을 낭독해주었다. 우유(살균 제품)는 0~10℃, 소·돼지고기 닭고기는 −2~0℃, 생선 어패류는 3~6℃, 어육 가공품은 10℃ 이하, 두부나 묵은 0~10℃, 과실류는 3~6℃, 채소류(배추, 상추)는 7~10℃인데 어떤 걸 원하세요? 저기… 인간은 없냐? 없어요. 잠시 생각에 잠겨 있던 아버지가 머리를 긁적이며 말했다. 뭐, 아무래도 육류 쪽이 아니겠니? 육류라… 냉장 온도를 −2℃에 맞춘 후

나는 문을 닫았다.

그 다음날은 어머니가 찾아왔다. 어라, 학교(學校)였나? 아무튼 차 례차례였기 때문에 순서는 중요하지 않다. 또 지금에 와서는 어머니나

학교나 그게 그거란 생각도 드는 것이다. 어쨌거나 학교인지 어머니인지가 지난 학기의 성적표를 펼쳐놓고 하도 극성을 부린 통에, 머리가 다 지끈거렸다. 할 수 없어 서랍 속의 맥주를 꺼내 마셨다. 얘 좀 봐라. 그걸 왜 거기다 두니. 그럼 미지근해지잖아. 냉장고는 뒀다 뭐 하니. 미지근한 맥주를 한 모금 들이켠 후, 벌컥 냉장고의 문을 열었다. 냉장고에 들어간 것은 맥주가 아니라 어머니였다.

나는 문을 닫았다.

아버지와 어머니가 모두 냉장고에 보관된 그날 밤은 대규모의 유성(流星)쇼가 있었다. 보기 드문 현상이라 뉴스에서조차 그 사실을 떠들 정도였다. 나는 〈언덕 위 호프〉의 이층 창가에서 주인과 함께 떨어지는 유성의 무리를 바라보며 맥주를 마셨다.

부모님은 안녕하시냐?

네.

결과적으론 잘된 일인지 몰라.

물론. 이라고 말한 후 나는 육포를 집어먹었다. 역시나 냉장은, 인류가 받은 커다란 축복이 아닐 수 없어. 주인이 대꾸했다. 이하동문이라고, 나는 생각했다.

6

말했던 대로, 차례차례였다. 나는 학교를 집어넣고, 동사무소를 집어넣고, 신문사와 오락실과 7개의 대기업과, 5명의 경찰간부와, 낙도초등학교의 어린이들과, 경기고속 소속의 좌석버스와, 지하철 2호선과, 5종의 삼각김밥과, 11명의 방송국 PD와, 51개의 벤처기업과, 2명의 영화감독과, 3명의 소설가와, 192명의 공장장과, 5명의 회사원과, 31명의 수입업자와, 2명의 성형외과의사와, 3명의 댄스가수와, 두 사람의 취객과, 1마리의 비둘기와, 3명의 사채업자와, 2명의 프로레슬러와, 1명의 병아리 감별사와, 180만 명의 실직자와, 36만 명의 노숙자와, 67명의 국회위원과 대통령을 집어넣었다.

언뜻 닥치는 대로 집어넣은 듯하지만, 그러나 분명한 원칙을 따른 것이었다. 원칙은 물론 둘 중 하나 – 소중하거나, 세상의 해악인 것.

써놓고 보니 마치 대규모의 유성군(群)을 집어넣은 느낌이다.

물론 그후에도 참으로 많은 것들이 냉장고 속으로 들어갔다. 그중 결정적이었던 것은, 〈미국〉을 집어넣은 것이다. 어떤 이유인지 정확한 기억은 사라졌지만, 아무튼 크리스마스를 전후해서였다. 신문을 보다가 엉겁결에 문을 열고, 넣고, 닫은 것이다. 믿기진 않지만, 그러나 〈미국〉이 들어오자 냉장고 속은 일약 하나의 〈국제사회〉가 되어버렸다.

야, 맥도날드가 없어졌더라?

며칠 후 〈언덕 위 호프〉에 놀러온 레코드 가게의 주인이 호호 언 손을 비비며 얘기했다. 저기 사거리에 있던 거 말이야, 그게 없어졌어. 아마 그럴 거야. 호프의 주인이 담담하게 대꾸했다. 앤 요새 학교도 안 가잖아. 정말? 그럼 어쩔 작정이냐.

학교가 없어졌어요.

그랬구나. 그러고 보니 요즘 없어진 게 많네.

그날은 셋이서 함께 맥주를 마셨다. 날도 추웠거니와, 공교롭게도 일 년의 마지막 날이자 한 세기(世紀)의 마지막 날이었다. 그랬구나, 코끼리를 넣듯이 넣었다 이거지? 레코드 가게의 주인은 무척이나 즐거워했다. 많은 도움이 될 거라고 제가 그랬잖아요. 거 참

살다보니 별일이 다 있구나.

그래, 지난 세기엔 참 많은 일들이 있었지. 세기의 마지막 날이라는 공교로운 이유로, 우리는 저마다 감상에 젖어들었다. 최초의 훌리건은 히틀러와 무솔리니였다는 말이 있어. 그런가요? 그랬던 거 같아. 그런데 너 중국은 어쩔 셈이냐? 중국이 왜요? 그거 몰라? 뭐요?

중국인들이 한날한시에 점프하면 지구가 쪼개진다는 거.

뭐요? 이 나의 지구를 어쩌려는 거지? 라는 생각이 드는 순간 이미 중국은 냉장고 속에 들어가버렸다. 뭐랄까 냉장고로서는 치명적인 입장(入場)이었다. 12억 6,810만 명 중 미처 들어가지 못한 2명이 가게로 찾아와 화를 냈기 때문에, 우리는 쉽게 그 사실을 알 수 있었다. 만만디! 만만디! 주인이 필사적으로 맥주를 권하자 그들의 화도 조금은 누그러지기 시작했다. 어쩔 수 없이, 나는 두 명의 중국인을 〈언덕 위 호프〉의 대형 냉장고 속에 넣어주었다. 이제는 그렇게도 되는구나. 대단한데? 이마의 땀을 닦으며 주인이 얘기했다.

그날 밤 우리는 많은 술을 마시고 헤어졌다.

방으로 돌아왔을 땐 자정이 가까운 시각이었다. 어둠 속에서 냉장고는 나를 기다리고 있었다. 우웅. 그의 소음이 오늘따라 힘들게 느껴졌다. 한 세기를 정리하는 일은 냉장고로서도 보통의 일이 아니겠지. 외투를 벗으며 나는 생각했다. 옷을 갈아입고 세수를 하고 이빨을 닦은 후, 관둘까, 관둘까, 두 번의 관둘까를 결심했다가 결국 냉장고의 문을 열어보았다. 예상은 했지만 - 정말이지 단 두 명을 제외한 어마어마한 중국이 그 속에 들어가 있었다. 대책 없구만. 입을 허 벌리고 서서 나는 생각했다. 뒤죽박죽. 나로서도 이젠 뭐가 뭔지 도무지 알 수 없을 지경이었다. 그것은

하나의 세계였다.

이불을 펴고 나는 자리에 누웠다. 두 개의 창문 틈으로 시린 우풍이 새어들어왔다. 세기의 마지막 밤은 - 그런 식으로 우리의 세계를 냉장하고 있었다. 오늘밤만은 이 세계의 부패도 잠깐 그 진행을 멈추겠지, 라고 나는 생각했다.

좀처럼 잠이 오지 않았다. 다음 세기에도 많은 일들이 일어나겠지. 다음 세기에도 많은 사람들이 죽고, 태어나겠지. 밑도 끝도 없는 생각들이 꼬리를 물고 이어졌다.

죽은 인간들의 영혼은 어디로 가는 걸까.
아마도 우주로 올라가겠지. 무엇보다 영혼은
성층권이라는 이름의 냉장고에서 신선하게 보존되는 것이니까.
그러다 때가 되면 다시금 우리 곁으로 돌아오는 거야.
어쨌거나 그런 이유로

다음 세기에는 이 세계를 찾아온 모든 인간들을
따뜻하게 대해줘야지, 라고 나는 생각했다.
추웠을 테니까.
많이 추웠을 테니까 말이다.

마침내, 대규모의 유성이 떨어지듯 길고 아름다운 잠이 대뇌(大腦)
의 북반구 위로 몰려왔다. 대뇌의 고비사막 위를 걷고 있던 낙타들이,
긴 꼬리를 그리며 낙하하는 유성의 무리를 쳐다보며 – 힘없이, 자신의
목을 떨구었다.

어둠 속에서, 평소보다 큰 소리로 냉장고가 울어대던
세기의 마지막 밤이었다.

7

눈을 뜬 것은 다음날 아침이었다. 늘 그랬듯 우선 배가 고프고, 소변
이 마려웠다. 평소와 하나 다름없는 기상. 그런데 뭔가, 조금은 다르단
느낌. 세기가 바뀌어서 그런 건가? 라고 생각했으나, 절대 그럴 리가.
그럼 뭐지? 소변을 보고, 세수를 하고 방에 들어온 순간 비로소 그 이
유를 알 수 있었다.

냉장고가 고요했다.

도대체 어떻게 된 거지? 귀를 대봐도 극히 일반적인 순환의 소리만이 본체의 깊은 곳에서 미약하게 들려올 뿐이었다. 어떻게 된 거야? 순간 가슴이 철렁 내려앉았다. 이 세계는 어떻게 된 거냐구? 중국은. 미국은. 그리고 부모님은! 나는 벌컥 냉장고의 문을 열었다.

놀랍게도 그 속은 텅 비어 있었고
오직 냉장실의 정중앙에
희고 깨끗한 접시 하나가 반듯하게 놓여 있었다.
그리고 그 접시 위에
한 조각의 카스테라가 있었다.
마치 하나의 세계를 다루듯
나는 조심스레 카스테라를 집어올렸다.
놀랍게도 따뜻한,
반듯하고 보드라운 직육면체가
손과 눈을 통해 거짓없이 느껴졌다.
살짝 한 입을 베어 물었다.
달콤하고 부드러운 향이 입과 코를 지나
멀리 유스타키오관까지 퍼져나갔다.
그것은
모든 것을 용서할 수 있는 맛이었다.

이상하게도

그 따뜻하고 부드러운 카스테라를 씹으며

나는 눈물을 흘렸다.

고마워, 과연 너구리야

그건 〈즐거움의 문제〉가 아닐까 싶어.
즐거움의 문제?
즉, 너구리란 것은 말이야.
어려운걸.
방법은 두 가지야. 너구리인 채로 도망을 다니거나, 아니면 쉽게 너구릴 포기하거나.

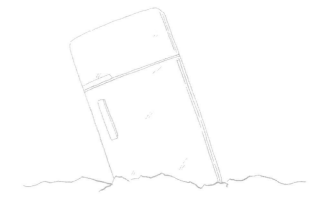

.

존경스럽다

존경스러워. 삼 분째 이어진 B의 비아냥을 존경스러워, 에서 딸각 끊어버린 것은 B가 싫어서도, 비아냥의 수위가 분을 넘쳤기 때문도 아니었다. 세 개의 책상열(列)과 사무기기군(群)을 넘어서, 손정수 팀장의 목소리가 들려왔기 때문이다. 〈네〉라고 힘차게 대답하며 뛰어가는 나는 - 이곳 월 커뮤니케이션의 인턴사원이다. 사 개월째다. 내가 생각해도

존경스럽다. 잘도 이따위 일을 사 개월째 하고 있으니 말이다. 인턴은 모두 여덟 명. 즉 일곱 명의 경쟁자가 나와 함께 일하고 있다. 월급이라고는 말 못 하겠고, 그저 왔다갔다 차비 정도를 받고 있다. 일은 거의 날밤을 새는 수준, 육 개월의 연수기간이 끝나야 그중 한 명이 정식사원으로 발탁된다. 그럼 나머지는? 글쎄다. 이곳의 인사부장은 〈좋은

경험으로 여기세요)라고 말했지만, 떨어지기만 해봐라.

　나머지 일곱 명도 필사적이다. 그래서 미치겠다. 쉴 수가 없는 것이다. 개중 두 명의 여자애들은 토익이 높기로 유명한데다, 하여간에 지독하다. 목숨이라도 건 분위기. 네 명은 그런저런 도토리, 또 한 명은 바보지만 다들 열심이긴 마찬가지다. 이거야 원, 하고 탓할 수도 없는 일이다. 이미, 세상이 이렇게 생겨먹어버린 걸

　어쩌겠어. 학교에 가면 록그룹 〈샘즈 선〉의 싱어로 날리는 나도, 그래서 어쩔 수가 없다. 온종일 자료를 찾고, 카피를 하고, 파일을 정리하고, 전화를 걸고, 조사를 하고, 커피 심부름을 해야 한다. 어제는 과장의 민방위 훈련을 대신 가서 받았다. 도대체 이것이 로커가 할 짓이란, 말인가. 존경스럽다 존경스러워. 드럼을 치는 B는 분명 울면서 웃고 있었다.

　부르셨습니까?

　응, 자네가 이런 걸 잘할 것 같아서 말이지. 손팀장이 웃으며 말했다. 요컨대 이 프로그램을 실행하고 싶은데 안 된다. 어떻게, 꼭 좀 되게 해달라는 것이다. 내심 안심이다. 손팀장은 지나치게 완고한 표정이라 늘 대하기가 어려웠다. 게다가 오늘 이곳의 분위기는 암흑 그 자체. 중요한 경쟁 프리젠테이션에서 손팀장의 팀이 탈락한 것이다.

이것은

오래된 오락의 일종인 것 같군요. 오래된 오락의 일종이지. 일단 에뮬레이터를 깔아야 합니다. 에뮬레이터라니. 말하자면 깁니다. 나는 인터넷을 뒤져 쉽게 〈MAME〉를 찾았고, 쉽게 그것을 설치한 후 손팀장이 얘기한 프로그램을 실행시켰다. 쉽게, 프로그램은 실행되었다.

이것은

뭡니까? 이것은 너구리지. 너구리라구요? 그래 너구리. 아닌게 아니라 귀신 씨나락이라도 까먹는 듯한 음악이 울려퍼지더니 화면 모퉁이에 귀신 씨나락이라도 까먹은 듯한 한 마리의 너구리가 나타났다. 손팀장은 그렇지? 라는 표정으로 한번 미소를 짓더니 곧장 오락에 몰입했다. 오락은 대개 너구리를 움직여 무슨 과일인지를 따먹고, 또 무슨 벌레 같은 것들이 잡으러 오면 도망가고, 그러다 떨어져 압정에 찍혀 죽는, 터무니없는 것이었다.

어떤가? 잘은… 모르겠습니다. 그렇지? 네. 내가 중학교 때 하던 오락일세. 그때는 이 너구리 기계가 연달아 열 대까지 놓여 있던 오락실도 있었지. 애들은 줄을 섰고 말이야. 너나 할 것 없이 다들 너구리에 빠져 있었어.

좋은 시절이었지.

그럴 수도, 라고 나는 생각했다. 너구리와 중학생이 그토록 친했다면 확실히 나쁜 시절은 아니었을 테지. 그러나 그런 생각을 하면서도, 〈어떤가 자네도 한번 해볼 텐가?〉라는 손팀장의 물음에는 〈아니오, 괜찮습니다〉로 답해버린다. 과거야 어쨌건 간에, 지금은 너구리와 인턴사원이 친하다는 얘기 따위 들어본 적도 없다. 확실히, 말이다.

섭섭하군.

네? 뜻밖의 말에 나는 깜짝 놀라 반문했다. 섭섭하다고. 뭐가 말입니까. 자넨 분명 너구리를 좋아할 거라 여겼거든. 여전히 얼굴은 모니터를 향해 있고 손은 오락에 열중한 터여서, 마치 다른 사람의 목소리라도 들은 듯한 기분이다. 죄송합니다. 어쨌거나 그렇게 답하면서 나는 자리를 물러난다. 세 개의 책상열을 지나는 일이 세 개의 산맥을 넘는 일처럼 아득하게 느껴진다. 팀장이 너구리를 좋아할 줄은, 또 어찌 알았겠는가. 참으로 어려운 회사생활!

여전히 정신없는 오후를 보내는데 이번엔 인사부장의 호출이다. 여전히 〈네〉라고 힘차게 대답하며 달려간다. 질투의 시선이 화살처럼 날아와 내 뒤통수에 꽂힌다. 토익에서 고득점을 받은 두 명의 여자애들이다. 화살촉의 끝에 독이 묻어 있다. 쳇, 영문도 모르면서.

이봐, 무슨 일을 저지른 거지?

뻔히, 다 안다는 투로 부장이 물었으나 도무지 무슨 일을 저질렀는지 알 길이 없다. 뭐가요? 저기, 손팀장 말이야. 손팀장을 쳐다보니 맙소사 그는 여전히 너구리 오락에 열중이다. 저 모니터에 너구리를 풀어준 게 너라며? 그게 아니라… 에뮬레이터라든지 〈MAME〉라든지 여러 단어들이 생각났지만, 쉰 살을 넘긴 인간에게 그런, 설명을, 어떻게, 한단, 말인가. 또 이미, 부장은 변명 따위 안중에도 없다는 얼굴이다. 벌써 세 시간째야. 그사이 야채크래커 두 봉지, 감자칩 세 봉지를 먹어치웠어. 증상이 완벽해. 증상이라뇨?

너구리 광견병.

네? 이미 물렸어. 미국에선 저 병의 퇴치를 위해 연간 2억~10억 달러를 쏟아붓고는 하지. 비행기로 구강백신을 오하이오 전역에 뿌린 적도 있단 말이야. 어쨌거나 이거 골치 아프군. 내 관리 영역 속에 너구리가 들어오다니. 설령 자네가 몰랐다 하더라도 너구릴 풀어놓을 정도의 일이라면 나와 상의 정도는 했었어야지. 안 그런가?

이런 식이라면 곤란하다. 그건 내 잘못이 아니니까. 또 너구리 광견병이라니. 뭔 소리란 말인가. 잘 들어. 오래전 너구리는 농가의 창고를 축내는 짐승이었어. 그리고 이제는 기업의 이곳저곳을 축내고 있지. 즉 간첩보다도 더 위험한 것이 너구리야. 도대체 대학에선 뭘 배웠나. 너구리는 모든 기업들의 적, 인간의 적이야. 알겠나?

네.

앞으론 조심하게, 얼굴은 귀여워가지고 말이야. 내 턱을 만지며 어르는 꼴이 마치 〈자넨 아웃이야〉라는 말을 하는 것 같아 기분이 무지 나빴다. 도대체 어떻게 된 회사란 말인가. 절로 한숨이 나올 뿐이다. 부스럭 부스럭. 손팀장은 지금 세 봉지째의 야채크래커를 뒤적이는 중이다.

아쉽군

아쉬워. 좋은 일꾼이었는데 말이야. 손팀장의 컴퓨터를 포맷하면서 부장은 그런 얘길 했다. 마치 비행기로 오하이오 전역에 백신을 뿌리는 것처럼, 벌써 세번째의 포맷이다. 절대로 평범한 성격이 아닌 것이다.

손팀장이 회사를 떠난 것은 어제였다. 그 일이 있은 지 불과 이 주일만의 일이다. 대외적인 명목으론 프리젠테이션의 실패에 따른 책임이지만, 부장과 나만이 알고 있는 진짜 이유는 너구리 광견병 때문이다. 세상에 이토록 어쉬운 이유가 또 있을까?

분명 이상하다고 여긴다면 이상한 일이었다. 손팀장은 왠종일 너구리 오락에 빠져 살았고, 급격히 살이 쪘다. 물론 끊임없이 뭔가를 먹어 댔으므로 살이 찐 건 당연한 일이지만, 그럼 저 눈 주변의 줄무늬는 어쩔래? 라고 묻는다면 도무지 답할 엄두가 나지 않는 것이다. 확실히 손 팀장의 눈 주변엔 거무스름한 기미 같은 것이 잔뜩 끼었고, 또 그것이 멀리서 보면 정확한 대칭의 줄무늬로 보이기도 했다. 뭐야, 이건 흡사

너구리잖아.

사람들은 수군거렸다. 물론, 어쩌면 오락을 너무 많이 해서 생긴 기미 일 수도 있겠지만 – 어쨌거나 말이다. 결국 사람들은 손팀장을 피하기 시작했다. 날이 갈수록 눈의 기미는 짙어갔고, 날이 갈수록 그는 너구리 에 가까워졌다. 치료책은 없나요? 없어, 어쉽게도 말이야. 부장의 답변 은 심플했고, 그런 심플한 이유로 손팀장은 완전한 열외가 되었다.

손팀장의 유일한 말상대는 나였다. 그를 뺀 – 우리끼리의 회의가 끝 나고 나면, 그는 어김없이 나를 불러들였다. 나는 〈네〉라고 외치며 뛰 어가, 〈네〉라며 뛰어간 게 무색할 만큼 터무니없는 얘기들을 들어야만 했다. 물론, 처음부터 끝까지 너구리에 관한 것이었다.

잘 봐, 여기가 스테이지 23인데 말이야. 여기 사다리를 내려오면 넓은 간격이 벌어져 있고 그 끝에 딱 점 한 칸 크기의 착지점이 있잖아. 여기까진 점프가 가능해. 그런데 그 다음이 문제야. 이곳에서 다음 구역으로 점프를 하면 어김없이 압정 위에 떨어지거든. 이곳을 어떻게 건넜는지 도무지 기억이 안 나. 옛날엔 분명 건넜었는데 말이야. 그것 참.

절 왜 부르신 겁니까?

아, 자네라면 그 방법을 알고 있을 것 같아서.

왜 제가 알 거라고 생각하시는 거죠?

자넨 너구리와 친하잖아.

친하지 않습니다, 친하지 않다구요.

섭섭하군.

또 뭐가 섭섭하십니까? 그런 걸 아는 사람은 어디에도 없다구요.

그래? 거 참 아쉽군.

아쉬워, 와 같은 식이었다. 결국 나 역시도 그를 기피하기 시작했다. 또 그런 대화를 나눴다 싶으면 어김없이 부장의 호출이 있었다. 〈네〉라며 뛰어가는 것도 다 좋은데, 방금 손팀장이 뭐라고 그랬지? 라며 붙어 앉아 허벅지를 만지는 데는 - 도무지 미치지 않을 수 없는 노릇이었다. 알고 보니, 인사부장은 이미 소문난 남색가(男色家)였다.

쉬쉬해도

세상은 엉망이다. 너구리로 변해가는 인간이 있는가 하면, 회사의 인사권을 한 손에 쥔 남색가가 있고, 그 인사권이 무서워 허벅지를 내주고도 묵묵히 참고 있는 록그룹의 싱어가 있다. 더이상은 나쁠 게 없다는 생각이다.

결국 그런 스트레스가 화근이었다. 어젯밤 송별회에서 나는 필름이 끊어졌고, 정신을 차려보니 지하철역 구내의 춥고 퀴퀴한 바닥에 누워 있었다. 필름이 끊어진 것도 처음, 지하철역에서 잠을 잔 것도 처음이었다. 주변에는 여러 무리의 노숙자들이 누워 있었고, 새벽이라 통로 양끝의 셔터는 굳게 잠겨 있었다.

차가운 벽에 몸을 기댄 채 나는 정신을 가다듬었다. 2차까지의 술자리가 기억났고, 사람들과 헤어지면서 손팀장의 귀가를 책임진 것이 나였다. 손팀장의 집이 인천이라 이곳까지 왔고, 아마도 이 근처의 포장마차에서 소주를 한잔 더 마신 걸로 기억한다. 그리고 필름이 끊어졌다. 아무것도 기억나지 않는다. 둘러보니 손팀장의 모습도 보이지 않았다.

자네, 괜찮나?

깜짝 놀라 돌아보니 생면부지의 아저씨가 날 쳐다보고 있었다. 오지랖 한번 넓어 보이는, 사십대 중반의 노숙자였다. 아, 네. 나는 고개를 숙이며 얼굴을 붉혔다. 젊음이 좋긴 좋군. 그렇게 많이 마시고서도 이토록 멀쩡한 걸 보면 말이야. 참, 자네 지갑은 무사할걸세. 한번 확인해보게나. 깜짝 놀란 나는 양복 상의의 안주머니에 급히 손을 넣었다. 말 그대로, 지갑은 무사했다.

걱정 말게나. 우린 너구리와 함께 온 사람은 절대 손대지 않으니까.

너구리라뇨?

모르나? 어제 자네를 부축해온 건 너구리였는데.

아, 네… 그분은 어디로 가셨나요?

너구리니까, 아마 지하로 내려갔겠지.

지하라구요?

그래 지하. 저 아래 전철이 다니는 터널 속 말일세.

저기. 그분은 사실 인간인데…

알아. 하지만 거의 너구리가 다 됐던걸. 그 정도면 지하에서 살아야지.

무슨 소린지 알 수가 없군요.

혹시 그 친구도 스테이지 23에서 막힌 게 아닌가?

그걸 어떻게 아셨죠?

내 말이 맞지? 누구나, 그래서 너구리가 되는 걸세.

저는 병으로 알고 있습니다.

너구리 광견병? 그건 지어낸 얘기야.

그럴 수가.

이보게, 세상은 자네의 생각과는 전혀 다른 곳일세.

그럼 어떤 곳이죠?

〈스테이지 23〉. 이 세상의 실제 이름이지.

말도 마라

말도 마. 어제 지하철역에서 잤는데 말이야. 하하하 거긴 왜? 낚시터의 밤은 고요했다. 마침 그날은 손님이 없어, B와 나는 아무 거리낌 없이 이런저런 얘기를 나눌 수 있었다. 오랜만의 만남이었고 오랜만의 낚시였다. 찌는 오래도록 흔들리지 않았다.

그래서, 그렇게 된 거야.

그랬구나. B는 고개를 끄덕였다. 듣고 보니 보통 일은 아니네. 그래서 고민이 많다니까. 여하튼 깊이 생각해봐야 할 문제인 거 같아. 깊은 생각이라도 하려는 듯, B가 담배를 꺼내 물었다. 나는 피우던 담배를 던져버리고 떡밥을 재차 반죽하기 시작한다. 찌는 아예 움직이지 않아, 마치 긴 못 하나가 수면에 박혀 있는 모습이다.

저러다 녹슬지,

녹슬어. 쇠로 치자면 녹이 슬 만큼 B와 나는 오랜 친구다. B가 두 살이 더 많지만, 어쩌다보니 친구가 되었다. 우리가 처음 만난 것은 대학 일학년 때였다. 오리엔테이션 현장이었는데 교수인지 교직원인지가 올라와 가물가물 뭔가를 한참 얘기하던 참이었다. 이상하게도 그 시절엔 늘 만사가 짜증스러웠다. 물론 그래서, 별 얘기가 아닌데도, 아무튼 나는

닥쳐 개새끼야!

라고 큰 소리를 질렀다. 갑자기 좌중은 웃음바다가 되었고, 그래서 엉망이 된 행사가 끝이 날 무렵 누군가가 나를 찾아왔다. 〈개새끼〉가 누구야? 누가 한 거지? 몇몇 아이들이 눈빛으로 나를 지목하자 그가 내 앞으로 다가왔다. 우리 같이 밴드를 해보지 않을래?

그것이 B였다.

그후 우리는 학교에선 꽤 알아주는 록그룹이 되었다. 〈샘의 아들〉이란 뜻의 샘즈 선(Sam's Son)이란 이름을 붙였지만, 물론 학생들에겐 〈닥쳐 개새끼야〉의 샘즈 선으로 더 유명했다. 거참, 욕도 잘하고 볼 일인걸. 열광하는 학생들을 바라보며 B는 언제나 웃음을 터뜨렸다. 좋은 시절이었다. 욕만 잘해도 로커가 되던 시절이었고, 그저 두들기면 사람들이 열광하던 시절이었다. 돌이켜보면, 마치 거짓말 같다.

철학을 전공해서인지는 몰라도, B는 매사를 깊이 생각하는 친구였다. 적어도 나보다는 아는 것이 훨씬 많았고, 이런저런 삶의 경력들이 꽤나 다채로운 친구였다. 가정관리학과의 유일한 남학생이었던 나로서는, 그저 모든 점이 존경스러울 뿐이었다. B가 삼수를 했고, 나보다 두 살이 많다는 걸 알게 된 것은 두 명의 베이스가 바뀌고, 두 번의 학기가 지나고 난 가을의 일이었다. 말을 높이기에는, 이미 서로가 너무 친해져 있었다.

찌와 바늘처럼

우리는 함께 다녔다. 함께 술을 마시고, 함께 여자를 만나고, 함께 공연을 하고, 함께 낚시를 했다. 당연히 함께 졸업을 하고, 함께 음악을 계속할 줄 알았던 우리의 계획이 어긋난 것은 – 내가 제대를 하면서였다. 이상하게도, 군대를 다녀오니 매사가 긍정적으로 여겨졌다. 짜증은 눈 녹듯 사라지고, 나는 취업을 준비하는 성실한 학생으로 변모해 있었다. 뭐야, 음악 같은 거 하고 앉아 있을 때가 아니잖아. 나는 벌떡 일어섰다.

그래서, 그렇게 된 거야.

그랬구나. 그때도 B는 고개를 끄덕였다. 그것이 끝이었다. 실질적으로 밴드는 해체되었고, 나는 이곳의 인턴사원이 되었다. 그저 미안할 뿐이었고, 지금도 미안할 뿐이다. 그사이 전화로 안부를 묻는 것도 B였지 내가 아니었으며, 오늘 낚시를 제안한 것도 B였지 내가 아니었다. 나라는 인간은 - 겨우 기어나와 너구리 따위의 고민을 늘어놓는 게 고작이다.

내 생각엔 말이야.

깊은 생각을 끝낸 B가 드디어 입을 열었다. 수면에 박혀 있던 긴 못 하나가 갑자기 찌인 양 몸을 뒤척였으나 나는 힘을 주거나 줄을 당기거나 하지 않았다. 인간이 너구리로 변하는 세상이다. 찌가 못이 되거나 그 못이 다시 찌가 된다 한들 뭐가 대수란 말인가.

그건 〈즐거움의 문제〉가 아닐까 싶어.
즐거움의 문제?
즉, 너구리란 것은 말이야.
어려운걸.
그저, 너의 삶이 그런 시기에 도달했다고 생각해. 그러니까 넌 지금 스테이지 1의 문턱에 서 있는 거야. 그래서 이 세상이 너구리를 얼마나 싫어하는지를 비로소 알게 된 거지. 방법은 두 가지야. 너구리인 채로 도망을 다니거나, 아니면 쉽게 너구릴 포기하거나. 너의 팀장은 아마도 너구릴 숨긴 채 살아온 인간이었을 거야. 물론 힘들었을 테지.

숨겨?

물론 처음에는. 그런데 스테이지가 거듭되면서 자신도 모르게 너구리를 분실한 거야. 그리고 곧 한계가 닥친 거지. 하지만 압정의 포인트가 문제였던 그 함정은 이미 뛰어넘었을 거라고 생각해. 누가 뭐래도 이젠 그도 어엿한 한 마리의 너구리가 되었으니 말이야.

뭐가 뭔지 알 수가 없어. 그럼 왜 너구리가 세상의 적이 된 거지?

쉽게 말해줄게. 예를 들어 농경사회를 생각해봐. 모두가 부지런히 밭을 갈고 있는데 돌연 한 마리의 너구리가 나타난 거야. 앗 너구리다. 누군가 소리치면서 일손이 중단되게 마련이지. 귀엽다. 이리 온, 해피 해피 쫑쫑.

잠깐, 농경사회 때도 영어를 썼나?

그런 느낌이란 거지. 원래 너구리는 즐거움 그 자체였으니까. 그러고 한 두어 시간은 온통 너구리가 사람들의 혼을 빼놓는 거야. 그럼 그 텃밭 1팀의 팀장은 어땠겠어? 너구릴 죽이고 싶었겠지. 그 미움의 감정이 오래도록 누적이 된 거야. 그리고 세월이 흘렀지. 자, 후기자본주의의 산업사회가 됐어. 세상을 휘어잡은 것은 텃밭 1팀의 팀장 같은 놈들이지.

그런 일이 있었구나.

놈들은 점차 너구리를 멸하기 시작했어. 마치 인디언을 멸하듯 말이야. 오하이오 전역에 뿌린 적이 있다는 그 백신은 실은 너구리를 죽이는 독약이었을 거야. 왜? 너구리 광견병 따위는 애초부터 없었던 거니까. 그건 교묘한 작전이었어. 그런 한편으론 또 너구리를 보호한 것이

놈들이니까. 멸종 위기의 동물로 말이야.

그건 왜지?

사람들에게 너구리는 원래 희귀한 것이라는 인식을 주기 위해서지. 동물원에 가야 겨우 볼 수 있는, 또 야생의 너구리라면 평생 가야 한 번 볼까 말까 한 것이란 인식 말이야. 또 혹시나 너구릴 만났다 하더라도 절대 만져서는 안 되는 것으로 각인시킨 거지.

사회란 무서운 것이구나.

너도 곧 어떤 선택을 해야만 할 거야. 이 〈즐거움의 문제〉에 대해서.

미안해, 이따위 걱정이나 끼쳐서.

아냐. 실은 나도 많이 생각해온 문제였어. 안 그래도 오늘은 그 얘길 할 참이었거든.

무슨 얘기?

나, 실은 너구리가 될까 싶어.

너무 힘들지 않을까?

일단은 도망부터 다녀야겠지. 하지만 실행이 힘들 뿐 의외로 간단한 문제야. 〈너구리〉의 실행에는 에뮬레이터가 필요한 것이니까. 그래도 신이 인간을 위해 내려준 것은 결국 너구리뿐이라는 생각이야. 그것만은 확실해.

그럼, 이제 각자 다른 삶을 살겠구나.

쓸쓸해?

쓸쓸해.

그래도 이 세상에 너구리가 있다는 걸 잊지는 마.

그래, 고마워.

또한번 찌가 흔들렸다. 나는 힘차게 낚싯대를 잡아당겼다. 그것은 작고, 어린 한 마리의 붕어였다. 입에서 바늘을 빼낸 후, 나는 말없이 놈을 망 속에 내려놓았다. 파닥. 스테이지 1에 막 진입한 인간처럼, 놈은 몹시도 떨고 있었다.

그 이상한 발광체를 본 것은 그때였다.

낚시터 맞은편의 아카시아숲 위에 그것은 둥실 떠 있었다. 분명 어떤 비행체임이 확실했지만 마치 그 속에 부레와 같은 것이 존재하는 것처럼 대기 속에 두둥실 떠 있었다. 눈이 부실 정도의 아름답고 푸른 섬광이 반구형(半球形)의 기체 전체를 둘러싸고 있었다.

뭐야, 그야말로 일반론적인 UFO가 아닌가.

라는 생각이 들자마자 그것은 어느새 저수지를 가로질러 우리의 머리 위에 머물러 있었다. 거대했다. 그리고 그 거대한 기계는 마치 살아 있는 유기체처럼 느리고 무거운 호흡을 하고 있었다. 아아, 우리는 일반론적인 탄성을 질렀다.

몇 번의 호흡과 더불어 우리는 그 반원의 중심에 작은 구멍이 열리는

것을 볼 수 있었다. 기체를 에워싼 섬광과는 다른 성질의 불빛이, 그 구
멍을 통해 일직선으로 하강해왔다. 그리고 그 빛의 기둥이 땅 위에 닿
았다고 느껴진 순간, 엄청난 굉음과 함께 UFO는 이동했다. 정신을 차
리고 보니 이미 UFO는 사라진 후였다.

그리고 우리는 보았다. 불과 5~6미터 앞. 즉 빛의 기둥이 닿았던 그
자리에 어떤 물체가 서 있는 것을. 그 물체는 한참을 멀뚱히 서 있더니
결국 아장아장 우리가 켜놓은 랜턴의 불빛 앞으로 걸어나왔다.

그것은 한 마리의 너구리였다.

축하해요

축하해. 클릭만 해주세요. 150명 추첨. 오늘 하루만 무료로 당신의
동물점을 봐드립니다. 엔조이멀닷컴. 자 당신의 생년월일을 기입해주
세요. 네 감사합니다. 4월 27일 탄생하신 당신의 수호동물은 네, 바로
너구리군요. 귀엽고 깜찍한 당신의 마스코트 너구리. 자 그럼 너구리인
당신의 운명을 한번 알아볼까요? 클릭해주세요.

사교적인 성격의 당신은 교제 범위가 매우 넓습니다. 따라서 연령을
불문하고 많은 친구들을 사귀게 되죠. 친구로는 당신처럼 재주가 많고

즐거움을 추구하는 원숭이가 제격입니다. 또 사소한 일에 얽매이지 않는 페가수스도 어울리는 상대죠. 그러나 양과 아기 사슴은 멀리하는 것이 좋습니다. 약속을 철저히 지키는 도덕주의자 양은 당신을 꾸짖기 일쑤니까요. 물론 순진하고 요령 없는 아기 사슴도 당신과는 어울리기 힘들답니다.

너구리인 당신은 경험과 실적을 중요하게 여깁니다. 따라서 골동품 같은 오래된 물건에 특히 사족을 못 쓰는 타입이죠. 또 당신은 남의 이야기를 마치 자신의 체험처럼 말할 수 있는 특별한 능력의 소유잡니다. 본 적도 없는 영화에 대해, 그 영화를 본 사람보다 더 생생하게 말할 수 있는 사람 – 그가 바로 당신이죠.

당신은 변화에 잘 대처합니다. 물론 그것도 너구리가 가진 탁월한 재능 중의 하나. 당신은 어떤 상황에도 쉽게 적응하고, 무엇이든 시도하고, 남들보다 많은 수확을 거둬들입니다. 그러나 유독 음식을 고르는 데 있어선 절대 변화를 용납하지 않습니다. 주변엔 언제나 몇 군데의 단골집이 정해져 있고, 주문은 늘 〈항상 먹는 걸로〉입니다. 이는 맛있는 것을 좋아하고, 경험과 실적을 중시하는 너구리만의 습성이죠.

당신은 역할 분담에 능숙합니다. 어떤 역할이라도 쉽게 소화해내며, 각각의 캐릭터가 지닌 장점들도 충분히 파악하고 있습니다. 각자의 역할을 분담해 일의 능률을 높이는 것도 너구리가 가진 가장 큰 장점 중의 하납니다. 그러나 그 반면 무책임한 사람으로 여겨지기도 쉽습니다. 그건 바로 너구리 특유의 건망증 때문이죠. 건망증은 너구리의 비극. 물론 본인은 별로 아랑곳하지 않지만 말입니다.

또 당신은 근거 없는 자신감의 소유자입니다. 이 근거 없는 자신감에 대해서는 열두 가지 캐릭터 중에서도 단연 일등이라 말할 수 있죠. 늘 자신감에 넘쳐 있고 명랑하고 적극적인 당신은 그래서 늘 남에게 좋은 인상을 심어줍니다. 게다가 〈알겠습니다〉〈맡겨만 주세요〉 시원시원 늘 큰 목소리로 대답하기 때문에 언제나 믿음직스럽습니다. 그런데 사실 당신의 대답은 대답만으로 끝나버리는 경우가 대부분이죠.

너구리는 윗사람의 귀여움을 듬뿍 받습니다. 대답을 잘하는 긍정적인 태도와 애교 넘치는 캐릭터이기 때문이죠. 〈경험과 실적〉을 중요하게 생각하는 성향 역시 연장자들의 마음에 쏙 드는 점이랍니다. 또 무책임해 보이거나 아첨을 잘하는 것처럼 보여도, 끝끝내 미워할 수 없는 묘한 매력을 당신은 지니고 있습니다. 그것은 일부러 그런 행동을 하는 것이 아님을 모두가 알고 있기 때문이죠. 결국, 어떤 짓을 해도 끝끝내 용서할 수밖에 없는 너구리만의 매력은 - 나머지 캐릭터 모두의 부러움을 살 만한 것이지요.

편지가 왔습니다.

편지의 발신자는 인사부장이었다. 편지의 제목은 〈축하하네〉였고, 내용은 다음과 같았다.

늦어도 내일중으로 상반기 정식사원 임용자가 결정날 것 같군. 이 문제에 대해 자네와 상의를 좀 했으면 싶은데 자네 의향은 어떤가. 시간은 오늘밤 아홉시 정도. 장소는 무교동의 〈클라이막스〉라네. 참, 제목에 대해선 크게 신경 쓰지 말게나. 그저 장난으로 적어본 것뿐이니. 그럼 기다리겠네.

부장의 메일은 바이러스를 동반한 것이었다. 내용을 확인하고 창을 닫는 즉시 프로그램 전체가 다운되었다. 아마도, 포맷을 해야겠지? 나는 담배를 꺼내 물었다. 쓸쓸했다.

아무리 쉬쉬해도
언젠가 인간은 세상이 엉망이란 걸 알게 된다.

아무리 쉬쉬해도
결국엔 너구리가 있다는 걸 알게 되듯이.

고맙군

고마워. 이렇게 나와줘서 말일세. 부장은 나보다 먼저 도착해 혼자 맥주잔을 기울이고 있었다. 환하지도 어둡지도 않은, 그저 그런 카페였다. 해보니 어떻던가, 회사생활은? 술을 따라주며 부장이 물었다. 좋았습니다. 간단하게, 내가 대답했다.

마시게.

자네는 특이하게도 가정관리학을 전공했더구먼. 네. 거참, 까다로운 전공이라 생각되는데 자네 생각은 어떤가? 까다로운 전공입니다. 그래 내 생각도 그렇다 이 말씀이야. 자

마시게.

어떤가 여기서 정식사원으로 일해보고 싶은 마음은 있나? 솔직히, 뽑혔으면 좋겠습니다. 좋아, 좋아. 남자라면 포부가 있어야지. 자네가 하기에 따라 내가 최대한 힘을 써볼까 하는데 자네 생각은 어떤가. 써주신다면 감사하겠습니다. 좋아

마시게.

나는 그렇게 어려운 걸 바라진 않을걸세. 그저 사회생활을 하다보면 누구나 겪을 수 있는 그런 일이라고 생각하면 쉽지 않을까? 뭔가를 얻기 위해선 자신도 뭔가를 내줘야 하는 게 인생의 법칙이라네. 심각한 문제가 아니란 얘기지. 자

마시게.

사는 게 별건가? 다들 그렇게 사는 거라네. 내가 보기엔 자네는 이해력도 빠르고 아주 전도가 유명할 것 같애. 또 얼마나 젊고 건강한가 말이야. 누군가 뒤에서 조금만 손을 받쳐준다면 그야말로 두려울 게 없는 거지. 자

마시게. 부장은 계속해서 술을 권했고 자신도 제법 많은 양의 술을 들이켰다. 나는 느낄 수 있었다. 시간이 흐를수록 마치 맥주가 익어가듯 조금씩 효모가 퍼져가는 부장의 숨소리를. 그리고 그 알콜 기운이 번져가는 심장의 떨림을.

카페를 나온 것은 자정을 넘겨서다. 부장은 택시를 잡았고, 택시기사에게 어딘가를 부탁했고, 택시 안에서 내 손을 잡거나 허벅지를 쓰다듬거나 했고, 택시는 어딘지 알 수 없는 동네의, 어딘지 알 수 없는 대로변에 우리를 내려놓았다. 그곳에는 큰 건물의 지하에 딸린 사우나가 있었고, 그 입구에는 24시간 영업이라는 큰 입간판이 세워져 있었다.

사우나는 텅 비어 있었다. 아니, 손님 모두가 탈의실 옆의 휴게실에서 잠을 자는 게 목적인 듯한 사우나였다. 아니, 어쩌면 이곳은 모이는 사람과 용도 자체가 특이한 사우나일 수도 있다. 나는 잠깐 생각에 잠겼다가 다시 생각을 포기했다.

잠깐만 참으면 돼.

샤워를 하고 있는 내 몸을 뒤에서 부장이 껴안았다. 이상하게도 아무 느낌이 없었으며 나는 말 그대로 잠깐만 참자는 결심을 했다. 부장은 내 몸의 이곳저곳을 더듬더니 나를 목욕용 의자 위에 가만히 주저앉혔다. 미끈미끈한 부장의 손이 나의 페니스를 일으켜세우려 갖은 시도를 다 하였다. 이상한 일이었다. 도저히 발기할 것 같지 않던 페니스가 발기한 것은 왜였을까. 그리고 그 순간 〈스테이지 23〉이 눈앞에 펼쳐진 것은 왜였을까. 왜 세상은 스테이지 1에서부터 차근차근 시작되지 않는 것일까.

멋지군. 부장은 크게 한숨을 쉬며 발기한 나의 페니스를 바라보았다. 그러더니 잠시 칸막이 뒤편으로 목을 뻗어 아무도 없음을 다시 한번 확인한 후, 내 다리 사이에 무릎을 꿇고 앉았다. 가만히 있어. 명령조로 말을 바꾼 부장의 입이 내 페니스를 빨기 시작했다. 부장의 오른손이 천천히 자신의 페니스를 흔들기 시작한다.

잠깐이다. 후회는 없다. 돌이켜보면 딱히 하고 싶은 일도 없었던 청춘이다. 경쟁자는 많고 취업은 힘들고, 세상은 엉망이었다. 잠깐이다. 잠깐이다. 잠깐이다. 이제 잠깐 후면 나는 저 허공 너머 – 점 한 칸 크기의 착지점 위에 무사히 착지해 있을 것이다.

아주 잠깐 동안, 나는 부장의 페니스가 흰 액체를 쏟아내는 걸 본 듯하고, 부장이 샤워기로 자신의 정액을 씻어내리는 걸 본 듯도 하고, 다시 한숨을 쉬며 내 어깨에 손을 얹는 걸 느낀 듯도 하고, 무척 많은 걸 의미하는 〈수고했네〉라는 말을 들은 듯도 하고, 지친 듯 사우나의 문을 나서는 그 뒷모습을 본 듯도 했다.

나는 그 거대한 욕탕의 바닥 위에 말없이 주저앉았다. 그리고 피부가 견딜 수 있는 가장 뜨거운 수치의 온수를 머리끝부터 뒤집어쓰기 시작했다. 증기가 피어오르는 그 물줄기 속에서 나는 갑자기 혼자란 느낌이었고, 쓸쓸했고, 눈물이 났다.

그때였다.

등뒤의 인기척이 느껴진 것은. 돌아보니 안개처럼 자욱한 수증기 속에 여태껏 본 적 없는 크고 거대한 너구리가 이태리타올을 들고 서 있었다. 황갈색의 털과 좋은 대비를 이루는 훌륭한 연두색의 이태리타올이었다. 희뿌연 수증기 속에서 너구리는 모든 것을 지켜봤고, 또 모든 것을 이해한다는 표정으로 나를 향해 고개를 끄덕였다. 나도 고개를 끄덕였다. 천천히 의자를 내밀며 너구리가 말했다.

앉아.

새벽의 사우나는 고요했고, 그 고요 속에서 나는 마치 친구와도 같은 한 마리의 너구리에게 편안한 마음으로 등을 맡겼다. 참으로 등을 밀어본 지는 몇 년 만의 일이었고, 너구리는 무척이나 등을 많이 밀어본 솜씨였다. 이상한 일이지만, 등의 때를 밀면서 나는 아주 조금씩 기분이 좋아지기 시작했다. 그리고 너구리의 마지막 손질이 끝났을 무렵에는, 비교적 즐거운 마음이 될 수 있었다. 이제 그만 일어서려는데 너구리의 묵직한 손이 내 어깨를 누른다.

아직.

뭐가 아직이지? 의아했으나, 곧 그 이유를 알 수 있었다. 그것은 비누칠이었다. 너구리는 말끔히 때를 민 내 등의 전역(全域)에 시원스레 비누칠을 먹였다. 이럴 수가. 그것은 말하자면 너무나 환상적인 플레이여서, 마치 비행기를 타고 오하이오 주의 창공을 날고 있는 기분이었다. 아아, 나는 그만 감격에 겨워 눈물을 흘릴 뻔했지만, 결국 나라는 인간은 - 그래서 울컥 뒤를 돌아보며, 겨우 이런 말이나 하는 게 고작이지만.

고마워, 과연 너구리야.

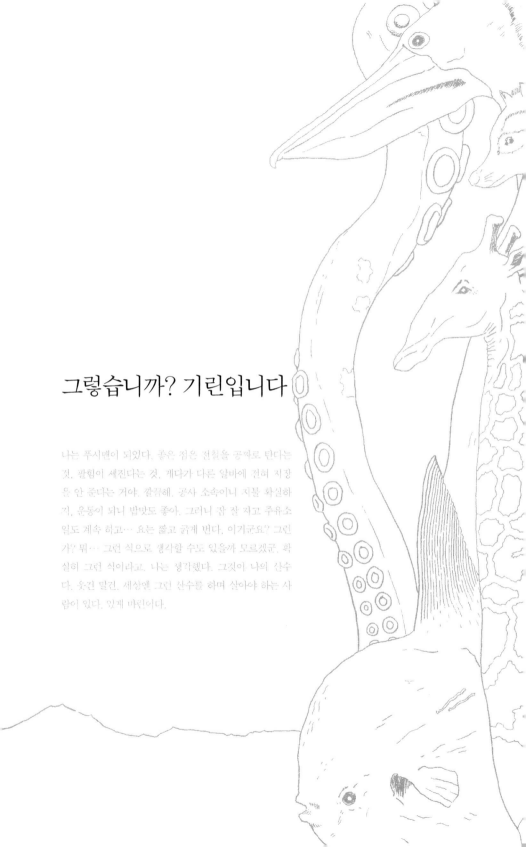

그렇습니까? 기린입니다

나는 푸시맨이 되었다. 좋은 점은 전철을 공짜로 탄다는
것. 팔힘이 세진다는 것. 게다가 다른 알바에 전혀 지장
을 안 준다는 거야. 깔끔해. 공사 소속이니 지불 확실하
기. 운동이 되니 밥맛도 좋아. 그러니 잠 잘 자고 주유소
일도 계속 하고… 요는 짧고 굵게 번다, 이거군요? 그런
가? 뭐… 그런 식으로 생각할 수도 있을까 모르겠군. 확
실히 그런 식이라고, 나는 생각했다. 그것이 나의 간수
다. 웃긴 말건. 세상엔 그런 간수를 하며 살아야 하는 사
람이 있다. 있게 마련이다.

나의 산수

　화성인들은 좋겠다. 그해 여름은 너무 무더워, 나는 늘 그런 상념에 젖고는 했다. 상고(商高)의 여름방학은 생각보다 길어서, 그런 상념에라도 빠지지 않으면 견딜 수가 없었다. 긴긴 여름, 게다가 나는 여러 일터를 전전했다. 오후엔 주유소에서, 또 밤에는 편의점에서. 있으나마나한 여자애들이 일터마다 있긴 했지만, 있으나마나 했으므로 지루하긴 마찬가지였다. 비하자면 수성과 금성과, 있으나마나인 별들을 지나, 지구까지 오던 태양광선이 나 같은 기분이었을까? 덥지도 않고, 멀고먼, 화성.

　일터를 돌다보면 별의별 일들을 겪게 마련인데, 모쪼록 그해의 여름이 그러했단 생각이다. 주유소에선 시간당 천오백원을, 편의점에선

천원을 받았으므로 나는 늘 불만이 가득했다. 그게 그러니까, 시작 때와 달리 불만이 생기는 것이다. 편의점의 사장은 이러면서 세상을 배운다 – 라고 말했지만, 이천원씩 받고 배우면 어디가 덧나나? 뭐야, 그럼 당신 자식에겐 왜 팍팍 주는데? 를 떠나서 – 못해도 이천원 정도의 일은 하고 있다고 나는 늘 생각했다. 글쎄 천원이라니. 덥기만 덥고, 짜디짠, 지구.

코치 형이 가게를 찾아온 것은 그 무렵의 새벽이었다. 어떠냐? 좋아요. 편의점의 알바 역시 코치 형의 소개로 얻은 것이므로, 좋다고밖에는 말할 도리가 없었다. 지역의 알바 정보를 한 손에 쥐었다고 할까, 아무튼 그래서 후배들에게 일자릴 소개하고 요모조모 코치하길 좋아하는 인물이었다. 이 얼마나 요긴한가, 나는 카프리썬 하나를 꺼내 그에게 건넸다. 제 돈으로 사는 거예요. 웃으며 말은 했지만 알고나 드세요, 제 인생의 이십오 분이랍니다. 시계를 쳐다보며 나는 생각했다. 지금 일하는 덴 사장이 꼴통이라서 말야… 오늘도 여자애 허벅질 만졌지 뭐냐… 나 참… 그래도 되는 거냐? 되고 말고를 떠나, 허벅질 만진다면 시간당 만원은 줘야 되는 게 아닌가, 나는 생각했다. 만지는 게 나쁜 게 아니다. 그러고 고작, 천원을 주는 게 나쁜 짓이다. 적어도 나는, 그렇게 생각했다.

그건 그렇고, 너 푸시업 잘하냐? 푸시업이라뇨? 팔굽혀펴기 말이다. 무조건 잘한다고 나는 대답했다. 그래야 일자리가 생긴다는 건, 그때도 이미 기본 중의 기본이었다. 페이가 세. 시간당 삼천원인데… 대신 몸이 좀 힘들어. 삼천원이요? 앞뒤 잴 것도 없이, 시간당 삼천원이란 말에 귀가 확 뚫리는 기분이었다. 내 주변에 그런 고부가가치 산업이 존재하고 있었다니. 제의를 받은 사실만으로도, 갑자기 확, 고도산업사회의 일원으로 성장한 느낌이었다. 좋구말구요. 비하자면 수성과 금성과 지구를 지나, 비로소 화성에 다다른 태양광선이 바로 나 같은 기분일까? 있으나마나에 받으나마나. 지구여 안녕.

그런 이유로, 나는 푸시맨이 되었다. 좋은 점은 전철을 공짜로 탄다는 것, 팔힘이 세진다는 것, 게다가 다른 알바에 전혀 지장을 안 준다는 거야. 이를테면 여기 일을 마친 다음 슬슬 역에 나가 '한 딱가리' 하면 그만이란 거지. 깔끔해. 공사 소속이니 지불 확실하지, 운동이 되니 밥맛도 좋아. 그러니 잠 잘 자고 주유소 일도 계속 하고… 코치 형의 코치가 쉬지 않고 이어진 것도 까닭은 까닭이었지만 – 다른 무엇보다 이유는 삼천원이었다. 요는 짧고 굵게 번다, 이거군요. 그런가? 뭐… 그런 식으로 생각할 수도 있을까 모르겠군. 코치 형이 어리둥절한 표정을 지었지만, 확실히 그런 식이라고, 나는 생각했다. 그것이 나의 산수(算數)다. 웃건 말건, 세상엔 그런 산수를 하며 살아야 하는 사람이 있다, 있게 마련이다.

미안하구나.

아버진 그렇게 얘기했다. 또 그 소리. 내가 일만 한다 하면 늘 같은 소리였다. 처음엔 들을 만했는데, 결국 들으나마나가 돼버린 지 오래다. 나이 마흔다섯에 시간당 삼천오백원, 즉 그것이 아버지의 산수였다. 여하튼 무슨 상사(商社)에 다녔는데, 여하튼 〈무슨 상사〉라고밖에 말할 수 없는 직장이었다. 딱 한 번 나는 그곳을 찾아간 적이 있다. 중학생 때의 일인데 도시락을 갖다주는 심부름이었다. 약도가 틀렸나? 엄마가 그려준 약도를 몇 번이고 확인하며, 근처의 골목을 서성이고 서성였다. 간신히 찾아낸 아버지의 사무실은 – 여하튼 그곳에 있기는 한, 그런 사무실이었다. 쥐들이 다닐 것 같은 어둑한 복도와, 형광등과, 칠이 벗겨진 목조의 문. 혹시 외국(外國)인가? 라는 생각이 들 만큼이나 〈을씨년〉스러운 곳이었다. 깜짝이야, 그런 단어가 머리 속에 있었다니. 넉넉한 환경은 아니어도, 제법 메탈리카 같은 걸 듣던 시절이었다. 그래도 세상은 뭔가 ESP 플라잉브이(메탈리카가 사용한 기타의 모델명)와 같은 게 아닐까, 막연한 생각을 나는 했었다. 했는데, 해서 문을 열고 들어서자 꼬박꼬박 도시락만 먹어온 얼굴의 아버지가 가냘픈 표정으로 사무를 보고 있었다. 아버지, 저 왔어요.

원래 좀 노는 편이었는데, 이상하게 그날 이후 나는 조용한 소년이 되어버렸다. 뭐랄까, 그때는 몰랐지만 그 순간 마음속에 〈나의 산수〉와 같은 게 생겨났기 때문이었다. 아마도 그랬다고, 지금의 나는 생각한다. 그것은 슬픈 일도 기쁜 일도 아니었으며, 누구를 원망할 성질의 것은 더더욱 아니었다. 그저, 말 그대로 수(數)였던 것이다. 말수가 줄어든 대신, 나는 열심히 알바를 하고 돈을 모으기 시작했다. 야, 세상은 한 방이야. 어울리던 친구들이 안쓰럽단 투로 말했지만, 나는 알고 있었다. 결국 이들도, 같은 산수를 할 수밖에 없단 사실을. 넌 뭘 할 건데? 나? 글쎄 요샌 연예계가 어떨까 싶어.

인간에겐 누구나 자신만의 산수가 있다. 그리고 언젠가는 그것을 발견하게 마련이다. 물론 세상엔 수학(數學) 정도가 필요한 인생도 있겠지만, 대부분의 삶은 산수에서 끝장이다. 즉 높은 가지의 잎을 따먹듯 – 균등하고 소소한 돈을 가까스로 더하고 빼다보면, 어느새 삶은 저물기 마련이다, 디 엔드다. 어쩌면 그날 나는 〈아버지의 산수〉를 목격했거나, 그 연산(演算)의 답을 보았거나, 혹 그것을 고스란히 물려받았는지도 모를 일이다. 즉 그런 셈이었다. 도시락을 건네주고, 산수를 받는다. 도시락을 건네주고, 산수를 받았다. 그리고 느낌만으로 〈아버지 돈 좀 줘〉와 같은 말을 두 번 다시 하지 않는 인간이 되었다.

참으로, 나의 산수란.

미안하구나. 아버지는 그렇게 얘기했지만, 아버지, 이건 나의 산수예요 라고 나는 생각했다. 정기적금 정기적금, 또 한 통의 자유적금. 시급 천오백원과 천원이 따로따로 쌓여가는 통장들을 생각하면, 세상에 힘든 일은 없었다. 말할 것 같으면, 내 주변은 주로 그랬다. 코치 형만 해도 통장이 다섯 개다. 코치 형네엔 아버지가 없지만, 우리집처럼 병든 할머니가 있는 것도 아니었다. 쌤쌤이다. 어머닌 식당일을, 그 외엔 말을 안 해 더이상은 모르겠다. 들은바, 중학생 때의 코치 형은 본드로 유명한 소년이었다, 한다. 무렵엔 그 말을 도저히 믿을 수 없었다. 그래, 누구나 자신의 산수를 가지고 살아가는 거겠지. 그러니까

나의, 산수.

지금 열차가 들어오고 있습니다

승객 여러분들은 안전선 밖으로 물러나주셔야겠지만, 그게 될 리가 없는 것이다. 승객들은 모두 전철을 타야 하고, 전철엔 이미 탈 자리가 없다. 타지 않으면, 늦는다. 신체의 안전선은 이곳이지만, 삶의 안전선은 전철 속이다. 당신이라면, 어떤 곳을 택하겠는가.

처음 열차가 들어오던 그 순간을 나는 잊을 수 없다. 그러니까 열차라기보다는, 공포스러울 정도의 거대한 동물이 파아, 하아, 플랫폼에 기어와 마치 구토물을 쏟아내듯 옆구리를 찢고 사람들을 토해냈다. 아아, 절로 신음이 새어나왔다. 뭔가 댐 같은 것이 무너지는 광경이었고, 눈과 귀와 코를 통해 머리 속 가득 구토물이 차오르는 느낌이었다. 야! 코치 형이 고함을 질러주지 않았으면, 나는 아마도 놈의 먹이가 되었을 테지. 정신이 들고 보니, 놈의 옆구리가 흥건히 고여 있던 구토물을 다

시금 빨아들이고 있었다. 발전(發電)이라도 일어날 기세였다. 힘! 그때 코치 형이 고함을 질렀다. 해서, 엉겁결에 – 영차, 영차 무언가 물컹하거나 무언가 딱딱한 것들을 마구마구 밀어넣긴 했지만 그것이 무엇이었는지는 지금도 기억나지 않는다. 아니, 어찌 내 입으로 그것이 인류(人類)였다고 말할 수 있겠는가.

정신 차려. 열차가 출발하자 코치 형이 다가와 단단히 주의를 주었다. 네. 심호흡을 크게 했지만 다리가 떨리긴 마찬가지였다. 저 사람들을 사람이라고 생각하지 마. 화물이나, 뭐 그런 걸로 생각하란 말이야. 알겠니? 알겠지? 알겠지, 에서 다시 열차가 들어왔으므로, 나는 새로이 전열을 가다듬었다. 파아, 하아. 의정부 행이었던 두번째 열차는, 아마도 두 배의 사람들이 쏟아져나오는 느낌이었다. 이건 마치, 전 인류가 아닌가.

그렇게 한 시간이 지나갔다. 정신을 차리고 보니 나는 안전선 밖의, 그러니까 〈물러서주시기 바랍니다〉 정도의 지점에 주저앉아 있었다. 그리고 눈앞에는 – 세 개의 넥타이핀과 두 개의 단추, 더불어 부러진 안경다리가 부상병의 목발처럼 뒹굴고 있었다. 뿐데였다. 인류의 분실물들을 수거하며, 나는 비로소 온몸이 땀으로 젖어 있다는 사실을 알 수 있었다. 그러니까, 화성인들은 좋겠다. 참, 좋겠다.

일 주일이 그런 식으로 지나갔다. 아침이면 전 인류의 참상을 목격하고, 오전의 짧은 잠, 이어지는 주유소 알바와 밤의 편의점. 온종일 머리 어깨 무릎 발 무릎 발이 아프더니, 다음날엔 머리 어깨 무릎 발 무릎 발 무릎이 아팠고, 그 다음날엔 머리 어깨 발 무릎 발 머리 어깨 무릎 귀 코 귀까지가 아프다고 할 정도로, 온몸이 아파왔다. 이건… 시간당 삼만원은 받아야 하는 게 아닌가. 나는 다시 불만에 사로잡혔지만, 지금 관두면 억울하지 않니? 코치 형의 코치도 과연 옳은 말이다 싶어 이를 악물고 출근을 계속했다. 어쩌면 피라미드의 건설 비결도 〈억울함〉이 었는지 모른다. 지금 관두면 너무 억울해. 아마도 노예들의 산수란, 보다 그런 것이었겠지.

이상하게 이를 악물고 일을 하다보니, 그럭저럭 일에도 재미가 붙기 시작했다. 머리 어깨 무릎 발 무릎 발도 더이상 아프거나 쑤시지 않았고, 이거야 원, 나는 즐거웠다. 여름의 새벽은 신선했고, 개봉역의 입구에선 대개 코치 형이 담배를 물고 서 있었다. 그리고 큰형(매표소의 직원을 코치 형은 큰형이라 불렀다)에게서 무임권을 얻는다. 얻고, 플랫폼에 올라선 우리는 어떤 특권처럼 - 라인의 맨 앞쪽에서 열차를 기다린다. 예전의 나였다면, 아마도 어김없이 여덟번째 출구(집에서 최단 거리여서 항상 서게 되는 위치)의 대기선에서 열차를 기다렸겠지만, 그해 여름 나는 분명히 〈푸시맨〉이었다. 코치 형을 따라 공손히 인사를 하면, 기관사들은 대개 기관사석이나 차장석의 문을 열어주었다. 이 얼마나, 근사한 일인가.

사람들은 우리를 전설이라 부른다. 훈시랄까, 아니면 설교랄까 – 숙
직실에서 〈감독〉의 얘기를 듣는 것도 보통 재미가 아니었다. 나이와 경
력, 팔뚝의 힘, 투철한 직업관, 그리고 개똥철학… 모든 면에서 최고참
인 그를 우리는 감독이라 불렀다. 실제 푸시맨들의 조장 역을 맡고 있
었으므로 감독의 말은 곧 빛이자 생명, 까지는 아니고 아, 예예 였다.
그럼요 그럼요, 요지는 늘 – 우리가 국가경제의 중추라는 둥, 교통대란
을 막는 네덜란드의 소년(거 왜, 댐을 막았다는)이라는 둥, 하물며 우
리 업계의 신화라는 둥. 아, 예예.

시급 삼천원을 받으며 네덜란드의 소년이 되고 싶진 않았지만, 모두
가 수긍하는 감독의 말이 있었다. 그것은 우리가 '일당 백'이라는 사실
이었다. 정예, 정예, 감독은 늘 일당 백의 정예가 아니고선 신도림역 푸
시맨의 자격이 없다고 설교를 늘어놓았다. 해서 사람을 미는 요령, 틈
사이에 발이 빠진 사람의 구출 요령, 또 열차 한 량의 정원이랄까 그런
것 – 또 그런가 하면, 갑자기 요새 '오 예스'란 과자가 나왔는데 맛있더
라, 너는 '쵸코파이'와 '오 예스' 중 어떤 게 맛있냐고 물어서 사람을
당황케 하는 재주를 가지고 있었다. 하하, 예예.

그리고 많은 일들이 있었다. 어른들 사이에 파묻혀 기절한 어린이가
있었고 도대체 이 시간에 애를 태워 보내는 부모가 어딨어! 흥분한 감
독이 부모를 찾았지만, 그런 부모 따위가 열차에 탔을 리 없었다. 숙직
실에서 눈을 뜬 어린이는 수학경시대회에 가야 하는데, 엄마에게 혼나

는데, 라며 눈물을 흘렸다. 감독은 부천에서 왔다는 그 어린이에게 자신의 돈으로 콜라와 오 예스를 사주었다. 막내가 좀 갔다 와라. 감독의, 인생의 삼십 분을 건네받으며 나는 평소와 달리 아, 네, 라고 짧게 끊어 대답했다.

제발… 지각이에요. 그런 여자도 있었다. 가능한 등이나 어깨를… 즉 여성의 몸을 함부로 밀기가 아직은 곤란했던 무렵이었다. 그래서 머뭇머뭇 그만 두 대의 열차를 놓쳐버렸다. 눈앞에서 울음을 터뜨리는데, 난감해서 견딜 수 없었다. 해서 코치 형을 불렀다. 그리고 의정부 행이 들어왔는데, 어찌나 사람이 많은지 코치 형조차 여자를 넣는 데 실패했다. 결국 여자를 넣은 것은 감독이었다. 열차 쪽을 보지 마시고, 저를 보세요 저를. 그리고 척 보기에도 가슴 같은 곳을 막 눌러, 쑤욱 밀어넣었다. 잘 들어. 남자는 앞을 보게 해야 잘 들어가고, 여자는 돌아서게 해야 잘 들어가. 알았지? 왜 그런 겁니까? 하여튼 그래.

푸시맨 하나가 열차 속에 딸려들어간 적도 있었다. 뒤에 있던 사람들에게 떠밀려, 순식간에 일어난 일이었다. 일어날 수 있는 일이 일어난 것뿐이었는데, 문제는 그 다음이었다. 승객 한 사람이 시비를 걸며 머리를 쥐어박은 것이다. 이유는 간단했다. 평소 이놈들이 싸가지 없이 사람을 민다는 것이었다. 맞은 애도 보통 성질은 아니어서, 그만 사건이 커지고 말았다. 결과는 집단구타였다. 전치 삼 주. 도망친 승객들은 아무도 잡히지 않았고, 결국 그 친구는 자신의 돈으로 앞니를 해넣어야 했다. 그리고 아무도, 그 친구를 볼 수 없었다.

　대신 나는, 여러 명의 변태를 볼 수 있었다. 또 보진 못해도, 여성의 비명이나 그런 걸 통해 차량의 어느 언저리에 변태가 있음을 알 수 있었다. 한번은 여자의 치마에 정액을 묻히던 사십대가 현장에서 붙잡혔다. 손을 움직일 틈이 있었을까? 그 속에서 그런 짓을 한 것도, 그 와중에 그런 인간을 붙잡은 것도 모두가 대단한 일이라고 나는 생각했다. 많아, 굉장히 많아. 코치 형이 고개를 가로저었다. 그런데 형⋯ 아무리 그게 좋다 쳐도⋯ 과연 저 속에 타고 싶을까요? 그건 모르지. 변태의 속사정을 어떻게 알겠니? 갓 경찰로 부임한 친구가 있거든. 그 친구가 그러는데 하루는 알몸의 삼십대 남자가 화단에서 꽃을 먹고 있다는 신고를 받았다지 뭐냐? 꽃, 이라구요? 응, 꽃.

　사정(射精)을 하다 붙잡힌 남자는 상습범으로 밝혀졌다. 과묵한 인상에 피부가 매우 흰, 점이 많은 얼굴이었다. 살이 찐 목과 근처의 주름을 따라 연신 땀이 흘러내렸다. 변태 주제에 하와이라도 다녀온 모양이지? 감독이 빈정댔지만 그는 결코 얼굴을 들지 않았다. 다른 이유는 없고, 그저 곁에 선 경찰의 제복에 비해 그의 꽃무늬 알로하셔츠가 지나치게 아름답기도 해서 - 불현듯 나는 이런 생각을 하게 되었다. 하와이에도 전철이 있을까? 하와이에도 화단에서 꽃을 먹는 알몸의 남자가 있을까? 그리고 하와이에도, 푸시맨들이 있을까? 지구는 둥그니까 자꾸 걸어나가면, 그러니까 알로하, 오에.

결국 모든 인간은 상습범이 아닐까, 나는 생각했다. 상습적으로 전철을 타고, 상습적으로 일을 하고, 상습적으로 밥을 먹고, 상습적으로 돈을 벌고, 상습적으로 놀고, 상습적으로 남을 괴롭히고, 상습적으로 거짓말을 하고, 상습적으로 착각을 하고, 상습적으로 사람을 만나고, 상습적으로 대화를 나누고, 상습적으로 회의를 열고, 상습적인 교육을 받고, 상습적으로 머리 어깨 무릎 발 무릎 발이 아프고, 상습적으로 외롭고, 상습적으로 섹스를 하고, 상습적으로 잠을 잔다. 그리고 상습적으로, 죽는다. 승일아. 온몸으로 밀어, 온몸으로! 나는 다시 사람들을 밀기 시작했다. 온몸으로, 상습적으로.

8월이 되면서 점점 이력이랄까, 그런 게 붙기 시작했다. 게다가 신참들이 늘어났다. 집단폭행의 여파도 여파였고, 몸이 힘든 만큼 일을 관두는 숫자도 상당했기 때문이었다. 결국 나는 전철의 중심 쪽으로 점점 위치를 옮겨야 했다. 갈수록 사람들은 많아지고, 밀수록 사람들은 밀려나왔다. 물론 대우가 좋아지고, 다들 나의 근성을 인정하는 분위기라 어려움은 덜했지만, 정작 어려운 문제는 그런 것이 아니었다. 물론

돈도 좋지만

아침마다 수많은 사람들의 고통을 목격하는 일이 점점 하나의 스트레스로 변해갔다. 가까스로 문이 닫히면, 으레 유리창에 밀착된 누군가

의 얼굴과 대면하기 일쑤였다. 이런 풍선을 봤나, 터질 듯 짓눌린 볼과 입술을, 또 납작해진 돼지코를 보고 처음엔 배를 잡고 웃었지만, 날이 갈수록 웃음은 사라져갔다. 좋아요, 다 좋은데 그러니까 당신이 기억하는 인류의 얼굴을 말해보란 얘기야. 화성의 누군가로부터 그런 추궁을 받는다면 나는 적잖이 고통스러울 것만 같았다. 다른 행성의 존재에게 알려주기엔, 인류의 몽따주는 얼마나 슬픈 것인가. 지금 열차가 들어오고 있습니다. 파아, 하아. 그래 전철만 다녀라, 은하철도 같은 건 아예 생각지도 말아야 한다. 지금 이대로의, 인류라면 말이다.

결국 또 한 칸 신참에게 자리가 밀려, 나는 여덟번째 승강구를 맡게 되었다. 〈8〉. 노란색으로 박혀 있는 양각의 숫자를 내려다보다, 나는 문득 〈나의 산수〉를 떠올렸다. 왜, 이렇게 살아야 하나, 얼핏 바보 같은 생각이 들었지만 산수란 말 그대로 수(數)에 불과한 것이라고, 스스로를 다독여주었다. 유난히 머리 어깨 무릎 발, 무릎 발이 무겁게 느껴지는 아침이었다. 파아, 하아. 그리고 여전히 열차가 들어오고, 문이 열리고, 누군가가 압력에 의해 튕겨나왔는데, 그런가 했는데

아버지였다.

뭐랄까, 일이 끝나면 – 옷을 전부 벗어던지고 근처의 화단으로 가 꽃이라도 뜯어먹고 싶은 심정이었다. 아, 아버지… 그런 말을 했는지 안 했는지에 대해선 잘 기억이 나지 않는다. 다만 신설역까지 가야 하는 아

버지를, 마치 처음 여자의 몸을 밀 때처럼, 그래서 잘, 못 밀고, 그래도 좀 밀었는데, 잘, 안 들어가고, 그랬다. 열차의 문이 닫혔다. 파아, 하아. 상체를 구부려 무릎에 손을 얹고, 나는 제법 숨을 몰아쉬었다. 파아, 하아. 어색한 표정으로 아버지는 어색해진 넥타이를 고쳐매고 서 계셨다. 그리고 잠깐, 넥타이를 맬 만큼의 짧은 시간이 그러나 절대 풀리지 않을 매듭으로, 우리 둘 사이를 엮으며 지나갔다. 그것은 무척 이상한 체험이었다. 매듭의 바깥은 더없이 소란스러운데, 아버지와 나 사이엔 우주의 고요, 같은 것이 고여드는 기분이었다. 고요 속에서, 그러나 눈을 못 마주치는 우리의 결계를 넘어, 또다시 안내방송이 흘러나왔다.

지금 열차가 들어오고 있습니다.

이 부근의 어느 지붕

정말로, 지구가 돈다는 것을 알게 될 때가 있다. 일을 끝내고, 코치 형과 나란히 역사(驛舍)의 벤치에 앉아 있을 때가 더욱 그랬다. 다리를 길게 뻗고 머릴 좀더 젖히면, 구름이 흘러가는 모습을 보게 되는 것이다. 약간의 현기증이 일기도 하지만, 즉 그래서 아, 지구가 돌고 있구나 라는 사실을 알게 된다. 그 느낌이 나는 좋았다. 그래서 자주, 나는 벤치에 몸을 뉘었다. 아버지를 만난 그날도 그랬다.

승일아… 이번엔 꼭 타야 한다. 그리고 세번째 열차가 들어왔는데, 흐름이 좋지 않음을 간파한 감독이 미는 것을 도와주었다. 힘! 힘! 물론 그 화물이 나의 아버지임을 알 리도 없었지만 너무 거침없이 머릴 누르고, 막, 등을 팔굽으로 찧고, 밀고, 그랬다. 들어, 간다. 들어, 갔다. 들릴락 말락, 그리고 그 순간 아버지의 흉곽에서 어떤 미약한 소리 같은 것이 새어나오는 듯 했다. 파아, 하아. 하지만 흉곽을 닫아 열차는 자신의 폐부 속에 아버지의 소릴 가두었고, 나는 더이상 그 소리의 정체를 확인할 길이 없었다. 아무튼 고작, 러시아워 전철 따위의 폐부에 갇힌 소리나 호흡, 그런 기포와도 같이 - 답답하고

길고, 이상한 여름이었다. 형, 지구가 돌고 있어요. 그러냐? 뭔가 아버지에 대한 얘길 하고 싶었는데, 전혀 뜻밖의 말들만 튀어나왔다. 뭐 좀 마실래? 그리고 코치 형이 뽑아준 미린다 한 잔을 마시고 그걸로 끝이었다. 그후로 제법, 자주, 나는 아버지를 보게 되었다. 서서히 서로에게 어떤 면역이 생겨나기도 했지만, 어떤 면역이 생겨도 자체가 즐거울 리 없는 만남이었다. 나는 때로, 제대로 아버지를 밀어넣기도 했고, 그건 방학이 끝나갈 무렵이었고, 그런 날이면 언제나 음료수를 뽑아 마셨다. 저 멀리 구름은 흘러가고, 나는 목이 말랐다.

여름은 그렇게 지나갔다. 방학이 끝나면서 푸시맨 생활도 끝이 났고, 나는 다시 학교로 돌아왔다. 2학기가 시작된 학교는 몹시도 어수선한 분위기였다. 자리가 없어, 이구동성으로 선배들은 얘기했다. 이구동성

이 아니어도, 세상의 불황을 누구나 알고 있었다. 자격증도 소용없고, 또, 정보산업고로 개명하면 취업률이 오를 거란 예상도 그러나 모두 루머에 불과한 것이었다. 선배들은 낙심했고, 여전히 구름은 흘러가고, 나는 목이 말랐다. 세상은 하나의 열차다. 한 량의 정원은 180명, 그러나 실은 400명이 타야만 한다 - 답답하고

길고, 이상한 여름은 끝이 났지만 대신 길고, 이상한 가을이 시작되었다. 그래서 9월이 끝나갈 무렵이었다. 엄마가 쓰러졌다. 상가건물의 청소일을 오랫동안 해왔는데, 과로인지 뭔지 아무튼 쓰러졌다. 다행히 곧장 병원으로 옮겨졌고, 그러나 확실한 원인이 발견된 것은 아니었고, 일단은 신경인지 어딘지가 나빠질 만큼 나빠졌다는 얘기였다. 검사를 계속 해봅시다. 의사란 사람이, 그렇게 얘기했다. 검사는 계속 해야만 하겠지. 의사란 사람이, 그렇게 말했으니.

병실에 들어서자, 엄마의 손을 잡고 있는 아버지의 모습이 들어왔다. 엄만 어때? 대답 대신 아버지는 말없이 나를 바라보았다. 초원의 복판에서 갑자기 한쪽 다리를 못 쓰게 된 타조처럼 - 멍하고, 어두운 표정이었다. 실은 그 동안 그나마 아주 잘 걸어왔다는, 아니 달려온 거라는 생각이 나도 들었다. 사라질 엄마의 봉급, 여전한 할머니의 약값, 발생될 엄마의 치료비… 아버지의 눈동자가 그토록 잿빛이었단 사실을 그때 처음 알았다. 뭐랄까, 전지가 떨어진 계산기의 꺼진 액정과 같은, 그런 잿빛이었다. 이제, 계산이 안 나온다. 나도, 계산이 서질 않았다. 불 꺼

진 병원의 비상계단에서, 나는 코치 형에게 전화를 걸었다.

　고학을 했던 담임은 비교적 이해심이 많은 인물이었다. 힘내거라. 내가 잘, 처리해주마. 해서 나는 1교시를 빼먹는 학생이 되었고, 덕분에 다시금 푸시맨 일을 하게 되었다. 나는 다시 전 인류의 물결을 감당해야 했고, 그 속에서 마치 부유하는 미역줄기와도 같은 아버지를 대면하기 일쑤였다. 맞다, 내 정신 좀 봐. 아버진 그때 점심을 어떻게 했을까? 굶은 걸까? 즉, 도시락의 무게만큼 가벼워진 아버지를 나는 밀고, 또 밀었다. 그 가을의 찬바람 속에서 내 손에 밀리던 아버지는 때로 웅크렸고, 때로 늘어졌으며, 때로 파닥이는, 그런 느낌이었다. 문득, 아침바람 찬바람에 울고 가는 저, 기러기.

　코치 형은 이런저런 알바 자리들을 서슴없이 나에게 인계해주었다. 고마워 형. 나는 목각(木刻)의 기러기인형처럼 딱딱하게 고마움을 표했지만, 실은 울고 싶은 심정이었다. 새로 전지를 갈아끼운 계산기의 액정에서, 새롭고 소소한 액수의 숫자들이 깜박깜박 빠르게 점멸하는 나날이었다. 그런 느낌이었다. 어느 날 거울을 보다가, 그런 잿빛의 눈동자를 나는 보았다. 아버지와 색이 같은 두 개의 동심원, 나는 결국 아버지의 연산(演算)이었다. 3.1415926535897… 그리고

　편의점의 사장과 트러블이 있었다. 돈을 안 줘서, 그래서 달라고 했는데, 점점 수작이 떼먹자는 수작이었다. 옥신각신하던 차에 그만 밀었

는데, 나도 놀랄 만큼이나 한참을 날아갔다. 되려 허릴 다쳤다는 둥, 고소를 한다는 둥 난리를 쳤는데 이 역시 코치 형이 해결해주었다. 작은 소리로 잠시 얘길 했을 뿐인데, 사장이 나오더니 돈을 주었다. 아니, 뿌렸다. 줍자. 너무나 담담한 코치 형이 없었더라면, 또 한바탕 푸시를 할 뻔했었다. 액수는 맞니? 천원이 모자라요. 저기, 천원 모자랍니다. 코치 형이 크게 소리질렀다.

이상하게 그날 아침 – 나는 아버지를 아주 거칠게, 그렇게, 밀었다. 부끄럽지만, 그런 기분이었다. 아마도 땅바닥에 떨어진 돈을 한 장 한 장 주워서겠지, 그래서겠지. 애써 자위를 해봤자 기분이 좋을 리 없었다. 승일아, 잠깐만… 잠깐만. 아주 잠깐, 아버지의 신음이 내 귓속을 비집고 들었지만 이상하게도 아무런 느낌이 없었다. 아버지, 잘 다녀오세요.

잘 다녀온 아버지는, 그러나 그날 밤 이런저런 사정들을 나에게 털어놓았다. 요는, 산수에 관한 것이었다. 점점 회사가 힘들어진다. 지금 다른 곳을 알아보고 있다. 미안한데, 당분간은 함께 좀 고생을 하자. 나는 하나도 힘들지 않다고, 얘기했다. 미안해하던 아버지를 다음날 또 마주쳤는데 – 미안한 마음에 제대로 밀지 못했다. 아버지, 잘 다녀오세요.

다릴 뻗고 고갤 젖히고, 그래서 구름이 흘러가는 걸 쳐다보며 나는 말했다. 형, 지구는 진짜 돌고 있어요. 그러냐? 이렇게 지구가 도는 게 느껴질 땐 말이죠, 문득 그런 생각이 들어요. 뭐가? 그러니까… 정말 우주에서… 행성 위에서 살고 있는 거잖아요. 그래서? 이런 곳에서… 왜 고작 이따위로 사는 걸까, 라고요. 잠시 침묵을 지키던 코치 형이 뭐 좀 마시자, 라며 자릴 일어섰다. 다릴 당기고 고갤 세워. 그래서 지구가 정지하고 나자 〈얼음 없음〉을 눌러 양이 더 많은 미린다 한 잔이 눈앞에 떠 있었다. 정지한 지구 위에서, 또, 지금 열차가 들어오고 있었다. 재밌는 얘기 하나 해줄까?

지금 들어온 열차가 출발하고 나자, 코치 형이 불쑥 그런 말을 뱉는 것이었다. 2교시도 빠지지 뭐. 해서 그날따라, 나 역시 벤치에 눌러앉게 되었다. 그것은 재밌다기보다는, 어딘가 모르게 이상한 이야기였다. 본드를 한창 하던 때의 일이야. 여느 때처럼 끝까지 갔다 라고 생각했는데, 갑자기 내가 지붕 위에 떠 있는 거야. 신기한 게 아래엔 머릴 처박은 내 모습이 보이고, 그걸 바라보는 나 자신은 이상한 빛이 나는 거야. 나 지금 죽은 건가, 그런 생각이 절로 들었지. 얼마나 무서웠나 몰라. 그래서 주위를 둘러보는데, 멀리 오류동 쪽에 아는 녀석 하나가 나처럼 떠 있는 거야. 진호라고, 그놈도 맨 본드하고 거기서 놀던 앤데… 그래서 저놈도 죽은 건가? 생각을 한 거지. 그리고 얼마쯤 지났을까? 다시 정신이 들고 깨어났어. 아니, 살아났다고 그때는 생각했지. 휴 하고 가슴을 쓸었는데, 정말 놀랄 일은 오후에 일어났어. 글쎄 진호 그놈이 날 찾아온 거야. 그리고 혹시 어젯밤에 본드 했냐고? 그래서 했다 했지. 그러자 공중에 떠 있는 자길 보지 않았냐고, 자긴 날 봤다고 그러는 거야. 나 참 얼마나 놀랐던지.

어쨌거나 그 일이 있고 나서, 나 완전히 딴사람이 돼버렸어. 본드도 끊고, 이유는 잘 몰라. 혹 언제라도 빠져나가, 이 부근의 어느 지붕에 떠 있으면 어쩌지? 그래서 열심히 사는 거 외엔 달리 방법이 없는 게 아닌가, 그런 생각도 들고. 이 부근의 어느 지붕요? 응,

이 부근의 어느 지붕

그렇습니까? 기린입니다

금성인들은 좋겠다. 그해 겨울엔 혹한이 닥쳐, 나는 늘 그런 상념에 젖고는 했다. 정보산업고(情報産業高)의 겨울방학은 생각보다 가혹해서, 그런 상념에라도 빠지지 않으면 견딜 수가 없었다. 긴긴 겨울, 여전히 나는 여러 일터를 전전했다. 이른 아침의 전철역에서 늦은 밤까지의 갈빗집 주방, 또 새벽엔 세 구역의 아파트를 돌며 - 신문을 돌렸다. 파아, 하아. 퍼오르는 입김과 옷 속의 땀. 돌이켜보면, 부근의 어느 지붕에서 그런 자신의 모습을 내려다보는 기분이다. 금성인의, 시각 같다.

새벽의 전철은 늘 은하철도와 같은 느낌이었다. 그렇게 말해도 괜찮습니까? 금성의 누군가로부터 추궁을 받는다 해도, 과연 나는 그렇게 말할 수 있다. 새벽은 광활하고 캄캄했으며, 혹한의 공기는 언제나 거

칠었다. 말 그대로의 천자문 집宇 집宙, 넓을洪 거칠荒. 그리고 나는, 혼자였다. 사람들은 모두 자고 있겠지, 사람들은 모두 무사하겠지. 구일과 구로를 지나 신도림으로 이어지는 선로의 어둠 속에서, 나는 늘 흔들리며 생각했다. 조금씩, 열차는 흔들렸고, 조금씩, 마음도 흔들렸다. 삶은, 세상은, 언제나 흔들리는 것이었다.

무사한 사람은 아무도 없었다. 알바를 정리한 코치 형은 떴다방의 직원이 되었는데, 불과 한 달 만에 사람이 달라졌다. 비록 중고지만 승용차를 구입했고, 돈의 씀씀이가 예전과 사뭇 달랐다. 우연히 길에서 만났는데, 내가 알던 코치 형과 유사한 인물이란 느낌만 간간이 들 뿐이었다. 유사한 것을 무사하다고 말할 순 없는 거니까, 즉 그런 거니까. 감독은 여전했지만, 그 역시도 무사한 것은 아니었다. 들리는 말로는 결혼사기를 당했다는데, 그후 열흘이나 무단결근을 했고, 그후 다시금 출근을 했다. 본인은 어떤 말도 하지 않았고, 우리 역시 어떤 말도 하지 않았다. 사람은 배워야 해. 언젠가 불쑥 그런 말을 하길래 나는 아, 네, 라고 짧게 끊어 대답해주었다. 또 그런가 했더니, 갑자기 요즘 '칙촉' 이란 게 나왔는데 먹어봤냐? 넌 '오 예스'와 '칙촉' 중 어떤 게 맛있냐고 묻길래 ─ 아, 예예. 그리고

그 겨울의 어느 날이었다.

아버지가 사라졌다.

정말로 사라진 것이었다. 어떤 조짐도 보이지 않았고, 어떤 짐작도 할 수 없었다. 처음엔 사고가 아닌가 백방으로 뛰어다녔지만, 사고의 흔적은 어디에도 없었다. 행적에 대해 말해줄 수 있습니까? 아버지를 마지막으로 본 것은 나였으므로, 당연히 나는 그에 대해 할말이 있었다. 그날 아침 전철역에서 만났습니다. 전철역에서요? 네, 아버지는 출근을 하는 길이었고, 저는 그곳에서 아르바이트를 하고 있었습니다. 종종 만나는 편인데, 늘 그랬듯 그날도 역시 아버지를 밀어드렸습니다. 뭐 특이한 점은 없었나요? 글쎄요… 그러고 보니 〈잠깐만, 다음 걸 타자〉 하고 몸을 한 번 뺐습니다. 그런 적은 처음이었나요? 네, 아마도. 그래서 어떻게 했나요? 힘드신가보다, 라고 쉽게 생각했습니다. 그래서 다음 열차에 태워 보냈습니다. 순순히 타던가요? 그런, 편이었습니다.

그리고 그것이, 아버지의 마지막 모습이었다. 아버지는 회사에도 가지 않았고, 집으로도 오지 않았다. 말 그대로의, 실종. 경찰은 요즘 그런 사람들이 꽤 있다는 말로 나를 위로했지만, 그런 사람들이 꽤 있다고 해서 위로가 될 리 없었다. 그후의 기억은… 잘 정리가 되지 않는다. 나는 아버지의 회사를 상대로 밀렸던 두 달치 임금을 받아냈고, 이는 보통 힘든 일이 아니었고, 이런저런 서류를 마련해 할머니를 관인 〈사랑의 집〉에 보내고, 이 또한 정말 까다롭고 힘든 일이었으며, 경찰서와 병원을 꾸준히 오고, 가고, 또 여전히 일을 했다, 해야만 했다. 때로 새벽의 전철에 지친 몸을 실으면, 그래서 나는 저 어둠 속의 누군가에게 몸을 떠밀리는 기분이었다. 밀지 마, 그만 밀라니까. 왜 세상은 온통 푸시인가. 왜 세상엔 〈푸시맨〉만 있고 〈풀맨〉이 없는 것인가. 그리고 왜, 이 열차는

  삶은, 세상은, 언제나 흔들리는가. 그렇게

  흔들리던 겨울이 가고, 봄이 왔다. 봄은 금성인과 화성인이 모두 부러워할 만큼이나 근사한 계절이었다. 끝내 아버지는 돌아오지 않았지만, 대신 어머니의 의식이 기적처럼 돌아왔다. 의식이 돌아왔다는 사실보다도, 퇴원을 할 수 있다는 사실이 기뻐 나는 울었다. 글쎄 그 정도의 서러운 이유라면, 누구나 눈물이 나오지 않았을까? 이제 재활치료만 받으면 됩니다. 의사란 사람이, 그렇게 얘기했다. 재활치료만 받으면 되는 거겠지. 의사란 사람이, 그렇게 말했으니.

  그렇게 우리집은, 다시금 숨을 트고 있었다. 아버지가 사라졌지만 할머니란 짐을 덜게 된 까닭으로, 또 엄마가 스스로 자신의 병원비를 번 까닭으로 그대로, 그렇게. 근처의 지붕에서 지켜본다면, 아마도 그것은 잔디의 작은 싹이 움을 튼 모습과 비슷한 광경이었을 것이다. 살아, 있다. 무사하진 않았지만, 그래도 유사한 산수를 할 수 있단 것은 얼마나 큰 삶의 축복인가. 사라지기 전에, 사라지기 전에 말이다.

  봄이 얼마나 완연한 날이었을까. 일을 마친 나는 잠깐 역사의 벤치에

서 졸다가 깊고, 완연한 잠을 자버리고 말았다. 그리고 눈을 떴다. 목이 말랐다. 여느 때처럼 미란다 한 잔을 마시고 나자, 탄산수처럼 쏘는 느낌의 봄볕이 피부를 찔러왔다. 당연히 〈얼음 없음〉인 봄볕 속에는 그래서 그만큼의 온기가, 더 스며 있었다. 아아, 마치 기지개처럼 나는 다릴 뻗고 고갤 젖혔다. 여전히 구름은 흘러가고 지구는 돌고, 그리고 다시 고개를 들었는데 건너편 플랫폼의 지붕 근처에 떠 있는 이상한 얼굴 하나가 눈에 들어왔다. 저것은 설마

　기린이 아닌가. 그것은 정말 한 마리의 기린이었다. 기린은 단정한 차림새의 양복을 입고, 플랫폼의 이곳저곳을 천천히 거닐고 있었다. 오전의 역사는 한가했고, 아무리 한가해도 그렇지 – 사람들은 그럴 수도 있지 뭐, 의 표정으로 그닥 신경을 쓰지 않는 눈치였다. 이거야 원, 누군가 한 사람은 긴장을 해야 하는 게 아닌가, 란 생각으로 나는 기린을 예의, 주시했다. *끄덕끄덕*, 머리를 흔들며 걷던 기린이 코너 근처의 벤치 앞에서 멈춰 섰다. 그리고, 앉았다. 그것은 그리고, 앉았다 라고 해야 할 만큼이나 분리되고, 모션이 큰 동작이었다. 이상하게도 그 순간, 나는 기린이 아버지란 생각을 했다. 이유는 알 수 없지만, 그런 확신이 들었다. 나는 이미 통로를 뛰어가고 있었다. 사라지기 전에, 사라지기 전에.

　다행히 기린은 꼼짝 않고 앉아 있었다. 주저주저 그 곁으로 다가간 나는, 주저주저 기린의 곁에 조심스레 앉았다. 막상 앉으니 – 기린은 앉

은키가 엄청나고, 전체적으로 다소곳하고 무신경한 느낌이었다. 기린은 이쪽을 쳐다보지도 않는데, 나는 혼자 울고 있었다. 이상하게도 자꾸만 눈물이 나오는 것이었다. 아버지… 곧장 나는 가슴속의 말을 꺼냈고, 기린의 무릎 위에 내 손을 올려놓았다. 떨리는 손바닥을 통해, 손으로 밀어본 사람만이 기억하는 양복의 질감이 그대로 느껴져왔다. 구름의 그림자가 빠르게 지나갔다. 기린은 여전히 아무 반응이 없었다. 아버지, 아버지 맞죠?

어떻게 된 거예요? 기린의 무릎을 흔들던 나는, 결국 반응을 포기하고 이런저런 집안의 근황을 들려주었다. 할머니의 소식과 어머니의 회복, 그리고 나는 부동산 일을 배울 수도 있다, 선배가 자꾸 함께 일을 하자고 한다, 자리가, 자리가 있다고 한다. 경제도 차차 좋아질 거라고 한다. 무디슨가 어디서 우리의 신용등급이 또 한 계단 올라섰대요, 좋아졌어요. 그러니 돌아오세요. 이제 걱정 안 하셔도 된다니까요. 구름의 그림자가 또 빠르게 지나갔다. 아버지, 그럼 한마디만 해주세요, 네? 아버지 맞죠? 그것만 얘기해줘요.

무관심한, 그러나 잿빛의 눈동자가 이윽고 물끄러미 나를 바라보았다. 기린은 자신의 앞발을 내 손 위에 포개더니, 천천히, 이렇게 얘기했다.

그렇습니까? 기린입니다.

몰라 몰라, 개복치라니

지구다.

누구의 입에선가, 탄성이 흘러나왔다. 지구는 전혀
둥글지 않았고, 오히려 아주 납작했다. 아아, 내 생
각이 옳았어. 듀란이 소리쳤지만, 또 그렇다고 해서
평평한 것만은 절대 아니었다. 그것은 뭔가 복잡한
느낌의 납작함이었다. 두근두근. 우리가 탄 - 시속
20노트의, 물옥잠의 부레가 부풀어올랐다. 그럴수
록 지구는 몸을 뒤척여, 생소하고 난감한 자신의 평
면(平面)을 우리에게 보여주었다. 그것은 한 마리의
거대한 개복치였다.

9호 구름

　고무동력기를 타고 – 캐나다 조기유학을 떠났던 듀란이 돌아온 것은 오늘 오후의 일이었다. 정원의 잔디를 손질하고 있는데 전화가 걸려왔다. 세일즈콜이겠지, 오전에도 두 통의 가입 안내를 받았으므로 나는 전화를 받지 않았다. 호두나무의 묘목을 손질하고 있을 때 다시 전화가 걸려왔다. 장갑을 벗기가 귀찮기도 해서, 역시나 전화를 받지 않았다. 그리고 마당을 팠는데, 강아지의 유골이 나왔다. 리플리였는지 머플리였는지, 그런 이름의 강아지였다. 이곳에 강아지를 묻은 게 언제였더라? 생각을 되살리는데 또 전화가 울렸다. 리플리인지 머플리인지의 유골 앞에서, 결국 장갑을 벗고 전화를 받았다. 듀란이었다.

　리플리였잖아. 듀란이 찾아온 것은 정확히 한 시간 후였다. 와서는,

한 시간 전에 헤어진 친구처럼 팔 년 전의 강아지 이름을 또박또박 말해주었다. 예전에 함께 산책도 시켰었잖아. 그랬던가? 그러고 보니 놀이터와 공터와, 그런 것들로 가득 찬 오래된 세계가―각이 닳은 주사위처럼 마음의 밑바닥을 구르는 느낌이었다. 왜 전화를 안 받은 거야? 세일즈콜이 하도 와서. 여기도? 여기도.

정원 일은 곧 끝이 났다. 널브러진 가지들을 정리하고 나자, 잔디 위에는 나와 듀란과, 리플리의 뼈만이 남아 있었다. 다시 묻어야겠지? 아무래도. 쪼그린 채, 운동화의 풀린 끈을 묶듯 유골을 묻고 있자니, 반짝―조각난 뼈들이 팔 년 전의 강아지처럼 달려드는 느낌이었다. 그랬다. 리플리는 270수 만에 흑이 한 집 반 승을 거두었다―라고 말할 수 있는 느낌의 바둑강아지였다. 잘 있어. 나는 리플리에게, 그리고 정원에게, 하물며 이십 년을 살아온 나의 집에게 작별을 고했다. 구름의 그림자가 빠르게 지나갔다. 그러니까

지구를 한번 떠나보자.

라는 결심을 하게 된 것은 만, 스무 살이 되던 날의 아침이었다. 어떤 이유에선지, 눈을 뜨니까 그런 생각이 들었다. 그 전날엔 대략 이런 일들이 있었다. 철학개론과 세계사, 영어, 세 개의 수업을 연달아 듣고, 오후엔 수영을 하고, 저녁엔 애완용 거북의 식량을 사러 나갔다. 써놓고 보니, 이건 흡사 아무 일도 없었던 하루가 아닌가. 아닌게 아니라 아

무 일도 없었던 하루였다. 수족관의 불은 꺼져 있었고, 나는 담배와 바나나우유를 산 후 굶주린 다섯 마리의 거북을 생각하며 집으로 돌아왔다. 그리고 나는 스무 살이 되었다. 알고 보면, 그렇다. 말하자면 일 년 전의 일인데 – 바로 그 순간 나는 이 세계가, 너무

그렇고 그렇다

는 생각이 들었다. 이유는 여전히 알 수 없다. 바로 전날까지, 아무 의심 없이 수영을 하고 거북을 키우던 세계였다. 너무, 그렇고 그래요. 안 그래요? 그리고 꿈틀, 세계를 떠받친 세 마리의 코끼리, 를 떠받친 거북 같은 것이 온종일 꿈틀대는 기분이었다. 이 세계란, 도대체 어떻게 돼먹은 것인가. 수족관의 주인과 대화를 나누면서도 나는 생각에 잠겨 있었다.

그래서 거북이 한 마리가 죽었다구요? 예, 오늘 아침에 시체를 발견했습니다. 죄송합니다. 어제 마침 영화를 보러 가느라 문을 일찍 닫았거든요. 아, 영화는 어땠습니까? 뭐, 그렇고 그랬습니다. 그나저나 죽은 거북은 어떤 놈이죠? 기생충으로 고생한다던 녀석인가요? 아뇨, 그건 〈궁〉이고 죽은 건 아주, 아주 큰 녀석입니다. 혹시 장수거북인가요? 더 큰 것입니다. 그럼… 설마하니 갈라파고스 코끼리거북? 갈라파고스 섬보다도 훨씬 더 큰 것입니다. 저 역시 한 번도 그 모습을 볼 수 없었을 만큼. 아… 그래요? 그렇습니다. 뭐랄까, 손님께선 애완동물의 사이즈에 대해 땀이 날 정도로 제대로

이해하고 계시는군요. 그런, 편입니까? 그럼요, 애완(愛玩)이란… 즉 사랑은 무한한 것 아니겠습니까?

죽은 거북의 이름은 〈궁〉이었다. 실은, 그랬다. 궁은 생후 팔 개월 때부터 줄곧 기생충에 시달려왔고, 마침 영화를 보러 간 수족관의 주인이나, 혹은 게을러터진 나 때문에 여섯 살의 생을 마감했다. 그렇고 그런 얘기로군. 일광욕을 하는 네 마리의 거북을 바라보며 나는 중얼거렸다. 수족관의 주인에겐 미안한 일이지만, 이미 세계는 – 어떤 거짓말을 해도 그렇고 그렇게 들릴 만큼, 그렇고 그런 곳이 되었다고 나는 생각했다. 말하자면 사실 죽은 거북의 이름은 〈우〉였으며, 살아남은 궁, 상, 각, 치 중 가장 무거웠던 〈각〉은 – 일광욕을 하다 말고 훌쩍 날아올라, 색동 날개의 보잉747이 되었다.

열네 살 때 나는 한 장의 엽서를 받았는데, 그곳에는 다음과 같은 문장이 적혀 있었다. 지구를 떠나보지 않으면, 우리가 지구에서 가지고 있는 것이 진정 무엇인지 깨닫지 못한다 – 제임스 라벨. 제임스 라벨은 아폴로를 탔던 우주인이고, 엽서는 캐나다에서 온 것이었으며, 엽서의 발신자는 듀란이었다. 엽서를 읽은 직후, 나는 다섯 마리의 거북을 구입했다. 엽서의 내용과 관련된 건 아니지만, 지구에는 확실히 다섯 마리의 거북이 있었다.

듀란의 한국 이름은 이제 기억나지 않는다. 나란히, 듀란듀란을 좋아

한다는 이유로 친구가 되었지만 – 듀란은 캐나다로 건너갔고, 나는 한국을 벗어난 적이 없으며, 듀란듀란은 단 한 번도 한국을 찾지 않았다. 이것이 소위 〈삼위일체〉의 전형이란 걸, 훗날 함무라비 법전을 읽은 후에야 비로소 나는 깨닫게 되었다. 채팅이 가능해진 어느 시기에, 듀란은 이런 말을 한 적이 있다. 한국의 너와 캐나다의 나, 영국의 듀란듀란을 잇는 큰 삼각형의 공간을 떠올려봐. 그것이 곧 버뮤다 삼각지대를 이해하는 첫걸음이야.

버뮤다 삼각지대는 미국의 마이애미와 버뮤다, 그리고 푸에르토리코를 잇는 삼각형의 바다를 일컫는다. 대략 북위 20도에서 40도까지, 서경 55도에서 85도에 이르는 400만km²의 드넓은 해역(海域)이다. 1973년판 *U.S. Coast Guard*를 참고하자면 – 이곳에선 8000여 건의 조난 신고를 포함, 지난 한 세기 동안 53척의 배와 26대의 비행기가 한 조각의 잔해도 없이 연기처럼 사라졌다.

모르긴 해도 한국의 나와 캐나다의 듀란, 영국의 듀란듀란을 잇는 삼각지대에서도 아주 많은 실종사건이 있었다. 1991년판 *U.S. Coast Guard*를 참고하자면, 이곳에선 53척의 배와 26대의 비행기 정도로 규정할 수 없는 많은 것들이 연기처럼 사라졌다. 책의 258페이지 하단에 기재된 1위에서 10위까지의 실종물 목록은 다음과 같다. ① 플랑크톤 ② 크릴 ③ 정어리 ④ 고기압 ⑤ 태풍 ⑥ 나오미 캠벨 ⑦ 선박 ⑧ 우유 ⑨ 비행기 ⑩ 김선기씨

나오미 캠벨이라니. 그건 좀 그렇고 그렇잖아? *U.S. Coast Guard*의 내용에 대해 나는 강한 불만을 어필했다. 듀란은 책의 편집자인 하워드 로젠버그에게 직접 확인을 해야겠다며 채팅을 종료했다. 이틀 뒤 나는 듀란의 쪽지를 받았다. 그 나오미 캠벨이 아니래. 쪽지에는 간단히, 그렇게만 적혀 있었다.

그 삼각지대는 오래지 않아 사라졌다. 해체상태였던 듀란듀란이 어느 날 갑자기 재결성의 뜻을 밝혔기 때문이었다. 한순간에 삼각지대는 사라지고, 듀란듀란은 인터넷 인기검색어 외국가수 부문에서 76위로 뛰어올랐다. 실종인물이 아닌 – 그, 나오미 캠벨은 여성모델 부문에서 9위를 기록하고 있었다. 축하할 일이지? 축하할 일이야. 듀란과 나는, 각기 캐나다와 한국에서 〈아레나〉를 들었다. 실종된 캠벨의 행방은 여전히 알 수 없었다. 지구에선 이런 식으로 사라진 것들이 너무나 많다. 알고 보면, 그렇다. 어림잡아

지구의 나이는 45억 년이다. 인류의 나이는 300만 년이고, 나는 스무 살이다. 누가 뭐래도 세대 차이가 날 수밖에 없다. 이에 비한다면 자본주의의 나이는 고작 400년에 불과하다. 나는 아무래도 그쪽이 편했다. 말과 눈치가 통하고, 우선 먹고 마시고, 입는 게 비슷했다. 즉 그런 이유로, 나는 지구와 인류보다는 자본주의와 함께 살아왔다고 말할 수 있다. 우리는 함께 늙어간다. 당신이라면, 아마도 내 말을 이해할 것이다.

어때 코스모가 느껴져? 열일곱 살 때 나는 처음으로 섹스를 했다. 클럽에서 만난 네 살 연상의 여자였고, 천문학을 전공하던 여대생이었다. 나보다는 그녀가 적극적이어서 유(類)의 그렇고 그런 얘기지만, 그렇고 그렇지 않은 기억이 딱 하나 남아 있다. 어때 코스모가 느껴져? 깜깜한 어둠 속에서 그녀는 분명 그렇게 물었었다. 어때 코스모가 느껴져?

고등학교를 졸업한 듀란은 캐나다 창조과학단체의 인턴이 되었다. 쉽게 말해, 지구가 평평하다고 믿는 과학자들의 모임이라고, 자신의 단체를 소개했다. 뭐야, 그럴 리가 없잖아, 라고는 해도 – 나 역시 직접 본 게 아니므로, 별다른 말은 하지 않았다. 어떻게 그런 생각을 하게 된 거지? 영역다툼을 벌이는 〈상〉과 〈치〉의 엎치락뒤치락을 보며, 나는 중얼거렸다. 〈궁〉은 여전히 기생충에 시달리고 있었다.

듀란의 서클은 꽤나 많은 실험을 실시했었다. 꾸준히 메일을 주고받았으므로, 나는 그들의 실험에 대해 소상히 알고 있었다. 크고 작은 실험들의 결과는 대략 이런 것들이다. 이윽고 지구의 중심까지 내려갔는데 – 거기엔 마그마와 핵, 보다는 위액(胃液)을 뒤집어쓴 1950년대식 트랜지스터 라디오가 하나 있었고, 마침 라디오에선 카펜터즈가 흘러나왔다는 둥. 또 아마존의 지류를 거슬러올라가니 그곳에선 복숭아 그 자체인 뺨과 엉덩이의 동자들이 울고 붙며 엄마를 찾고 있었다는 둥.

잭필드 4색 3종 선택 면바지 세트를 구입한 사회학과의 선배는, 마침 그중 베이지컬러를 골라입으며 이렇게 얘기했다. 아무래도 자본주의는 〈39,800원〉이 아닐까 싶어. 나는 요새 왜 자본주의는 〈40,200원〉이 될 수 없을까, 에 대해 골몰히 생각중이야. 학교의 후문에서 불과 50미터 떨어진 그의 자취방에서, 나는 비를 피하던 중이었다. 싸고 좋군요, 라는 말이 그래서 절로 나왔다.

언젠가 나는 학교의 철학교수를 찾아간 적이 있다. 교수의 방은 가장 낡은 건물에 위치해 있었고, 교수는 마침 홍차를 마시고 있었다. 이 방에 학생이 찾아온 건 1981년 이후 처음일세. 그런가요? 확실히. 그리고 이상한 침묵이 이어졌다. 골똘히, 천장과 벽의 사방연속무늬만 바라보던 내가 입을 열었다. 죄송하지만 이만 가보겠습니다. 그런가? 그런데 날 찾은 이유가 뭐지? 그게, 실은 뭘 물어야 할지 모르겠습니다. 그랬군. 벽의 모서리에서 더이상 뻗어나가지 못한 사방연속무늬처럼, 안타까운 얼굴로 교수가 말했다. 실은 나도 무슨 얘길 해줘야 할지 알 수 없었다네.

그날, 교수를 찾아간 이유가 생각난 것은 두 달, 이란 시간이 지나서였다. 수영장에서 만난 친구들과 등산을 갔는데, 그 산정에 어마어마한 밤하늘이 펼쳐져 있었다. 누워, 사방연속무늬의 별들을 한참이나 보고 있자니, 교수의 강의 한 토막이 어렴풋이 떠올랐다. 어렴풋한 강의의 내용은 대략 이런 것이다. 결국 우주는 하나의 사유(思惟)입니다. 오래전 지구가 네모라고 믿었던 때에 이 지구는 정말 네모난 것이었다는 얘

겁니다. 다음날 나는 다시 교수를 찾았다. 오 자넨가. 네. 그리고 정작, 입 밖으로 튀어나온 말은 전혀 뜻밖의 것이었다. 사람의 입에서도 무지개가 나올 수 있을까요?

그날 밤 뉴스에선, 입에 250개비의 담배를 피워문 기네스맨의 토픽과, 건강상식 – 왜 치질은 인간만이 걸리는 것일까요? 와, 국정감사의 소식과, 특정 정당과 검찰의 대립과, 전직 대통령의 뇌물수수와, 연예인들과 파파라치 간의 숨막히는 전쟁과, 이라크전의 현황과, 알뜰, 소비자 생활상식이 보도되었다. 이를 닦고 나온 후, 나는 사전을 펼쳐 〈뉴스〉의 의미를 찾아보았다. 뉴스(news) 〔명사〕 새로운 일이나 아직 일반에 알려지지 않은 일, 또는 그 소식. 나는 사전을 덮었다. 이제 지구엔 뉴스가 없어요. 지구를 세 바퀴 반 돌고, 저녁을 먹으러 돌아온 〈각〉이 색동 날개를 접으며 말했다.

해를 등지고 말이야, 침을 열심히 뱉어보게. 무지개가 생길지도 모르니. 대답을 들려준 것은 마침 교수의 방을 찾았던 자과대의 교수였다. 그사이 교수실의 벽은 흰색의 페인트 칠로 바뀌어 있었다. 그렇습니까? 벽의 경계를 지나, 이윽고 사라진 사방연속무늬처럼 나는 밖으로 나왔다. 해는, 등을 질 수 없을 만큼 중천에 떠 있었다. 바나나우유를 마시며 나는 듀란에게 편지를 썼다. 세상이 너무, 그렇고 그래. 듀란의 답장이 도착한 것은 – 뉴스를 보고, 사전을 찾고, 거북들에게 밥을 주고 난 후의 한밤중이었다. 너도 그러니? 나로선 무려 이런 느낌이야.

알고 보니 홍키통크맨!*

결국 그날 밤, 우리는 지구를 떠나보기로 결심했다. 제임스 라벨의 말처럼, 지구를 떠나보지 않고선 세계의 정체를 알 길이 없었기 때문이다. 꾸준히 이런저런 실험을 해온 듀란이 있어, 나로선 한결 수월한 일이었다. 일단 샌프란시스코를 경유해야 해. 단체의 허락을 얻은 듀란이 곧이어 이런저런 스케줄을 알려왔다. 비자 같은 게 있을 리 없었으므로, 듀란이 나를 데려가기로 했다. 가능할까? 가능해. 9호 구름을 이용할 수만 있다면.

서둘러, 9호 구름이 사라지겠어.

듀란의 고무동력기는 뒷산의 넓은 언덕 위에 세워져 있었다. 갑자기 바람이 빨라진 탓에, 듀란의 음성도 빨라지기 시작했다. 계산기를 꺼낸 듀란이 이런저런 계산을 하는 동안, 나는 열심히 프로펠러를 감고 있었다. 10만 2062회전이야. 마닐라삼과 스코틀랜드 산 양(羊)의 내장 성분이 섞인 고무가 힘찬 소리와 함께 감기기 시작했다. 나는 눈을 감았다. 혹시 마지막이 될지도 모른다는 생각이 들자, 가슴의 한쪽이 뭉클해졌다. 고무처럼 진득한 눈물이, 갑자기 샘솟았다. 상처를 통해 고무

---

* 엘비스 프레슬리의 외양을 본딴 미국의 프로레슬러. 코믹한 악역을 주로 맡는다.

를 흘리고 선 한 그루의 고무나무처럼, 나는 살아남은 상, 각, 치, 우 들이 더이상 싸우지 않기를 간절히 기도했다.

9호 구름에 대해서는 나도 아는 바가 없다. 무역풍의 영향을 받지 않는 이 세계의 마지막 구름이며, 발생지가 앙코르와트란 사실만이 – 내가 구름에 대해 전해들은 전부이다. 만일 내가 돌아온다면, 언젠가 구름에 대해 말할 기회가 생길 것이다. 10만 2062! 프로펠러가 다 감기고 나자 다시 바람이 잠잠해졌다. 이런. 듀란이 한숨을 쉬었다. 누군가 조금만 뒤를 밀어주면 좋겠는데. 우리는 사방을 둘러보았다. 마침 약수터 쪽의 공원에서 누군가 운동을 하고 있었다. 우리는 달려갔다. 어쩐지 나는 그 남자가 이대근씨면 좋겠다는 생각을 했다. 저, 혹시 이대근씨가 아닌가요? 어, 나 이대근인데. 이대근씨는 흔쾌히 우리의 부탁을 들어주었다. 나는 고글을 쓰고, 기체의 뒷좌석에 앉았다. 앞자리의 듀란이 벨트를 매라는 신호를 손짓으로 보내왔다. 출발. 잠금장치의 레버를 듀란이 당기자 어마어마한 속도로 프로펠러가 돌기 시작했다. 고무동력기의 기체가 전체적으로 팽팽해지는 느낌이었다. *끄응*. 이대근씨의 힘찬 기합이 뒤에서 들려왔다. 우리는, 날아올랐다.

바람과, 고무가 풀리는 굉음이 귀를 찢는 듯했다. 고글을 썼는데도 불구하고, 눈을 제대로 뜨기까지는 제법 오랜 시간이 소요되었다. 얼마쯤 시간이 지났을까. 바람이 멎고, 굉음이 잔잔해졌다고 느껴진 순간, 거대한 구름 하나가 두 눈 가득 들어왔다. 듀란의 손짓이 없다 하더라도, 나는 그것이 〈9호 구름〉임을 충분히 알 수 있었다. 서슴없이, 우리는 구름 속으로 날아들었다. 구름의 냄새가 심하게 코를 찔렀다. 비릿함이 느껴지는 좋은 냄새였다. 마음의 벽을 뚫고, 무언가 사방연속무늬 같은 것이 창공을 향해 터져나갔다.

개복치 여관

여관의 처마에는 작고, 낡은 간판이 하나 걸려 있었다. 그 간판이 없다면 여관은 선술집으로, 혹은 창고로도 볼 수 있는 묘한 분위기의 건물이었다. 군데군데 칠이 벗겨진 목조(木造)의 간판은 그야말로 심플한 구성이었다. 간결한 필체의 〈개복치 여관〉과, 그 아래의 개복치 그림. 우리가 도착한 것은 한밤중이었으므로, 나는 어둡고 탁한 백열등 밑에서 흔들리는 간판의 그림을 가까스로 볼 수 있었다. 이런 그림이었다.

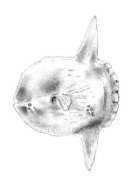

개복치 : 몸길이 약 4m, 몸무게 약 140kg인 거대한 물고기이다. 몸은 타원형이고 옆으로 납작하며, 몸통을 좌우에서 눌러 등지느러미와 뒷지느러미에서 뒤쪽을 잘라낸 형태이다. 온대성 어류로, 보통 바다의 중층에서 헤엄쳐다니지만 하늘이 맑고 파도가 없는 날에는 외양(外洋)의 수면 위에 등지느러미를 내밀고 천천히 헤엄치거나 옆으로 누워 뜨기도 한다. 무리를 이루지 않으며, 접근해오는 해파리 등을 먹이로 한다. 가장 크고 무거운 경골어류이자, 지구상에서 가장 많은 알을 낳는 다산성 어류이다.

여관의 로비에는 개복치에 대한 설명이 씌어진 커다란 액자가 걸려 있었다. 듀란과 나는 현관 맞은편의 소파에 앉아 사람을 기다렸다. 여기서 왜, 누굴 기다리는지 궁금증이 일었으나 비행의 피로가 나를 침묵케 했다. 여관이라고는 하지만 – 카운터가 있는 것도, 따로 벨보이가 있는 것도 아니었다. 아무도 없는 로비의 중심에는 드러누운 포즈의 개복치 박제가 있고, 원형의 벽을 따라 크고 작은 액자들이 빼곡히 걸려 있었다. 모두가, 개복치에 관한 기사나 사진, 혹은 시와 에세이의 스크랩 들이었다. 이것이 샌프란시스코의 스타일인가 – 라는 생각도 들었지만, 어떤 생각을 하더라도 꽤나 특이한 여관임이 분명했다. 지루해진 나는 벽에 걸린 시와 산문 들을 감상하고, 다가가 박제된 개복치를 세밀하게 관찰했다. 입을 벌리고 누운 개복치의 표정은 어딘가 모르게 〈궁〉과 닮아 보였다.

뉴 포트 비치에서 사람이 오는 중이야. 기지개를 켜며 듀란이 입을 열었다. 뉴 포트 비치가 어딘지는 몰라도, 듀란의 표정에서 그들이 늦고 있다는 사실을 알 수 있었다. 이런 식이라면 영업이 힘들지 않을까? 말 그대로, 여관은 텅 빈 느낌이었다. 박제의 벌어진 입에서 텅 빈 공간에서만 들리는 바람 소리, 같은 것이 들려오는 기분이었다. 정적(靜寂)도 실은 하나의 소리였다. 이미 하나의 소라고동이, 아니 정적이, 내 귀를 덮고 있었다.

아, 여긴 숙박업소가 아니야. 다만 여관이란 명칭을 사용할 뿐 그 용도는 전혀 다른 곳이지. 여관이 아니라구? 뭐랄까, 아마도 박물관과 연구실의 중간 정도라 보는 게 옳을 거야. 물론 룸이 갖춰져 있긴 하지만, 일부 회원에게만 제공될 따름이지. 그럼 사설박물관 같은 건가? 그렇다고 봐야겠지. 이곳의 설립자는 버즈 앨드린이야. 버즈 앨드린?

달에 발을 디딘 두번째 인간이지. 아폴로 이전에도 제미니12호를 타고 우주를 비행한 인물이야. 일설엔 달에 최초로 발을 디딜 권리가 앨드린에게 있었는데, 선장이었던 암스트롱이 그걸 가로챘다고도 해. 지구적이군. 지구적이지. 대신 앨드린은 달에 발을 디딘 후 소변을 보았지. 비록 우주복 안에서 이뤄진 업적이지만, 달에서 소변을 본 최초의 인류가 된 셈이야. 인간적이네. 인간적이지. 그리고 돌아와 이렇게 말했어.

우주에 대해선 아무 말도 하고 싶지 않다.

왜? 이유는 알 수 없지. 다만 지구로 돌아온 그는 꽤 오래 정신과 치료를 받았어. 병원을 나온 후에도 숨어 조용한 여생을 보냈고. 이곳은 그가 은둔해 있으면서 암암리에 설립한 곳이야. 그가 왜 이런 시설을 지었는지에 대해선 우리에게도 마땅한 정보가 없어. 그것 참, 개복치라니. 듀란의 얘기가 이어질 무렵, 밖에서 웅성이는 소리가 들려왔다. 사람의 소리라기보다는, 고무동력이 내뿜는 소음이었고 – 소음이 듀란의 목소리와 겹치는 순간 나는 갑자기 눈앞이 흐려졌다. 귀를 덮고 있던 소라고동이 나와, 나를 포함한 차원을, 그대로 집어삼킨 느낌이었다. 나는 이미 쓰러졌거나, 혹은 블랙홀이나 거대한 개복치의 입 속으로 들어가버린 건지도 알 수 없었다. 나는 정신을 잃었다.

다시 눈을 뜬 것은 이틀이 지나서였다. 눈앞에, 듀란이 있었다. 나중에야 안 일이지만 나는 이틀 내내 혼수상태였고, 말도 안 되는 진짜 이유는 잠수병(潛水病)이었다. 말이 안 되잖아, 손에 물 한 번 적시지 않았는데. 이곳의 의료진도 이상하게 여기긴 마찬가지야. 물론 기압도 수압처럼 인체에 영향을 미치겠지만, 너의 폐와 위에선 실제로 다량의 바닷물이 검출되었다고 해. 바닷물이라고? 글쎄 그렇다는군. 그럴 리가. 그날 점심때 뭘 먹은 거지? 그날 점심때 내가 먹은 건, 그러니까 평양냉면이 아니었던가.

몸이 회복되면서 차례차례 〈개복치 여관〉의 사람들을 만날 수 있었다. 한 가지 특이한 점은 의료실의 닥터들을 포함, 대부분의 멤버들이 이곳의 근무자가 아니란 사실이었다. 즉 이곳은 멤버십에 의해 그때그때 소집되고 운영되는 특이한 구성의 조직체였다. 듀란을 통해 정식으로 연결(소개를 받고 알게 되는 일을 이들은 연결이라 부른다)된 회원은 모두 세 사람이었는데, 그들은 전적으로 우리의 외출(대기권을 벗어나는 일을 그들은 외출이라 불렀다)과 관련되어 있었다. 좋은 인상에, 모두가 뉴 포트 비치에서 온 인물들이었다. 아, 그날 밤 도착하는 소릴 들은 기억이 나요. 고무동력의 소음이 로비까지 들렸거든요. 고무동력? 우린 그레이하운드를 타고 왔는데.

인디언 잭 윌슨과 중국인 호(孤)는 말이 없었다. 아마도, 아메리카 들소와 팬더를 친구로 사귀어도 그보다는 많은 대화를 나누었을 것이다. 대신 많은 시간을 함께 보낸 인물은 아담 앨드린이었다. 그는 버즈 앨드린의 아들이자 이번 〈외출〉의 책임자였고, 들소와 팬더에 대해 조근조근 설명을 해주는 사육사마냥, 친절하고 자상한 인물이었다. 특히 내가 앓았던 잠수병에 대해 그는 지대한 관심을 보였다. 그건 물론 이상한 일이지만, 이상한 일이 아닐 수도 있습니다. 어제 전화로 말씀드렸더니 아버지도 굉장한 관심을 보이시더군요. 어쩌면 당신, 아주 희귀한 체질일 수도 있습니다. 코스모를 잘 느끼는 체질, 즉 코스모에 민감하다고 할까요? 코스모란 단어를 듣는 순간, 그만 나도 모르게 열일곱 살 때의 일을 미주알고주알 늘어놓기 시작했다. 그래서, 코스모가 느껴지냐고 묻지 뭡니까. 확실히, 좋은 경험이로군요. 어쩔 줄 몰라하며, 아담이 얘기했다. 예. 라고, 내가 대답했다.

당신은 왜 외출을 결심했습니까? 하루는 아담이 그런 질문을 던져왔다. 느꼈던 대로, 나는 진심을 털어놓았다. 갑자기 이 세계가 - 너무 〈그렇고 그렇다〉는 생각이 들었습니다. 그렇고 그렇다구요? 그렇고 그렇습니다. 당신은 어떻습니까? 듀란에게도 아담이 같은 질문을 던졌다. 팔짱을 낀 채, 듀란은 들소와 팬더의 교미로 태어난 미지의 생물 같은 표정을 지으며 다음과 같이 얘기했다. 순전히, 홍키통크맨 때문입니다. 같은 이유로군요. 아담이 얘기했다. 우리는 아무 대답도 하지 않았다.

성인이 된 인간은 반드시 지구를 나갔다 와야 한다 - 앙코르와트와 같은 나라에서 그것은 보편적인 상식이었다고 합니다. 나이의 기준이란 별 의미가 없겠지만 스무 살은 확실히, 세계에 대해 냉담해질 나이니까요. 군대라도 다녀오듯 지구를 떠나, 지구를 보고, 느끼고 돌아오는 앙코르와트의 젊은이들을 나는 떠올렸다. 생각만 해도 근사한 광경이었다. 그런 나라가 왜 멸망한 걸까. 그런 나라가 왜 멸망한 겁니까? 듀란이 물었다. 멸망이라뇨? 단지 그들은 지구를 떠났을 뿐입니다. 아담이 대답했다.

버즈는 우주에서 뭘 본 걸까요? 하루는 듀란이 아담에게 물었다. 그건 저로서도 알 길이 없습니다. 아버지는 다만, 자신의 우주는 자신이 확인해야 한다고 강조해오셨지요. 저희 인턴들 사이에선 버즈만이 지구를 보았다라는 말이 공공연한 비밀처럼 알려져 있습니다. 그렇습니까? 그렇습니다. 글쎄요. 제가 들은 얘기는 한 가지뿐입니다. 로비 한 켠에 걸린 맨하탄의 전경 사진을 가리키며 아담이 얘기했다. 아버지와 함께 뉴욕에 갔을 때였습니다. 엠파이어스테이트 앞에서 아버지가 이런 말씀을 한 기억이 납니다. 얘야, 우주에서 보면 이건 빨판이 달린 한 마리의 기생충이란다.

하늘에서 본다면, 여관의 건물은 전체적으로 'ㄷ'자의 형태를 취하고 있다. 중앙의 옴폭한 공터가 우주선의 발진 장소였는데, 평상시엔 건물의 주차장으로 활용되는 곳이었다. 하루하루 지구를 떠날 날짜가 다가오고 있었다. 아담의 지시에 따라 우리도 본격적인 비행 수업에 들어갔는데, 그것은 잠을 충분히 자는 것이었다. 이곳의 피로를 푸는 것이 관건입니다. 인간이 우주를 여행할 수 없는 가장 큰 이유는 우선 피로하기 때문이거든요.

나는 잠을 자거나, 뒤척이거나, 이층침대의 위층에 누워 아래층의 듀란과 대화를 나누거나, 했다. 늘 그랬듯 잠은 쏟아졌고, 어느 날 잠을 깨니 우주를 여행해도 좋을 만큼이나 피로하지 않았다. 좋은 기분이었다. 잠을 잘 자는 편이군요. 그렇습니다. 그런 나조차도, 그러나 지구를 떠나기 전날만큼은 도무지 잠을 잘 수 없었다. 느릿느릿 몇 번이고 양떼의 수를 세기도 했지만, 허사였다. 하여 화장실을 들렀다, 느릿느릿 새벽의 로비를 가로질러 방으로 돌아오던 길이었다. 해서 평소엔 지나치던 작은 액자와, 그 속의 짧은 시를 나는 읽게 되었다. 다음과 같은 시였다.

옆집에 살던 울리불리를 거기서 보았네.
반바지 차림으로 우리는 함께 헤엄을 쳤지.
불리울리, 너는 아직도 미시시피에 사니?
물장구 속에서 울리불리가 물었지.

—버즈 앨드린

링고 스타

그날 아침엔 링고 스타가 찾아왔다. 떠날 채비를 마치고, 세수를 하고, 양치질을 끝낸 후 로비로 나왔는데 링고 스타가 서 있었다. 링고 스타가 서 있는 것도 이상한 일이지만, 링고 스타가 서 있는데 그냥 지나치는 건 더 이상한 일이란 생각이 들어, 이렇게 물어보았다. 혹시 당신 링고 스타가 아닌가요? 물끄러미, 우리를 바라보던 링고가 열 손가락에 낀 스물두 개의 반지를 흔들며 이렇게 말했다.

빙고! 내가 링고야. 자네들이 오늘 외출할 친구들? 우리가 고개를 끄덕이자, 링고가 손을 내밀었다. 내가 잡은 왼손엔 열세 개의 반지가, 듀란이 잡은 오른손엔 아홉 개의 반지가 빛나는 위성처럼 손가락의 상공에 두둥실 떠 있었다. 그는 슈퍼스타이기에 부족함이 없는 구레나룻과, 슈퍼스타이기에는 조금 작은 키의 소유자였다. 링고가 개복치 여관과 〈외출〉의 후견인이란 사실을 안 것은 곧이어 나타난 아담의 소개를 통해서였다. 우리는 함께, 식당에 딸린 카페테리아로 걸음을 옮겼다.

우리는 우주여행에 대해선 한마디도 하지 않았다. 듀란은 폴 스미스라는 ─ 나이아가라를 무착륙 횡단한 최초의 닭에 대해 얘기했고, 아담은 뉴올리언스의 경매시장에서 낙찰받은 역회전 회중시계를 자랑했으며, 나는 한국의 기생충약 광고에 대한 잡담을, 링고는 단파 라디오의 매력에 대한 칭송을 늘어놓았다. 그리고 우리는, 차를 마셨다.

문득 집과 상, 각, 치, 우가 떠올랐다. 이렇듯 지구의 반대편에서 잠만 자고 차나 마시다가 우주로 나간다, 라는 생각을 할수록 가슴 한켠이 아련해지는 것이었다. 나이아가라를 횡단한 닭은, 다시 집으로 돌아가고 싶었을까. 나이아가라를 횡단하지 못한 닭들은, 집으로 돌아갈 수 있었을까. 집어든 각설탕을 만지작거리며, 나는 상념에 빠져들었다. 각이 진 고대(古代)의 지구가 ─ 말없이 손끝에서 자전하고 있었다.

불안하십니까? 아담이 물었다. 나는 말없이, 각설탕을 찻잔 속에 집어넣었다. 빙고! 링고가 소리쳤다. 오래전의 지구는 서서히 둥글어져, 이윽고 녹아 사라져버렸다. 폴 스미스가 고개를 돌렸을 때, 나이아가라는 이미 사라졌을 것이다. 건너온 세계는 반드시 사라진다. 불리울리, 너는 아직도 나이아가라에 사니? 물장구 속에서 울리불리가 물었지.

개복치는 한 번에 3억 개 정도의 알을 낳습니다. 그중 성어(成魚)가 되는 것은 한두 마리에 불과하죠. 인류도 마찬가지가 아닐까요? 나를 바라보는 아담의 얼굴을, 나는 정면으로 바라보았다. 그런 이유로, 당신의 외출이 성과가 없다 하더라도 저는 실망하지 않을 것입니다 - 라는 문장이 잔잔한 표정 속에 깃들어 있었다. 불안하지 않습니다. 내가 대답했다. 아주 잠깐, 옆집에 살던 불리울리에 대해 생각했을 뿐입니다. 빙고! 링고가 다시 소리쳤다.

우리는 나란히 승강장으로 걸어갔다. 막연히 고무동력기와 같은 성질의 어떤 기체를 상상했는데, 놀랍게도 그곳에는 한 대의 그레이하운드가 주차되어 있었다. 고무동력기가 아니었나요? 고무동력기가 아니지. 슈퍼스타이기에 부족함이 없는 미소를 지은 채, 링고가 얘기했다. 명심하세요. 버스를 궤도까지 올리는 건 이곳의 잭과 호, 두 사람입니다. 이들의 의식이 버스를 쏘아올리는 것입니다. 부디 운전은 그때부터 시작하세요. 차체가 안정되면 운전은 아주 손쉬울 것입니다. 요령은 무엇보다 〈상식〉입니다. 핸들의 조작, 그뿐이니까요. 어떻습니까? 아담이 물었다. 무엇보다, 라고 듀란이 입을 열었다. 노란색이 참 마음에 듭니다. 그렇습니까? 그렇습니다.

이건 뭐, 버스를 타고 펜실베이니아에 사는 고모를 찾아가는 분위기였다. 버스에 오른 우리는 차창에 붙어 열심히 손을 흔들었다. 음악을 틀어도 될까요? 물론. 링고가 손짓으로 오디오의 위치를 알려주었다. 비치된 리코더의 버튼을 누르자 물론, 비틀즈가 흘러나왔다. 링고의 기분을 생각해 나는 한껏 볼륨을 올려주었다. 이봐, 자넨 꼭 돌아와야 해. 링고가 소리쳤다. 왜요? 아까 보니 자넨 슈퍼스타가 되기에 하나 부족함이 없는 앉은키를 가지고 있더군. 그렇습니까? 그럼 그럼. 참 돌아올 땐 어떻게 해야 합니까? 운전석 옆의 사물함을 열면 작은 버섯이 보일 겁니다. 그걸 드세요. 카운트를 하다 말고, 아담이 소리쳤다.

분위기에 힘입어 왠지 우주에 나가면 고모가 있을 것 같은 기분이 들었지만, 나는 곧 마음을 가라앉혔다. 승강장의 양 귀퉁이에서 각각 잭과 호가 가부좌를 튼 채 명상에 잠겨 있었다. 반바지 차림으로 앉아, 우리는 눈을 감았다. 감각과 상식을 지닌 손이, 더듬어 벨트를 매고 차창을 닫았다. 버스의 등받이는 우주의 품처럼 깊고 푹신했고, 무덤에서 돌아온 맥킨지 신부가 손에 묻은 더러운 걸 닦아낼 즈음*, 서서히 버스가 움직이기 시작했다. 아무도 구원되지 않았어요. 저 외로운 사람들은 어디에서 왔을까요? 저 외로운 사람들은 모두 어디서 살까요?** 버스는 날아올랐다.

한참의 시간이 지나갔다. 어마어마한 속도감과 열이 피부 위에서 물

---

*, ** 비틀즈의 노래 〈엘리너 릭비〉의 후렴구 가사.

장구를 치는 느낌이어서, 나는 도무지 눈을 뜰 수 없었다. 열의 영향인지 오디오는 작동을 멈춘 지 오래였고, 듀란의 왼손은 내 손을 꼭 쥐고 있었다. 그리고 어느 순간, 속도감과 열이 스킨로션처럼 증발하는 느낌이었다. 그 반전(反轉)에, 가슴에 털이 무성해지는 기분이 들더니 어느새 우리는 서늘한 정적 속으로 편입되어 있었다. 버스가 수직상승을 멈추었다. 그 느낌만으로, 잭과 호의 힘이 미치는 범위를 우리가 벗어났음을 알 수 있었다. 흘러 흘러, 무심코 태평양까지 나와버린 물옥잠처럼, 우리는 부유하고 있었다. 우리는, 눈을 떴다.

그리고 아무 말도 하지 않았다. 아니, 할 수 없었다. 정말이지, 눈앞에 우주가 펼쳐져 있었던 것이다. 마음속에서 10만 2062번을 감아둔 고무줄이 탁, 하고 풀리는 소리가 났다. 두개골의 돔 속에 갇혀 있던 - 꽃잎 같기도 하고 작은 프로펠러 같기도 한, 어떤 사방연속무늬와 같은 것들이 밖으로 쏟아져나왔다. 그런 기분이었다. 아아, 좋아. 좋아, 좋아. 그 순간 한 인간의 좋은 기분이 온 우주를 도배하고 있었다.

운항은 순조롭습니까? 스피커를 통해 아담의 목소리가 들려왔다. 순조롭습니다. 핸들에 손을 얹은 채, 듀란이 얘기했다. 시속 20노트의 물옥잠이 된 기분입니다. 빙고! 링고의 목소리도 들려왔다. 이 교신은 곧 끊어질지도 모릅니다. 지구가 보입니까? 지구는… 보이지 않습니다. 그렇군요. 서서히, 절대 서둘러선 안 됩니다. 지구에서의 방향감각은 무의미하다는 사실도 잊지 마시구요. 아담의 말처럼, 교신은 곧 두절되었다. 교신의 마지막은 ─ 링고의 반바지 입어서 춥지 않어? 였다.

여섯 시간 정도를 운항했지만, 지구는 보이지 않았다. 차츰, 우리는 초조해지기 시작했다. 자칫 엉뚱한 곳으로 흘러온 게 아닐까? 삼각지대에서 사라진 플랑크톤과, 크릴과, 고기압 들이 일제히 머리 속으로 몰려오는 느낌이었다. 우리는 생각했다. 그리고, 존재했다. 결국 우리는, 우리가 달의 뒤편에 있다는 사실을 깨닫게 되었다. 그랬군, 옆집의 울리불리였군. 절로 함성이 터져나왔다. 불리울리, 이제야 그걸 알았니? 물장구 속에서 울리불리가 속삭였다. 달의 지표를 따라, 듀란은 핸들을 고정시켰다.

일정한 궤도를, 직선으로 한 시간 정도 갔을 때였다. 서서히, 달의 지표가 환해지는 광경을 볼 수 있었다. 그 느낌은 아주 생소한 것이었다. 우주에서 보면, 우리가 알던 달은 온데간데없이 사라져버린다. 어두운 면의 달도, 밝은 면의 달도 ─ 실은 지극히 생소한 존재였음을 우리는 알 수 있었다. 이것이 나이아가라였다니! 끝끝내 홰를 치는 폴 스미스처럼, 우리는 계속 앞으로 나아갔다. 그리고 언뜻, 폭포 건너편의 거대한 암석 같은 것이 우리의 눈앞에 펼쳐졌다.

지구다.

누구의 입에선가, 탄성이 흘러나왔다. 지구는 전혀 둥글지 않았고,

오히려 아주 납작했다. 아아, 내 생각이 옳았어. 듀란이 소리쳤지만, 또 그렇다고 해서 평평한 것만은 절대 아니었다. 그것은 뭔가 복잡한 느낌의 납작함이었다. 현재의 위치에선 길고 긴 측면밖에 볼 수가 없었으므로, 우리는 말없이 운항을 계속했다. 두근두근. 우리가 탄 ─ 시속 20노트의, 물옥잠의 부레가 부풀어올랐다. 그럴수록 지구는 몸을 뒤척여, 생소하고 난감한 자신의 평면(平面)을 우리에게 보여주었다. 그것은 한 마리의 거대한 개복치였다.

아아, 그 순간 거대하게 끔벅이던 개복치의, 아니 지구의 눈이 우리와 마주쳤다. 지구는 아무 말도 하지 않았고, 우리는 아무 말도 할 수 없었다. 그리고 머나먼, 이를테면 오스트레일리아나 남극을 훨씬 지났을 지구의 하복부에서, 거대한 빛이 터져나왔다. 빛은, 잠시 우주의 어둠을 눈부시게 물들이더니, 무수한 갈래의 유성처럼 지구의 표면을 향해 쏟아져내렸다. 산란(産卵)이다! 듀란이 소리쳤다. 축복처럼 쏟아지는 3억 개의 알 앞에서, 우리는 비로소 스스로를 긍휼히 여길 수 있었다. 나오미 캠벨도 저 속에 있겠지? 듀란이 속삭였다. 그 나오미 캠벨? 그, 나오미 캠벨.

이제 핸들을 돌릴 때군.
어렴풋이, 우리는 그 사실을 알 수 있었다.

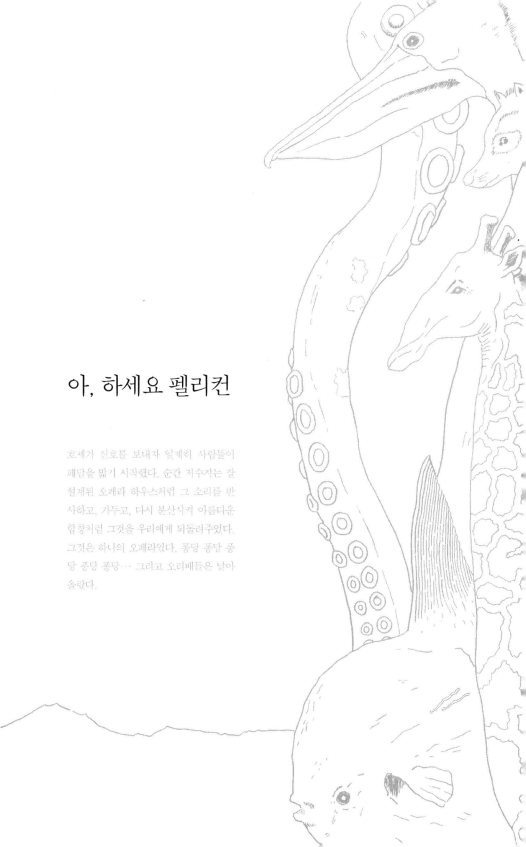

아, 하세요 펠리컨

호세가 신호를 보내자 일제히 사람들이
페달을 밟기 시작했다. 순간 저수지는 잘
설계된 오페라 하우스처럼 그 소리를 반
사하고, 가두고, 다시 분산시켜 아름다운
합창처럼 그것을 우리에게 되돌려주었다.
그것은 하나의 오페라였다. 퐁당 퐁당 퐁
당 퐁당 퐁당… 그리고 오리배들은 날아
올랐다.

보트 피플

아 하고 하품을 하고 나면, 늘 그랬듯 잠이 몰려온다. 보트 두 척이 물에 나가 있지만, 나는 엎드린다. 모르겠다, 팔 사이에 고개를 묻는다. 사장이 보면 곤란한데, 이럴 땐 북극의 빙산이라도 녹았으면 좋겠다, 그런 심정이다. 홍수가 나면, 유원지의 직원 하나쯤 자든 어쨌든 신경도 안 쓰겠지. 녹는다 녹는다 녹는다, 아아 자고 싶어요. 그대로 엎드려, 나는 쥐 죽은 듯 눈을 감는다. 저는 쥅니다. 죽었습니다.

오후 네시다. 눈을 감아도 알 수 있다. 자 활기찬 오후, 어쩌구 저쩌구 시간 같은 건 라디오가 떠들어준다. 대개 라디오는 하루 종일 틀어둔다. 그렇지 않으면 곤란하다. 무료하고 무료하고, 또 무료하니까. 처음엔 젠장 우주에 온 것 같았으니까, 뭐 그래서 라디오는 내 친구~ 어쩌구 하는 시그널에도 대략 수긍을 하는 입장이다. 그런 편이다. 다시 잠이 몰려온다. 빙산 여러분 잘 녹고 있습니까? 믿고, 저는 자겠습니다.

눈을 뜬다.

이봐, 소리가 빙산이 녹은 물처럼 귓속으로 흘러든다. 아무도 없어? 있어, 있다니까. 침을 닦고 나는 일어선다. 예이 예, 달려나간다. 기우뚱, 선착장에 다가선 보트를 잡아끈다. 밧줄을 당겨, 묶는다. 사십대의 남자가 내리고, 이어 여자가 내린다. 매듭을 확인하고 돌아서니 이미 두 사람은 보이지 않는다. 벗어던진 두 벌의 구명조끼가 금이 간 오리알처럼 떨어져 있다. 나는 담배를 꺼내 문다. 오리의 앞가슴털 같은 연기가, 보풀보풀 피어오른다. 그런데 또 한 척은? 보이지 않는다. 언뜻— 정말 없다, 사라졌다 했는데 저런, 그야말로 원경(遠景)에, 부시고 흰 〈깃〉처럼 떨어져 있다. 반짝, 했다. 대략 난감한 거리다. 지구 밖으로 그냥 떨어져버리세요. 연기를 뱉으며 나는 악담을 한다. 그래서, 요금은 선불이다.

아무리 생각해도 알 수 없다. 보트라고는 하지만, 더 정확하게는 〈오리배〉다. 오리배를 타고 저토록 멀리 나가는 인간의 심보를 나는 도무지 이해할 수 없다. 하지만 꼭, 저런 인간이 있다. 이건 엔터프라이즈가 아니라 오리배야 오리배, 마음 같아선 머리통을 몇 번 물 속에 넣었다 뺐다 하고 싶지만, 참는다. 대신 나는, 호루라기를 꺼내 분다. 삐익 삐

이이익~ 해도 아무 반응이 없다. 정말, 원자력인가?

유원지라고는 하지만, 더 정확하게는 〈저수지〉다. 내가 볼 땐, 그렇다. 유원지의 근거를 들라치면 열세 척의 오리배와 경품크레인, 게다가 고장난 두더지잡기가 있다. 그것이 전부다. 경품크레인 속에는 바퀴가 돌아다니고, 올라오는 두더지의 머리는 하나뿐이다. 뽕 쿵딱 뽕 쿵딱. 행여 모르고 그걸 두들기다보면, 누구라도 바보가 된 기분이 든다. 꼴에 두더지는 윙크까지 하고 있다. 처음엔 모르고 오 분 동안 그 짓을 했다. 뽕 쿵딱 뽕 쿵딱. 인생에서 가장 심란했던 오 분이었다.

버젓이 연천유원지(緣川遊園地)란 간판을 내건 사장도 심란한 인물이다. 어중간한 무역업체를 운영하다 사업을 정리했고, 남은 돈으로 이 유원지를 인수했다. 대략 망했다는 얘기, 되겠다. 문제는 부인과 딸이다. LA에 있다고 한다. 어쩌죠? 당분간은 뭐, 라고는 해도 보통 문제가 아니다. 내가 오기 전까지는, 보트 사무실에 딸린 방에서 혼자 살고 있었다. 심야전기를 사용하는 크고 적막한 방이다. 방의, 거울의 모서리에는 딸이 보낸 영문의 성탄카드가 펼친 채로 꽂혀 있다. 알 러뷰 대디, 그리고 윙크를 하는 딸의 사진이 카드 한복판에 붙어 있다. 따님이신가요? 응, 으응. 사장의 딸은 거의 두더지라고 해도 좋을 얼굴이었다. 여자를 보고 그렇게 가슴이 뽕 쿵딱 뽕 쿵딱 했던 건 그때가 처음이었다.

이곳에 온 지는 석 달째다. 구인광고를 보고 찾아왔다. 졸업을 하고 일흔세 곳에 이력서를 넣었는데, 아무런 연락도 없었다. 일흔세 곳이었다. 일흔, 세 곳. 이해가 가지 않았다. 고장난 기계 때문에 머리를 못 내미는 두더지의 기분이랄까, 아무튼 이 나라는 고장이다. 그런 생각이 든다, 심각하다. 누구나 살기가 힘든 건 알겠는데, 꼭 머리를 내미는 한 마리가 있다. 그리고 그 한 마리가 일흔세 번의 망치질을 독식한다. 뿅 쿵딱 뿅 쿵딱, 어둠 속에서 그 소리를 듣다보면, 누구라도 바보가 된 기분이 든다. 이곳이, 유원지라고?

전문대를 졸업했지만, 능력이 뒤진다고는 생각지 않는다. 관광경영을 전공했고, 영어회화도 중급 이상이다. 토익도 이따금 900점을 넘었다. 교내 스포츠댄스 동아리의 회장이었다. 아니 나는, 뭐든 할 수 있다. 그런 정신자세가, 되어 있다. 건강하고, 공병 출신이어서 막일도 훤하다. 억울하단 얘기는 아니지만 – 즉 내 말은, 적어도 일흔세 곳에서 고배를 마실 정도는 아니란 얘기다. 누가 뭐래도 나는 그렇게 생각했다. 과연 그럴까? 그렇다니까. 실은 그래서, 나도 심란했다. 일할 곳과 쉴 곳이, 그래서 동시에 필요했다.

처음 이곳에 왔을 땐 입을 다물 수가 없었다. 유원지의 직원을 구한다기에, 막연히 에버랜드와 같은 곳을 떠올렸기 때문이다. 봄이 한창인 무렵이어서 유원지의 몰골은 더욱 초라해 보였다. 게다가 사장은 자신은 원래 이런 걸 할 사람이 아니란 말만 되풀이했다. 사장의 생각이 내 생각과 놀랄 정도로 일치했으므로, 나는 별다른 대꾸를 하지 않았다.

문득 연천(緣川)이란 이름의 이 유원지가, 그래서 불쌍하게 느껴졌다.

 하겠습니다. 쉬기엔 그만이란 생각과, 쉬면서 공무원시험을 준비하자는 생각이 동시에 들었다. 사장도 흔쾌히 고개를 끄덕였으므로, 곧장 짐을 꾸린 후 다시 이곳을 찾았다. 사장은 거의 자리를 비웠으므로, 넓고 적막한 숙소는 곧 내 차지가 되었다. 밥을 짓고, 간단한 찬으로 밥을 먹고, 라면을 먹고, 라디오를 듣고, 빨래를 하고, 잠을 자고, 하염없이 저수지의 수면과 먼산을 바라거나, 시험공부를 하는 나날이 그래서 시작되었다. 생각과는 달리, 썩 나쁘지 않은 생활이었다. 간혹 외로운 밤이면, 심야전기처럼 저렴한 내 청춘이 흐린 전구처럼 못내 밤을 밝히기도 했다. 문제가 있다면, 그 정도였다.

 도대체 누가 이런 보트를 탈까?

 처음엔 그것이 의문이었다. 말 그대로 〈오리배〉다. 우선 앉으면 기분이 이상해진다. 오리라니, 절대 찬성할 수 없다. 게다가 끊임없이 발로 페달을 돌려야 한다. 퐁당퐁당 퐁당 또 그 소리가 그렇게 이상할 수 없다. 하여간에 그걸 타고 퐁당퐁당 퐁당 물 위를 떠다닌다. 그럴 리가 싶지만, 그게 전부다. 그렇게 한 바퀴 돌고 오니 바보가 된 기분이었다. 21세기인데 이걸 타는 사람들이 있을까요? 그래도 꽤 타더라구, 나도 놀랐다니까. 사장은 정말이지 놀란 눈치였다. 놀랍게도, 사장의 말은 사실이었다.

휴일이 되자 이럴 수가 싶은 수의 사람들이 오리배를 타러 왔다. 근처에 소읍이 있었고, 또 조금 떨어진 곳에 개발이 한창인 신도시 예정지구가 있었다. 손님들은 대부분 그곳의 주민들이었다. 서울까지 32킬로미터 라고 씌어진 표지판을 볼 때마다, 그래서 나는 다니던 대학의 현판을 읽는 기분이었다. 전문대라는 단어 역시, 늘 어딘가에서 32킬로미터 떨어진 느낌이었다. 퐁당퐁당 퐁당. 그래서 이곳의 가족들이, 혹은 커플들이 한 마리의 오리를 타고 앉은 광경을 지켜보노라면 묘한 연민의 정이 생겨나기도 하는 것이었다. 그것은 뭐랄까, 저렴한 인생들 사이에 흐르는 심야전기와 같은 것이었다.

사장은 전국을 누비다가, 토요일이면 어김없이 사무실에 나타났다. 그리고 직접, 휴일의 매상을 관리했다. 영업이 끝난 일요일 저녁엔 근처의 가든에서 고기를 구워 먹었다. 돼지에겐 삼겹살 외에도 목살이 있다는 사실을, 이곳에 와서 처음으로 알게 되었다. 커피 한잔 뽑아와라. 예. 커피를 뽑아 돌아오면 언제나 주급(週給)이 식탁 위에 놓여 있었다. 평일 매상은 그냥 용돈으로 써, 사장은 그렇게 얘기했다. 나도 웃고, 사장도 웃었다. 그렇게 웃어도 좋을 만큼이나, 평일은 한산했기 때문이다. 평일의 보트 피플은

그래서 한결같이 특별한 인물들이었다. 뭐랄까, 조금 무서운 기분이 든 것도 사실이다. 평일의 한낮에 이런 델 찾아와, 퐁당퐁당 오리배를

타는 사람들이 그러나 세상에는 존재했다. 우선 근처에 러브호텔이 있었는데, 그곳을 찾은 커플들이 많았다. 대머리의 남자나, 또 디룩 살이 찐 중년들이 팔짱을 낀 채 사무실의 쪽창을 두드렸다. 한 시간! 그리고 가능한 멀리 보트를 몰고 가, 그곳에서 키스를 나누거나 가슴에 손을 넣거나 했다. 오리배의 선체는 거의가 오픈된 것이어서, 멀리서도 그들의 동작이 훤히 보이기 일쑤였다. 열렬히 키스와 애무를 하면서도, 퐁당퐁당 퐁당 발로는 페달을 젓고 있는 그들을 바라보면 뭐랄까, 역시나 저렴한 심야전기가 가슴속을 찌리릿 흐르는 기분이었다.

몰래 보트를 훔쳐 탄 사람도 있었다. 그리고 퐁당퐁당 퐁당 잘도 저수지를 노니는 것이었다. 허리춤에 손을 얹고 호루라기를 불자 열심히 건너편 기슭에 보트를 대더니 그대로 도주해버렸다. 어디에 사는 누군지 도무지 알 길이 없었다. 어디에 사는 누구인지, 정말이지 알고 싶었다.

쌍둥이를 데리고 온 주부도 있었다. 올망졸망한 아이들은 대여섯 살쯤 돼 보였고, 주부는 어딘가 모르게 공부를 많이 했을 얼굴이었다. 시간과 요금에 대해, 그리고 규정 같은 것에 대해 그야말로 꼼꼼히 질문을 던지더니, 안전점검은 제대로 하느냐고 물었다. 무척 놀랐지만(그런 게 있는 줄도 몰랐기 때문이다) 그렇다고 대답했다. 이 아이들은 여섯 살이에요. 언제나 눈을 똑바로 쳐다보며 말했기 때문에, 나는 그녀의 눈을 쳐다볼 수 없었다. 예 예, 나는 박스를 뒤져 두 벌의 유아용 구명조끼를 찾아주었다. 다행히 딱 맞았고, 바느질의 상태도 드물게 튼튼

한 것이었다. 해서 숨을 돌렸다 했는데, 또 뜻밖의 말을 하는 것이었다. 물에 들어가기 전엔 반드시 준비운동을 해야 한단다. 안 그러면 나쁜 어린이, 알지? 자 이제 선생님이 준비운동을 가르쳐주실 거예요. 그리고 똑바로, 나를 쳐다보았다. 할 수 없이, 그래서 구령과 함께 체조를 해야 했다. 아는 체조가 PT체조밖에 없었지만, 그런 걸 따질 분위기가 아니었다. 잠시 후 아이들의 얼굴이 개나리처럼 노래졌다.

연인인지 부부인지 한 쌍의 외국인 노동자가 온 적도 있었다. 어디서 왔습니까? 아⋯ 방글라데시에서 왔습니다. 그리고 보트를 빌렸는데 퐁당퐁당 퐁당 저수지를 잘 도는가 싶더니 퐁 퐁 퐁당 퐁 하면서 소리가 멎어버렸다. 한참 후 보트가 돌아왔는데 여자가 울고 있었다. 눈이 몹시 큰 여자여서 울음이 더욱 슬퍼 보였다. 무엇을 도와드릴까요? 내가 물었다. 아니오, 괜찮습니다. 라고 대답하는 그도, 마침내 울기 시작했다. 대낮인데도, 무언가 정전(停電)이 된 느낌이었다. 황사가 심한 날이었다.

도움을 줄 수도, 어디에 사는 누군지도 알 수 없으나, 세상의 외곽에선 보트를 타는 사람들이 있다. 심야전기가 흐르듯, 퐁당퐁당 퐁당 퐁.

그것이 보트 피플이다.

철새는 날아가고

그 남자가 찾아온 것은 여름장마가 끝났을 무렵이었다. 수요일 오전이었고, 아무 말 없이 돈을 내밀었으며, 무엇보다 말끔했다. 사장 또래의 중년이었는데 오리배를 타기엔 조금 아까운 양복을 입고 있었다. 삼십 분입니다. 쿵쿵 도장을 찍어 표를 내밀자 남자는 〈뉴〉 개정판 영문의 독해 하권을 읽고 있는 나를 물끄러미 내려보고 있었다.

학생이신가요?
아니라… 공무원시험을 보려 합니다.
9급입니까?
9급입니다.

고개를 끄덕이더니, 남자는 온화한 미소를 지었다. 말 그대로 온화한 미소였다. 그리고 말없이 보트에 올라서는 포옹, 당 포옹, 당 퐁, 당 저수지의 중심을 향해 천천히 나아갔다. 그리고, 정지했다. 책상에 앉은 터라, 또 역광(逆光)이어서 정확히 볼 순 없었으나 – 아마도 신문, 과 같은 것을 거기서 펼쳐드는 것이었다. 그리고 남자는 그것을 읽기 시작했다. 끼익끼익. 초여름의 미풍을 맞으며, 고개를 숙인 오리배들이 조금씩 서로 추돌하고 있었다. 왠지 그것은 무척이나 졸리운 풍경이었다.

그리고 시간이 지나갔다. 평소와 같은 시간이 지났을 뿐인데도, 아주 오랜 시간이 지나간 느낌이었다. 책을 덮고 기지개를 켜는 순간, 이상하리만치 불길한 예감이 드는 것이었다. 세계가, 너무 고요했다. 그리고 시계(視界)의 가장 먼 곳에 떠 있는 눈부신 한 척의 오리배를 나는 보았다. 마치 빈 배와 같은 움직임이었다.

남자는 죽어 있었다.

아마도 신문을 읽고, 준비해온 약을 그 자리에서 마셨다. 그렇게 추정된다 라고, 나중에 경찰이 얘기했다. 인생은 역시 새옹지마였다. 일흔세 번이나 떨어져 단련된 심장이 아니었으면, 나도 그 자리에서 쓰러졌을지 모른다. 그런, 생각이 들었다. 남자는 온화하지도, 슬프지도 않은 이상한 미소를 짓고 있었다. 마치 주둥이의 페인트가 벗겨진 오리배의 표정 같았다. 퐁당퐁당 퐁당 퐁, 급히 사무실로 돌아와 나는 사장에게 전화를 걸었다. 뭐? 사장은 이런저런 정황을 물어보더니 침착하게 지시를 내렸다. 구명조끼는 입고 있니? 아니요, 안 입었습니다. 그럼 입혀, 그리고 경찰에 알려, 나 지금 바로 올라갈게. 퐁당퐁당 퐁당 퐁, 해서 보트로 돌아간 나는 애써 남자에게 구명조끼를 입혔다. 남자를 바라볼 순 없었고, 나는 막연히 PT체조의 동작과 구령을 차례차례 떠올리며 작업을 해나갔다. 하나 둘 셋 하나 하나 둘 셋 둘, 그러니까 쪼그려앉아 뛰며 돌기 정도에 이르러서야 작업은 겨우 끝이 났다. 여름장마를 전부 뒤집어쓴 듯 나는 땀으로 젖어 있었다.

경찰의 조사는 간단히 끝이 났다. 남자의 주머니에서 유서가 발견됐기 때문이었다. 남자는 중소기업을 운영했고, 부도가 났고, 도피중이었고, 가족은 뿔뿔이 흩어진 상태였다. 최선을 다했지만 어쩔 수 없었다, 미안하다고, 했다. 경찰은 특별히 우리를 추궁하진 않았지만, 허가니 규정이니 준수니 관리소홀이니 등을 찐득하게 늘어놓아 결국 사장에게서 약간의 촌지를 뜯어갔다. 그리고 사장은, 사람이 달라졌다. 멍하니 허공을 응시하거나, 끊겠다던 담배를 부쩍 늘리기 시작했다. 유통이니 부동산이니 친구들을 쫓아 더이상 전국을 누비지도 않았다. 요즘은 계속 계시네요? 라면을 끓이면서 내가 물었다. 남의 일 같지가 않아. 사장은, 그렇게만 대답했다.

그리고 많은 것이 달라졌다. 우선 사장이 있어 쉬기가 힘들었고, 손님이 와도 한동안은 조마조마한 마음이었다. 자살하기 딱 좋은 곳이네. 형사 중 하나가 그런 말을 남겼는데 과연, 하는 생각이 갈수록 드는 것이었다. 게다가 누구 하나 즐거운 사람이 없어 보였다. 32킬로미터나 떨어진 곳의 보트놀이다. 즐거워서가 아니라, 즐겁지 않아서 타는 것이다 ─ 그런 생각이 나는 들었다. 원래 이런 일을 할 사람이 아닌 사장은, 그러나 원래 해야 할 일이 자꾸만 꼬이는 눈치였다. 나는 퐁당퐁당 돌이라도 던지고 싶었다. 공무원시험의 경쟁률이 연이어 사상 최고치를 경신해갔기 때문이었다. 냇물아 퍼져라 퐁당퐁당 퐁당 퐁.

사장은 상주(常住)를 결심한 모양이었다. 이곳저곳에 문의를 해보더니 하루는 커피자판기를 들여놓았다. 유자와 율무는 선택입니다, 렌트 업소의 직원이 그렇게 얘기했다. 유자를 주세요, 나는 그렇게 얘기했 다. 게다가 간이시설이긴 해도 – 꽤 주변이 환해지는 가로등 역할의 등 을 스피커와 함께 사무실 지붕에 설치했다. 풀모기에 물려 고생이 많았 지만, 어딘가 모르게 상큼하고, 밝고, 나아진 기분이었다. 서로의 물린 자리에 물파스를 발라주며, 그날 밤 우리는 저수지의 운영에 대해 이런 저런 얘기를 나누었다.

내일은 두더지기계를 고쳐볼까 해요.
두더지 저거?
네.
냅둬라. 저건 그냥 버리자.

다음날 아침부터 사장과 나는 열세 척의 오리배를 정비하고 청소했 다. 일곱 개의 페달을 교체하고, 균열이 간 부분부분을 실리콘으로 메 꿔주었다. 말끔히 때를 벗기고 광택제로 마무리를 하고 나자 오리들은 한결 오리다운 모습으로 변해 있었다. 나는 특히 〈라-47호〉를 정성껏 닦아주었다. 칠이 벗겨져 어색한 주둥이에는 깨끗한 노란색의 새 페인 트를 칠해주었다. 남자가 탔던 오리였다. 죽은 사람에게 구명조끼를 입 히던 손의 촉감이, 유성(油性)의 도료처럼 마음에서 지워지지가 않았 다. 그래서였다.

못 하는 일이 없구나. 담배를 물며 사장이 말했다. 공병 출신이라서 요. 그렇군. 새로 시작하신다던 사업은 어떻게 된 겁니까? 죽 알아봤는데… 되는 일이 없더라. 그렇군요. 윙크하는 두더지, 같은 사장의 딸을 떠올리며 나는 고개를 끄덕였다. 뽕 쿵딱 뽕 쿵딱, 흐리고 탁한 수면 위에서 몇 마리의 소금쟁이가 열심히 순간이동을 하고 있었다.

좋은 노래다.

사장이 갑자기 눈을 감았다. 젊었을 때 아주 좋아했던 노래야. 라디오에 연결된 지붕의 스피커에서 슬픈 곡조의 노래가 흘러나왔다. 그럴싸한 허밍으로, 사장은 노래의 멜로디를 따라 불렀다. 어떤 노랩니까? 사이먼과 가펑클이란 유명한 듀오가 불렀지. 철새는 날아가고(El condor pasa)… 철새는 날아가고요? 철새는, 날아가고.

그때 정말이지 새 한 마리가 숙소 쪽의 덤불에서 튀어나와 숲 쪽으로 날아갔다. 그러고 보니 나는 단 한 번도 철새가 날아가는 모습을 본 적이 없었다. 흔하다는 기러기조차 본 적이 없다. 철새들이 왜 이동을 하는지, 뭘 먹고 사는지에 대해서도 아는 바가 없었다. 공무원시험에 그런 문제가 나오면 어쩌지, 란 생각이 불현듯 들었다. 뭐 꼭 그래서만은 아니고, 그래서 나도 모르게 그런 질문이 튀어나왔다. 철새는 왜 날아가는 걸까요? 허밍을 멈춘 사장이 새 담배를 꺼내며 말했다. 별수 있니? 추우면 따뜻한 곳으로 가는 거지.

노래는 끝이 났다.

오리배 세계시민연합(世界市民聯合)

그리고 엘라와 메리와 앨리스 세 개의 태풍이 연이어 들이닥쳤다. 드문 현상이었다. 엘라와 메리는 소멸하거나 일본 쪽으로 턴을 하거나 했는데, 앨리스가 한국을 강타했다. 하이힐의 뒷굽 같은 집중호우가 차차차라도 추듯 스텝을 찍으며 올라왔다. 콕 콕 차차차, 콕 콕 차차차. 늦은 밤까지, 사장과 나는 열세 척의 오리배를 연결하고 묶어야 했다. 당기고 있니? 예! 세차(洗車)하면 비 온다더니 이게 무슨 경우냐? 그러게 말입니다. 당겨! 예, 당기고 있습니다. 끄덕끄덕, 눈앞에서 노란 주둥이를 끄덕이며 라-47호가 나를 쳐다보았다. 비가 세차게 퍼부었다. 바람과 물과 차차차와, 인간의 저항이 뒤섞인 꿈같은 밤이었다.

잠을 깬 것은 새벽이었다. 요의(尿意) 때문이었다. 팽팽해진 아랫배가 물이 불어난 저수지처럼 무겁고 대책 없었다. 어젯밤 마신 맥주가 원인이었다. 귀찮은 강아지처럼, 사장의 코고는 소리가 화장실까지 따라왔다. 차차차. 밖에는 여전히 비가 내리고 있었다. 장마처럼 길고 후덥지근한 소변이 하수관을 통해 지구 속으로 스며들었다.

목이 말랐다. 냉장고를 열자 오로지 세 병의 맥주가 오롯이 있을 뿐이었다. 갈색의 병을 보는 순간 머리가 지끈, 했다. 차라리 커피를 마시자 싶어 나는 동전을 챙겼다. 자판기가 있는 처마 밑은 비를 피하기에도 좋은 장소였다. 우두커니 나는 커피를 마셨다. 우두커니, 우두커니, 우두커니 서 있는 내 삶이 그래서 더 선명하게 느껴졌다. 공무원이 될 수 있겠습니까? 스스로에게 드는 질문을, 그래서 종이컵과 함께 구겨 휴지통 속으로 집어던졌다. 휴지통의 모서리를 맞힌 컵이 바닥으로 떨어졌다. 모서리, 그러니까 저수지의 모서리 같은 곳에 고여 있던 어떤 소리가, 순간 두런두런 빗속을 뚫고 들려왔다. 작고 미약한 소리였지만, 분명 인간의 대화 같은 것이었다. 어둠 속을, 그래서 뚫어지게 나는 응시했다. 아무것도 보이진 않았지만, 두런두런한 소리만은 확실하게 느껴졌다. 귀를 기울였다. 소리는, 어떤 외국어로 이루어진 것이었다. 여러 명이었다.

일단은 차르륵, 문을 닫고 문을 잠갔다. 사장을 깨웠다. 벌떡, 상체를 일으킨 사장이 이번 달엔 송금을 못 했다 어쨌다 난데없는 말들을 늘어놓았다. 미안하게도, 그의 이마에 맺힌 식은땀을 나는 목격해버렸다. 죄송합니다, 하지만… 정신을 차린 사장에게 나는 자초지종을 털어놓았다. 담배를 피워문 그의 미간이 도널드덕처럼 크게 일그러졌다. 주변엔 가구공장이 있었고, 그곳의 외국인 노동자들이 몇 달이나 임금을 못 받았단 소문이 흉흉하게 읍내를 떠돌았다. 사장도 나도, 문득 거기까지 생각이 미쳤다. 가보자. 꽁초를 짓이기며 사장이 얘기했다. 우의를 입고 각목을 찾아 꺼내든 우리는, 덤불을 돌아 저수지의 측면으로 조심조심 다가섰다. 어둠 속에서 다시 두런두런 소리가 들려왔다. 젖은 토사를 딛고 디뎌, 소리의 배후를 친다는 생각으로 우리는 언덕을 올랐다. 쑥쑥 발이 빠지는 토사의 언덕을, 어슴프레 터오른 동이 우리와 함께 힘겹게 힘겹게 오르기 시작했다.

아

사장도 나도 입을 다물 수가 없었다. 누구도 생각지 못한 풍경이 눈앞에 펼쳐져 있었기 때문이다. 후두둑 두둑 우의의 모자챙을, 또한번 집중호우가 강타하며 지나갔다. 아, 집중호우보다 더한 그 무엇이, 우의 속의 이를테면 우리의 영혼 같은 것을 강타하며 지나갔다. 저수지는 수많은 오리배들로 가득 차 있었다. 물이 불었음에도 불구하고 물이 좀처럼 보이지 않을 만큼 많은 수의 오리배였다. 끄덕끄덕, 저마다의 주둥이를 주억거리며 - 마치 철새의 군락(群落)처럼 오리배들은 강풍과 비를 견디고 있었다. 각목을 꽉 움켜쥔 채 우리는 생소한, 그러나 분명한 우리의 저수지를 향해 천천히 걸어갔다.

안녕하세요.

먼저 말을 건 것은 우리가 아니라 그들이었다. 낯선 오리배들엔 제각각 네 명의 정원, 내지는 두세 명의 사람들이 타고 있었고, 그들은 모두 외국인이었다. 말을 건 남자는 남미 계통의 얼굴이었는데 유창한 영어로 인사를 건네왔다. 수많은 눈동자들이 우릴 지켜보고 있었다. 아, 그래요… 그렇게 물으니 뭐… 안녕은 하지만, 그게 그러니까… 그게 또… 그건 아니잖아요. 사장은 그 정도의 복잡한 뜻이 담긴, 그러나 간단한 〈안녕하세요〉로 남자의 말에 화답했다. 남자가 환하게 웃었다. 웃지 않기가 뭣해서, 우리도 웃었다.

그런데 어떻게 된 일입니까? 그리고 어디서 오셨습니까? 오퍼상 출신의 사장은 꽤 영어가 되는 축이었다. 대답 대신 남자는 다른 배의 동료와 몇 마디 남미 말을 주고받았다. 뭔가 동의를 구하는 눈치였다. 남자의 동료가 고개를 끄덕였다. 저희는 아르헨티나에서 왔습니다. 그리고 저희는 오리배 세계시민연합(世界市民聯合)의 일원들입니다. 오리배, 세계시민연합이라구요? 사장의 양미간이 또다시 부풀어올랐다. 도널드덕 변신이다, 라고 나는 생각했다. 아르헨티나인들도 꽤나 놀라는 눈치였다.

아르헨티나인 몇을 우리는 숙소로 데려갔다. 따뜻한 커피를 뽑아주자 몹시도 고마워하는 눈치였다. 이틀간 폭우에 시달렸다고, 다른 남자가 얘길 꺼냈다. 인사를 건넨 남자의 동생이었고, 이름은 후안이었다. 형의 이름은 호세였는데 이 그룹의 리더라고 자신을 소개했다. 태풍 때문에 길을 잃었습니다. 선처를 부탁드립니다. 그렇군요. 그런데 아직도 저는 뭐가 뭔지 모르겠습니다. 아마도, 많이 놀라셨겠지만… 신중하게 후안이 말을 이었다. 저희는 중국으로 가던 길이었습니다. 일자리를 찾아서죠. 일자리라… 그렇습니다. 그런데 저 오리배들은 뭡니까. 게다가 오리배 세계시민연합이라뇨? 아 그건… 호세가 다시 입을 열었다. 비행기를 탈 수 없는 사람들이… 있는 것 아니겠습니까? 우선 이코노미석이라 해도 항공료란 건 기본적으로 비싼 거니까, 게다가 아직은 비자라든지 그런 문제도 있고… 그렇게 이해하시면 될 겁니다. 그건 그런데… 그게 그래서… 또 그건 아니잖아요, 의 표정으로 사장은 고개를 끄덕였다. 뭔가 다른 말이 필요하다고 생각지 않는다면, 호세가 나쁜 놈이다.

저흰 원래 〈그린 빅 풋〉의 노동자였습니다. 농작물을 통조림으로 가공하는 세계적인 회사죠. 아버지도 삼촌도 거기서 일을 했어요. 그런데 어느 날 공장이 문을 닫은 겁니다. 알고 보니 미국의 본사는 이미 몇 년 전부터 중국에 새 공장을 건설하고 있었어요. 모두 하루아침에 실업자가 된 겁니다. 처음엔 시위도 하고 했는데 마침 환란이 오고, 불경기가 닥치고 유야무야 돼버린 지 오래죠. 해서 닥치는 대로 안 해본 일이 없습니다만… 점점, 할 수 있는 일은 줄어만 갔어요. 그래서 결국 우리는 오리배를 타게 된 겁니다. 오리배는

페루의 친구가 가르쳐준 겁니다. 후안이 다시 말을 이었다. 아르헨티나에선 점점 일자리가 줄었지만, 선진국이나 다른 개발국가에선 새 업종이, 또 일자리가 생긴다는 걸 알았죠. 저희는 그곳으로 가야만 했습

니다. 하지만 비행기나 배를 탈 돈이 없었어요. 그런데 페르난이라고, 그런 빅 풋에서 함께 일한 페루 친구가 있는데 그 친구가 우연히 오리배의 사용법을 발견한 겁니다. 오리배를 타고 뉴멕시코로 건너간 페르난은, 그곳의 농장에서 돈을 벌었죠. 그리고 돌아왔어요. 즉 최초의 오리배 세계시민이었죠. 돌아오다니 어떻게요?

날아서죠.

눈 하나 깜짝 안 하고 호세가 말을 받았다. 그것이 바로, 오리배의 숨은 기능입니다. 저희도 페르난의 얘길 듣고, 또 비슷한 처지가 되고 나서야 그 기능을 발견할 수 있었지요. 페르난 같은 경우엔 정말 힘들 때였는데, 우연히 오리배에 앉아 신문을 읽고 있었다는군요. 마침 뉴멕시코 농장의 기사가 났는데 거긴 일할 사람이 없어 난리였답니다. 아르헨티나엔 일자리가 없어 난린데 말입니다. 가면 얼마나 좋을까, 가면 먹고 살 텐데… 그리고 발을 저었는데 순간 오리배가 공중으로 뜬 것입니다. 그 다음은 모든 게 쉬워진 거죠.

사장은 별다른 말을 하지 않았다. 별다른 말을 할 수도 없는 그런 얘기들이었다. 호세도 후안도, 그리고 사장도 모두가 담배를 피워물었다. 두 달 전엔 베트남에서 일을 했다는 호세가 베트남 담배를 나에게 내밀었다. 괜찮습니다. 그러자 오는 길에 일본을 경유했다며 또다시 일본 담배를 내밀었다. 하는 수 없이, 나는 담배를 받아들었다. 세븐 스트라이크, 담배엔 그런 영문이 적혀 있었다. 7 STRIKE. 비는 어느새 그쳐 있었다. 한국은 아직 일자리가 많지요? 후안이 물었다. 길게 연기를 내뿜으며 사장이 얘기했다. 그렇죠 뭐.

정말 고마웠습니다. 그리고 호세는 후안과 나머지 가족들을 데리고 보트로 돌아갔다. 사장은 뭔가 골똘한 표정이 되더니 보트에 오른 호세에게 이렇게 물었다. 이렇게 사는 건 어떻습니까? 환하게 웃으며 호세는 - 아, 그래요… 그렇게 물으니 뭐… 저로선 어떻다고는 하겠지만, 그게 그러면… 그래서 또… 그건 아닌지 어떤지… 그렇잖아요 - 정도의 표정으로 〈아무 말도〉 하지 않았다. 세계는 하나. 난데없이 후안이 손가락을 세우며 윙크를 했다. 호세가 신호를 보내자 일제히 사람들이 페달을 밟기 시작했다. 순간 저수지는 잘 설계된 오페라 하우스처럼 그 소리를 반사하고, 가두고, 다시 분산시켜 아름다운 합창처럼 그것을 우리에게 되돌려주었다. 그것은 하나의 오페라였다.

퐁당 퐁당퐁당 퐁당 퐁당 퐁당 퐁당 퐁당 퐁당 퐁당 퐁당 퐁당 퐁당 퐁당 퐁당 그리고 오리배들은 날아올랐다. 호세와 후안이 손을 흔들었다. 손을 안 흔들기도 뭣해서 손을 흔들긴 했지만, 우리는 망연자실한 기분이었다. 이윽고 오리배들은 기러기 정도의 작은 점이 되어 하나의 편대를 형성하기 시작했다. 중국을 향해, V자형의 편대가 서서히 움직이며 작아지고 있었다. 나는 말없이 세븐 스트라이크를 꺼내 물었다.

크게, 아 하세요

그리고 삼 년의 세월이 지났다. 그후 이곳은 오리배 세계시민연합의 공공연한 경유지가 되었다. 심야전기가 흐르듯, 오리배를 타는 사람들에겐 오리배를 타는 사람들만의 네트워크가 있었고, 말 그대로 세계시민연합이란 다양한 국적의 다양한 사람들로 넘쳐나는 것이었다. 우리는 미국을 향해 가는 베트남의 여섯 가족을 만났고, 일본을 향해 가는 두 명의 이라크인과, 북경을 찾아가는 칠십 명의 페루인과, 한국을 찾아온 아홉 명의 동티모르인을 만날 수 있었다. 아홉 명의 동티모르인은 아예 오리배를 정박시키고 일 년간 일을 한 후 필리핀으로 건너갔다. 장사를 생각해도 그것은 나쁜 일이 아니었다. 저렴하나마 우리는 오리배의 정박요금을 받았고, 그들에게 커피와 잡화, 그리고 라면과 햄버거 같은 간단한 음식을 팔 수 있었다. 세계시민에겐 영어가 기본이었으므로, 별다른 어려움은 느껴지지 않았다. 생소했던 퐁당퐁당의 오페라도 이제는 친근한 풍경이 되었다. 하지만 영어를 못 하는 사람도 세상엔 많이 있겠죠? 그렇겠지. 사장과 대화를 나누며, 또 퐁당퐁당의 오페라를 지켜보며, 나는 사는 건 과연 만만한 일이 아니구나, 라는 생각을 했다. 퐁당퐁당 퐁당 퐁, 그리고 그해의 공무원시험에서 나는 보란 듯이 낙방을 했다. 140:1의 경쟁률이었다. 140:1이라니. 우두커니, 그래서 그대로 오리배를 타고 사라지고픈 심정이었다. 정작 오리배를 탄 것은, 그러나 사장이었다. 어째, 여기선 이제 할 일이 없다. 라-47호에 오르는 사장을, 나는 말릴 수 없었다. 유원지를 나에게 맡기고, 사장은 퐁당퐁당 미국으로 건너갔다. 그것이 이년 전의 일이다. 그리고 물론, 소소한 변화가 있었다.

다음해의 공무원시험에서 나는 또 고배를 마셨다. 이 기계는 왜 고장이 난 걸까? 창고 귀퉁이의 두더지기계를 뜯어서는, 나는 골똘히 내부를 관찰했다. 기계는, 한마디로 조잡한 것이었다. 이런 걸 팔아먹다니, 일곱 마리의 두더지를 골고루 어루만지며 나는 담배를 피워물었다. 세븐, 스트라이크. 공무원시험을 포기한 그날, 나는 새로운 마음으로 유원지의 간판을 다시 칠했다. 간판은 일곱 마리의 두더지가 끌고 다닌 것처럼 지저분하고 지저분했다. 연천이란 이름의 이 유원지가, 그래서 또한번 불쌍하게 느껴졌다.

호세는 다시 이곳을 찾았다. 단출하게 사촌들과 함께 왔는데, 후안이 보이지 않았다. 체류중이에요. 공안(公安)에 잡혔어요. 저런, 어쩌니까? 그런 거죠 뭐. 호세는 여전히 웃기만 했다. 사촌 중엔 만삭의 여인이 있었다. 태어날 아이를 위해, 그들은 미국으로 가는 길이었다. 사장님도 지금 미국에 계십니다. 그렇습니까? 그렇습니다.

가끔 전화로, 혹은 인터넷 메일로 사장은 자신의 안부를 전해왔다. 얼마 지나지 않아 라-47호에 LA의 가족이 동승했고, 뭐 그런대로 나쁘지 않은 생활이라고 자신의 근황을 얘기했다. 어때? 많이 변했지. 첨부한 사진에는 버거킹에서 햄버거를 먹고 있는 가족의 풍경이 담겨 있었다. 단란했다. 그리고 사장은, 두더지의 왕이라도 된 것처럼 아랫배가 나와 있었다. 좋군요. 그런 종류의 대답과 함께, 나는 늘 유원지의 안부를 전해주었다.

유원지는 그런대로 조금씩 활로를 찾고 있었다. 사장이 맡긴 돈으로 나는 몇몇 어종을 들여놓았고, 해서 유원지에 낚시터의 개념이 혼합된 공간을 조금씩 마련해가기 시작했다. 투자를 한 만큼, 또 아무래도 그만큼의 사람들이 이곳을 찾게 되었다. 그리고 나는

국민연금을 내기 시작했다. 아니, 내야만 하는 것이었다. 노후의 안정된 삶에 대해 공단의 직원은 침을 튀겨가며 설명을 거듭했다. 이 기계엔 별 기능이 다 있구나 라는 생각을 하면서도, 나는 고개를 끄덕였다. 나에겐 언제라도 탈 수 있는 열두 척의 오리배가 있었다.

사장은 캐나다로, 브라질로 다시 미국으로 거처를 옮겼다가 얼마 전 상해 쪽에 자리가 생겼다는 소식을 전해왔다. 가는 길에 모처럼 들르겠다는 말을 덧붙였고, 혹 괜찮다면 식료품과 안경, 등등의 잡화를 그곳에서 구해줄 수 있냐고 물었다. 당연한 일이지만, 물가와 환율의 차이에 세계시민은 민감했다. 염려 말라고, 나는 답장을 썼다. 퐁당퐁당 16,000킬로미터를 건너올 사장을 위해, 나는 32킬로미터 떨어진 서울로 쇼핑을 하러 나갔다. 사장 소유의 승합차를 몰고 가며, 북상(北上)하는 개나리와 진달래들을 나는 만났다. 다시, 봄이었다.

새벽에 잠을 깬 이유는, 즉 저수지에서 들려온 소음 때문이었다. 익히 들어왔고, 익히 알고 있는 소리였다. 나는 밖으로 나갔다. 새벽의 어둠 속에 외로이 떨어진 오리배의 실루엣 하나가 눈에 들어왔다. 커다란 다섯 개의 쇼핑봉투를 들고 나는 다가갔다. 선체의 후미에 찍힌 〈라-47호〉의 마크를 보는 순간 이상하리만치 가슴이 뭉클하는 것이었다. 그런데 선체는 조금 달라진 모습이었다. 우선 내부가 전혀 보이지 않았고, 오리의 얼굴도 이상했다. 샛노란 페인트는 그대로였지만, 주둥이의 아래쪽이 크게 늘어진 모습이었다. 그래서 그것은 오리, 라기보다는 한 마리의 펠리컨이라고 할 수 있는 모습이었다. 이런저런 변화를 관찰하고 있는데, 펠리컨의 등에서 맨홀의 뚜껑 같은 것이 열리며 누군가 고개를 내밀다. 사장이었다. 안녕하셨어요. 하하 그렇지 뭐. 지금 가족들이 자고 있어. 빠끔히 목만 내민 채 사장은 웃으며 담배를 꺼내 물었다. 나도 담배를 꺼내 물었다. 펠리컨의 뒤통수털 같은 연기가 보풀보

148

풀 피어올랐다. 봄밤이었다.

　배가 많이 변했군요.
　그렇지? 춥기도 하고. 또 수납공간도 많이 필요해서.
　수납공간이라구요?
　말 마라, 사야 할 게 얼마나 많은지 아니.
　그렇군요.
　그렇단다. 잠시만

　그리고 사장은, 다시 선체 속으로 들어갔다. 두더지 딸이 잠을 깼거
나, 그의 아내가 아프거나, 내부의 어떤 시설에 문제가 생긴 건지 알 수
없는 일이었다. 언제나 삶은 만만치 않은 거니까, 즉 그런 거니까. 새
담배를 물 때까지, 그래서 환한 봄밤의 달 아래엔 나와 펠리컨만이 오
롯이 남은 느낌이었다. 햄과 치즈와 김이나 잡화가 잔뜩 든 봉지를 들
고. 그래서 나는 라-47호를 보고 이렇게 말하고픈 심정이었다.

　자, 크게 아 하세요.

야쿠르트 아줌마

보이저 2호가 외계의 지성체와 조우한 것은 천왕성 근처를 지날 무렵이었다. 당연히, 외계의 지성체들은 인류의 메시지와, 야쿠르트 아줌마를 만날 수 있었다. 그들이 물었다. 당신들이 극복하고 싶은 것은, 또 극복해서 가고자 하는 세계란 어떤 것입니까? 차분히 야쿠르트를 나눠주며, 야쿠르트 아줌마가 얘기했다. 바로, 야쿠르트가 꿈꾸는 세상입니다.

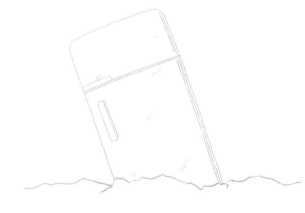

시장(市場)이 모든 것을 해결한다.

직접적인 친분은 없지만 – 나는 아담 스미스와, 그가 남긴 몇 개의 중요한 문장들을 기억하고 있다. 그의 문장은 하나같이 간결하고 힘이 넘쳤지만, 그중에서도 특히 – 나는 위의 문장이 좋았다. 시장이, 모든 것을, 해결한다. 경제학의 아버지가 남긴 이 수려한 문장을 외다보면, 나는 언제나 한 마리의 도도새처럼 태평한 마음이 된다.

아담 스미스는 많은 것을 예측한 인물이었다. 그는 인간의 이기심이 자본시장을 움직일 최적의 윤활유임을 예견했고, 저서 〈국부론〉을 통해 자유무역과 국제분업의 효용성을 역설했다. 그의 이론은 고전경제학의 초석이 되었고 맬서스와 리카도 같은 경제학자들은 물론, 찰스 다윈의 〈진화론〉에까지 막대한 영향을 미쳤다. 그리고 그는, 1790년에 사망했다. 지구상의 마지막 도도새가 죽은 1681년으로부터, 거의 백년이 지났을 무렵이었다.

　도도새의 이야기를 하기 위해선 훨씬 더 많은 시간을 거슬러올라야 한다. 1598년이다. 포르투갈의 배 한 척이 인도양 남서부의 모리셔스 섬에 도착했다. 그곳에서 선원들은 난생 처음 보는 커다란 새들과 대면한다. 보면 볼수록 기분이 복잡해지는, 이상야릇한 모습의 새들이었다. 달리지도 날지도 못하는 이 새들을, 선원들은 경계했다.

　만남을 반가워한 것은 새들이었다. 부리를 부비며 선원들을 환영했고, 놀랍게도 인간을 친구로 여겨주었다. 선원들은 새들의 그런 〈관점〉을 도무지 이해할 수 없었다. 바보 아냐? 그래서 새들은 바보라는 뜻의 〈도도〉란 이름을 얻게 되었다. 그리고 사냥이 시작되었다. 도도새의 수는 줄어만 가고, 사냥의 기술은 날로 교묘해졌다. 1638년에는 도도 통역사란 직업이 생겨났다. 말 그대로 도도새의 말과 울음을 통역하는 직업이었다. 그들은 곧 사냥의 주역이 되었다. 도도새를 고문해 동료들의 은신처를 알아내고, 곤경에 처한 새끼의 울음을 흉내내어 심약한 어미들을 유인하곤 했다. 도도 통역사에겐 그 외에도 남다른 업무가 있었는데, 그것은 도도새들의 유언을 일목요연하게 정리하는 일이었다. 그런 선행이, 자신의 죄를 사해주는 도구가 된다고 믿었기 때문이다.

　통역사 페드로 주앙 핀투 역시, 자신이 할 일을 게을리하지 않는 인

물이었다. 그는 1681년 지구의 마지막 도도새였던 누누 피구의 유언을
정리해 일약, 유명해졌다. 그해에 발간된 유력한 지역 언론 산타폴로니
지(誌)에는 페드로가 정리한 누누의 유언이 일목요연하게 게재되어 있
다. 유언의 전문(全文)은 다음과 같다.

　　아침엔 도도나무의 열매를 먹었습니다. 참 맛있었습니다.

　　멸종 직전의 도도새들을 괴롭힌 가장 큰 적(敵)은 변비였다고 전해
진다. 정말입니다. 신문의 다른 면에는 페드로의 친구이자 저명한 사냥
꾼 – 후고 콘세이상이 자신의 결백을 주장하는 기사가 실려 있다. 얼굴
이 노래진 새들이, 저절로 쓰러져 죽은 것입니다. 후고의 말은 사실이
었다. 그러나 사실의 이면에는, 잔혹한 진실이 숨어 있었다.

　　사냥은 늘, 배설물의 추적에서 시작되었다. 그것이 널리 알려진 도도
새 사냥의 정석이다. 배설은 곧 죽음을 의미했으므로, 도도새들은 배설
을 참을 수밖에 없었다. 멸종 무렵의 도도새들에게 은신처를 제공해준
선교사 – 존 카라일은 이렇게 증언하고 있다. 은신과 변비를 제외한다
면 도도새의 삶에서 남는 것은 없습니다. 생존을 위해 새들은 많은 방법
들을 고안했지요. 배설을 하자마자 곧바로 그것을 먹어치우는 〈론도〉,
은신처를 끝없이 옮기며 삼십육 개월 할부로 분할 배설을 하는 〈르네〉,
바다에 뛰어들어 물 속에서 배설을 하는 〈드봉〉, 다른 동물의 변에 자신
의 변을 섞는 〈캄푸〉… 도도새들의 삶은 그런 것이었습니다. 그리고 삼

개월 후, 여전히 유력한 지역 언론지 - 산타폴로니에는 다음과 같은 광고가 게재되었다. 뭐랄까, 일목요연한 내용이었다.

일자리 구합니다. 페드로 주앙 핀투

인류는 스스로의 앞날에 대해 그다지 많은 생각을 하지 않는다. 모든 잔혹한 진실은 거기에서 출발한다. 나는 인류의 그런 〈관점〉을 도무지 이해할 수 없다. 바보가, 아닐까? 누누 피구는 선교사 카라일에게 이같은 자신의 진짜 유언을 남겨두었다. 카라일은 자신의 성경 속 마태복음과 누가복음 사이에 누누의 메모를 감춰두었다. 누누가 죽던 날 아침에 나무열매를 먹은 건 사실입니까? 그렇지 않습니다, 누누는 〈론도〉를 했습니다. 다시 육 개월이 지난 후, 페드로 주앙 핀투는 다음과 같은 광고를 산타폴로니에 실었다.

일자리 구합니다. 똥이라도 먹겠습니다.

실업은 어느새 인간의 가장 큰 고통 중 하나가 되어 있었다. 산업혁명은 세계의 변화를 가속시켰고, 그 격동의 회랑 앞에서 - 유력했던 지역의 언론지 산타폴로니도 예외는 아니었다. 재무구조가 너무 취약해졌어요. 전에는 이런 적이 없었습니다. 1929년 대공황이 세계를 엄습했을 때, 산타폴로니는 이미 세상에서 자취를 감춘 지 오래였다. 대신 세계는, 페드로 주앙 핀투와 같은 실업자들로 가득 차 있었다. 이야기는 다시 아담 스미스로 돌아간다. 그의 이론은 더이상 세계의 변화를 설명하지 못했다. 1929년, 아담 스미스 호 격침.

그리고 케인즈가 나타났다. 케인즈는 시장의 자율적인 조정기능을 믿지 않았고, 정부의 적극적인 개입과 관리의 필요성을 역설했다. 그의 이론은 〈케인즈 혁명〉으로까지 일컬어지며 근대의 경제정책과 수정자본주의의 모태가 되었다. 시장의 변화는, 그러나 케인즈의 이론으로도 예측할 수 없는 것이었다. 스태그플레이션과 오일쇼크가 연이어 발생했고, 경제학은 다시 한번 스미스의 〈보이지 않는 손〉에 의존해야 했다.

바로 그것입니다. 보이지 않는 손! 빈스 터투로는 그렇게 소리쳤다. 그는 1차 오일쇼크가 일어난 1973년부터 2차 오일쇼크가 닥친 1978년까지 – 덴버의 76번 고속도로변에 위치한 모빌(Mobil)의 점원이었다. 주유소 역사상 일찍이 자네 같은 점원은 없었다네. 젊은 시절 진짜로, 영화 〈자이언트〉에 엑스트라로 출연한(2초) – 사장 윌슨 주니어는 중서부 주유산업의 산 증인이었다. 진짤세. 산 증인으로서의 특권인지 어떤지, 윌슨은 꼭 진짤세란 말을 덧붙였다. 빈스 터투로에겐 그 말이 진짜, 짜증이었다.

그러나 빈스는, 그런 말을 듣기에 충분한 인물이었다. 그가 자신의 자리를 지키는 동안 백악관에선 닉슨과 포드, 지미 카터가 들락날락 자리를 옮겼으며, 전 사장 윌슨 시니어는 자신의 무스탕과 함께 하늘로 실종되었다. 출장을 간 오클라호마의 사막 복판에서, 토네이도를 만난 것이 화근이었다. 자네의 엉덩이는 미합중국의 대통령보다도 무겁다는 말일세. 윌슨 주니어는 또다시 칭찬을 늘어놓았다. 문득 빈스와 윌슨의 눈이 마주쳤다. 진짤세, 웃으며 윌슨이 얘기했다.

빈스가 쫓겨난 것은 1978년의 크리스마스 시즌이었다. 윌슨이 설치해둔 카메라에 그만 기름과, 금고의 돈을 빼돌리는 빈스의 모습이 포착되었다. 토네이도도 자네의 엉덩일 그 자리에서 뽑진 못할 거라 여겼네. 윌슨은 유류 손실과 누적 오차로 얼룩진 지난 육 년간의 장부를 뒤적이며 그렇게 얘기했다. 진짤세. 울며, 76년 모빌 올해의 최우수 점원 최종심에도 오른 적이 있는 빈스 터투로가 말했다. 그 손은 제 손이 아니었습니다. 진짭니다.

실업자가 된 빈스는 그후 미국의 중서부를 유랑(流浪)했다. 유랑이란 결국 강을 따라 흐르는 것이기도 해서, 빈스는 미시시피의 작은 지류가 되어 멤피스로 스며들었다. 그리고 그곳에서, 블루스를 배웠다. 블루스는 빈스를 위한 음악이었다. 그는 불과 하룻밤 사이 한 장의 앨범을 녹음했고, 그 앨범에는 훗날 불멸의 고전이 될 세 개의 명곡이 들어 있었다.

진짤세 블루스
사장님, 그 손은 제 손이 아니었습니다

오르지나 말걸, 최종심

신들린 사람 같군. 스킵 제임스*의 재현인가? 전미 블루스 평론협회의 간사 사무엘 J. 워터스는 저 유명한 〈롤링 스톤즈〉에 자신의 소감을 피력했다. 장장 2,500자에 달하는 평론의 전문을 게재할 순 없겠지만, 사무엘의 혜안이 스민 이 한 단락의 문장을 – 또 놓칠 순 없다는 게 모두의 생각이다.

특히 나의 심금을 울린 것은 〈사장님, 그 손은 제 손이 아니었습니다〉였다. 절도와 배신의 자책감에 몸부림치던 화자(話者)가 – 결국 자신의 두 손을 절단하고 미시시피에 뛰어들어 85킬로그램 급의 인어(人魚)가 된다는 대목에서는 그 누구도 울지 않을 수 없을 것이다. 이 곡에는 우리가 61번 고속도로에서 잃어버린 블루스의 영혼과, 순수가 고스란히 녹아 있다. 인어의 울음 같은 후반부의 기타 연주에는 – 해서 빈스 자신과 우리 모두, 나아가 사장님의 영혼까지도 잘 하면 구원할 수 있는 블루스의 에너지가 담겨 있다. 진정 그의 두 손이야말로, 아담 스미스가 얘기한 〈보이지 않는 손〉이 아니었던가.

빈스 터투로가 자신의 특집이 실린 〈롤링 스톤즈〉를 읽은 것은 게일즈버그 역(驛) 광장의 가판대에서였다. 빈스는 줄곧 눈물을 흘렸고, 마

---

* 미국의 전설적인 블루스 뮤지션.

침 그를 알아본 가판대 주인의 손을 붙잡고 이렇게 소리쳤다. 바로 그
것입니다. 보이지 않는 손! 그리고 그는 당장 기타를 꺼내 〈사장님, 그
손은 제 손이 아니었습니다〉를 열창했습니다. 그도 울고, 우리도 울었
지요. 정말이지 울지 않을 수 없었습니다. 그것이 제가 본 빈스 터투로
의 마지막이었습니다.

마지막 목격자이자 게일즈버그의 가판대 주인인 랄프 오웰의 말처
럼, 그후 빈스는 연기처럼 사라졌다. 아무도 그를 보지 못했고, 아무도
그를 찾지 못했다. 다시 중서부의 몇몇 도시에선 해묵은 논쟁이 일기
시작했다. 논쟁의 화두는 단연 〈손〉이었다. 논쟁은 모빌의 돈을 빼돌린
것이 과연 빈스의 손이었나 아니었나에서 비롯되어 점점 그 영역이 확
장되었다. 몇몇 급진단체가 논쟁에 가세했다. 지면을 통해 흑인인권단
체와 아담 스미스 기념사업회가 릴레이 설전을 펼쳤다. 여성진보세력
이 〈보이지 않는 손〉에 대한 투쟁에 가세하겠다는 뜻을, 밝혔다. 라디
오에선 끊임없이 빈스의 곡이 흘러나왔고, 급기야 이런 헤드라인이 뉴
욕타임즈의 머리띠를 장식했다. 현대경제학 빈스에게 일격을 당하다!

헤럴드의 민완기자 폴 스미스에겐 특종의 냄새를 맡는 본능이 있었
다. 그는 곧장 일격을 당했다는 〈현대경제학〉을 감시하기 시작했다. 아
닌게 아니라 현대경제학은 메릴랜드 소재의 한 주립병원에서 링거를
맞고 있었다. 냄새가 나. 폴 스미스는 잠복을 시작했다. 밤이 되자 폴은
병원을 몰래 빠져나오는 현대경제학을 볼 수 있었다. 급히 한 대의 택

시가 그 앞에 멈춰 섰다. 저 택시를 따라가주세요. 뒤이어 택시에 올라탄 폴이 기사에게 소리쳤다.

폴의 특종은 생각보다 시시한 것이었다. 어젯밤 현대경제학은 마샬의 〈한계적 사고〉를 거쳐, 미시경제학과 거시경제학의 두 갈래 산맥으로, 다시 그곳에서 뻗어내린 무수한 지류의 분파로 열심히 몸을 옮겼다. 시장은 오늘도 움직이고 시장의 진화엔 언제나 쇼크가 뒤따르지만, 다행히 인류에겐 〈경제학〉이 있었다. 우리에게 양심이 있다면, 누구보다 노력하는 현대경제학을 위해 기립박수를 보내야 할 것이다. 폴 스미스는 슬리버로 집을 옮겼다.

다음날 아침, 메릴랜드의 병원에 각지에서 보낸 6,700만 개의 〈기립박수〉가 도착했다. 많은 혼잡이 예상되었지만, 또 기립박수들은 응급실에서 자원봉사를 펼치거나 주차안내를 도맡거나, 병실생활에 무료해하던 195명 환자들의 자위를 돕거나, 여자화장실에 숨어 있던 두 명의 치한을 검거, 여성인권수호의 기초를 확립했다. 매스컴은 열광했다. 사람들은 기립박수야말로, 스미스가 말한 〈보이지 않는 손〉일 것이란 막연한 기대를 품기 시작했다. 이틀 후, 건강한 모습으로 퇴원하는 현대경제학의 사진이 헤럴드의 코너를 장식했다.

그리고 십 년 후, 아이티의 영매(靈媒) 마리아 담발라스가 빈스 터투로를 만났다고 주장했다. 그를 어디서 보았나요? 고대 이집트의 사원에서요. 고대 이집트라구요? 네, 그는 신(神)이 되어 있었어요. 인류를 위해 서비스업(業)이란 걸 창조해냈죠. 다들 먹고는 살아야 되지 않겠냐고, 눈물을 글썽이며 말했어요. 그의 노래를 들었나요? 그러니까 〈사장님, 그 손은 제 손이 아니었습니다〉 말인가요? 그러니까 〈사장님, 그 손은 제 손이 아니었습니다〉 말입니다.

책을 덮는다.

또 실패다. 나는 담배를 피워문다. 이러니저러니, 효과가 있다던 〈농담(弄談) 경제학사전〉도 이미 절반을 독파했다. 뱃속에선 어떤 기미도 느껴지지 않는다. 체념이다. 결국 나는 변기에서 일어선다. 재를 털고, 바질 올리고, 문을 나서는데 휘청, 그만 쓰러져버렸다. 쥐다! 오른쪽 종아리 속에서, 방사능 오염으로 거대해진 햄스터가 도시를 부수는 느낌이 들었다. 눈물이 났다. 좁은 원룸의 화장실 문턱 위에 나와 봄볕, 그리고 〈농담 경제학사전〉이 나란히 쓰러져 있었다. 방사능은, 정말 위험하다.

똥이 나오지 않는다. 사흘째였을까, 그즈음만 해도 이럴 수도 있겠지란 생각이었다. 그러다 열흘이 지나갔다. 이럴 수는, 없는 게 아닌가. 나는 병원을 찾았다. 변비군요. 별, 대수롭잖다는 표정으로 의사가 말했다. 유쾌한 기분은 아니었지만, 두툼한 약봉투를 받아들고 집으로 돌아왔다. 그날따라 변비환자의 아랫배 같았던 우편함에는, 두 권의 주간지와 일곱 장의 고지서가 빼곡히 꽂혀 있었다.

약을 먹고, 학교를 오가고, 여자친구를 만나고, 일곱 장의 고지서를 완납하고, 그날그날의 조간신문과 두 권의 주간지를 화장실에서 읽어 치웠다. 그래도 똥은 나오지 않았다. 보름째였다. 나는 조금 무서워지기 시작했다. 보름 동안 똥을 누지 않은 인간이 있을까. 보름이나 똥을 못 누면, 적어도 어딘가가 썩는 게 아닐까. 지구의 앞날을 걱정하는 고양이처럼, 나는 배의 이곳저곳을 눌러보았다. 배는, 바다가 증발한 지구처럼 팍팍하고, 막막한 느낌이었다. 현무암과 사암, 멘틀과 같은 것이 그 속에 잘 다져져 있었다. 그 느낌 앞에서, 나는 그만 고생대 데본기 석탄계 퇴적암 속의 암모나이트처럼 표정이 굳어버렸다.

대장항문과를 한번 가보시죠? 동네 병원의 의사는 – 바다가 증발한 지구의, 그것도 한국의, 전직 해양수산부 장관 같은 표정으로 그렇게 말했다. 원인이 뭡니까? 의사는 고개를 가로저었다. 알아보니 대장항문과 같은 델 다니는 친구는 어디에도 없었다. 대학생을 받아주기나 할까, 란 생각이 절로 들 정도였다. 삶의, 큰, 오점이 아닐까 나는 생각했다. 고민이라도 있니? 함께 밥을 먹던 여자친구가 물었다. 오므라이스의 계란 장식을 바라만보다가, 나는 솔직히 고민을 털어놓았다. 여자친구는 뭐라 말할 수 없는 표정으로 얘길 듣더니, 갑자기 불쾌한 얼굴로 이렇게 소리쳤다. 야, 그런 얘길 꼭 밥 먹을 때 해야겠니? 다리를 꼬고 앉은 지름 179센티의 거대한 항문이라도 된 것처럼, 나는 억울하고 부끄러웠다.

여자친구와 헤어진 후, 나는 대장항문과를 찾았다. 의외로 병원은 많
은 이들로 붐볐으며, 의사는 지극히 사무적이면서도 자상한 태도로 -
소견서를 읽고, 배를 눌러보고, 항문을 검사한 후, 촬영을 한번 해보자
고 했다. 암모나이트 같은 게 찍히면 어쩌지. 촬영을 마치고 병원을 나
온 후, 나는 담배를 피워물었다. 피지 않을 수가 없었다.

촬영 결과를 기다리던 그 일 주일이 가장 초조하고 불안한 시간이었
다. 나는 청소를 하고, 빨래방에서 운동화와 이불을 세탁한 다음, 돌아
와 환기를 시키고, 샤워를 했다. 뱃속은, 여전히 소식이 없었다. 차라리
맹장이라도 터졌음 좋겠다는 생각을, 나는 했다. 수업이 없는 목요일엔
친구들이 찾아왔다. 高는 관장과 화이바를, 尹은 장세척을 권했으며,
權은 도대체 뭘 먹은 거야? 라고 퉁명스레 물은 후 각자의 집으로 돌아
갔다. 방에는 나와, 尹이 놓고 간 〈농담 경제학사전〉만이 외롭게 남아
있었다. 아무 생각 없이 읽다보면 쑥 하고 나올지 몰라. 농담 경제학사
전은, 과연 아무 생각 없이 읽을 수 있는 책이었다.

책을 편다.

경제학의 석학들은 아주 많은 것을 예견하고 준비했다. 자유무역과
국제분업은 이미 삼백 년 전에 예견된 일이었으며, 서비스업의 발단과

발전은 산업의 구조 자체를 바꿔놓았다. 세계는 이들에 의해 준비되고 분석되어왔다 해도 과언이 아니다. 예컨대 급변하는 세계의 물결도 엘빈 토플러와 같은 석학들에 의해 예견되고, 설정된 것이었다. 세계를 조명하는 일은 결코 쉽지 않겠지만, 경제학이 있는 한 시장(市場)이 모든 것을 해결한다던 스미스의 예견은 아직도 유효하다. 시장은 이미, 우리의 운명이다. 그리고

야쿠르트 아줌마가 등장했다.

이는 경제학의 아버지 아담 스미스도, 케인즈도, 맬서스와 리카도도, 마샬도, 찰스 다윈과 엘빈 토플러도 - 그 누구도 예견치 못한 일이었다. 야쿠르트, 아줌마라니. 턱을 괴고, 이를테면 자신의 실책을 후회하는 케인즈나 토플러의 모습을 나는 떠올려본다. 어쨌거나 야쿠르트 아줌마의 등장으로 시장은 한층 알 수 없고 복잡한 곳이 되어버렸다.

말년의 케인즈와 토플러는 시애틀에서 야쿠르트 아줌마에 대한 대담을 가진 적이 있다. 토플러는 한국을 다녀온 직후였고, 그곳에서 많은 정보를 직접 조사하고 확인했다. 그들은 한시라도 빨리 이 미궁을 벗어나고 싶었다.

그들은 〈보이지 않는 손〉입니까?
그것이 참 애매합니다.

애매하다뇨?

아무래도 제 생각엔 도도새의 멸종과 깊은 관계가 있는 듯합니다.

도도새의 멸종이라!

〈론도〉와 〈르네〉, 〈드봉〉과 〈캄푸〉를 기억하십니까?

도도새의 이야기는 끝난 게 아니었다. 인류는 그제서야 새의 멸종이 생태계에 미친 영향을 이해하기 시작했다. 최근 한 과학자가 모리셔스 섬의 나무 한 종(種)이 희귀종이 되어가고 있음을 알아차렸다. 살아 있는 나무는 모두 열세 그루였고, 수명은 이미 삼백 년을 넘어 있었다. 추정된 종의 평균수명은 마침 삼백 년이었다.

그는 나무가 번식을 멈춘 시기와 도도새가 멸종한 시기가 일치한다는 사실에 주목했다. 그리고 도도새가 이 나무의 열매를 먹고 살았으며, 오로지 이 새의 소화기관을 통해서만 씨앗이 발아(發芽)될 수 있었단 사실을 밝혀내었다. 다행히 몇몇 학자들이 칠면조의 식도가 도도새의 소화기관이 한 역할을 대신할 수 있음을 입증했다. 그들은 칠면조를 이용해 나무의 새로운 세대를 성장시켰고, 그 나무들에게 〈도도나무〉란 이름을 붙여주었다.

책을 덮는다.

햄스터가 방사능에 노출되기 전에, 나는 변기에서 일어선다. 도대체 어쩌다, 이런 일이 일어난 걸까? 알 수 없었다. 아무리 생각해도 수수하고 수수하고 수수한 인생이었다. 이런 일을 당할 정도의 액션 어드벤처를 한 적이 없단 말이다! 나는 울부짖었다.

나는 尹에게 전화를 걸었다. 尹은 마침, 그날의 두번째 배변을 시원스레 하고 있던 중이었다. 좋은 세상이지? 똥누면서도 통화를 할 수 있고 말이야. 놀라냐. 말은 뱉었지만 좋겠다, 눈물이 날 정도로 尹이 부러웠다. 그래 웬일로? 그게, 그러니까 책을 돌려줘야 할 것 같아서. 그런 이유는 절대 아니었지만, 尹의 물음에 마땅한 답이 떠오르지 않았다. 왜? 안 줘도 괜찮은데. 변기에서 책 읽는 게 제일 안 좋은 습관이래. 마땅하지 않은 답의 마땅한 이유들을 떠올리며, 나는 그렇게 얘기했다. 맘대로 해. 물 내리는 소리가 배수관이 아닌 전파를 타고, 귓속으로 쏟아져들어왔다. 그 속의 방대한 똥들이, 또다시 뱃속에 쌓이는 기분이었다.

외롭다. 맥주를 마시며 내가 말했다. 외롭다니? 몰라, 똥을 못 누니까 그렇게 외로울 수 없어. 尹의 집 근처 호프는 늦은 시간임에도 사람들로 북적였다. 그런데 진짜 원인이 뭐래냐? 아직은 몰라. 너 그런 건 기억하냐? 뭐? 이를테면 변비가 시작되기 전에 먹은 음식 같은 거. 글쎄, 아마도 〈도련님 세트〉였다고 생각해. 도련님 세트? 도련님 세트. 양식을 좋아하는 편도 아닌데, 간혹 양식을 먹게 될 때가 있다. 그날이 그랬다. 여자친구와 함께 메뉴판을 뒤적이는데 문제의 도련님 세트가 있었다. 선명한 레드 컬러의 〈스페셜〉이 세트의 우측 상단에 솜사탕처럼

꽂혀 있었다. 어린이용 아니니? 여자친구가 핀잔을 줬지만, 그 도련님
과, 그 스페셜이 무엇보다 나를 자극했다. 도련님 세트의 구성은 대략
다음과 같았다.

1. 수프
2. 샐러드
3. 소시지와 베이컨
4. 꼬마 스테이크 + 라이스
5. 포테이토
6. 야쿠르트

뭐야 그게, 난 본드라도 먹은 줄 알았는데. 내 생각도 그래, 정말 이
유를 모르겠어. 갸우뚱 고개를 젖히는 尹에게 나는 책을 내밀었다. 尹
은 책 따위 관심도 없다는 듯, 흘러나온 독일 민요에 맞춰 이리저리 어
깨를 흔들었다. 나는 팝콘을 씹으며 바텐의 모서리에 걸린 TV를 시청
했다. 들릴락 말락 하는 볼륨으로, 심야의 뉴스가 진행되고 있었다. 국
제 유가가 급등하고, 미국과 EU는 아시아권의 보호무역체제에 보복사
찰을 감행하고, 한국의 수출전선에 비로소 청신호가 엿보인다, 하고,
정부는 고령화사회를 앞둔 새로운 복지정책수립에 박차를 가하고, 최
초, 중국의 우주인이 우주에서 메시지를 보내왔지만 - 아무튼 명심해
라. 니들이 어디서 무엇을 하건, 지금 이 세상에 똥을 못 눠 고통받는
한 인간이 있다는 사실을.

곧이어 高와 權이 왔지만, 그리고 헤어진 여자친구에게서 전화가 한 통 왔지만, 나는 외로웠다. 독일산 흑맥주를 마시며 친구들이 거시경제학과 후기자본주의의 진행에 대해 열띤 토론을 벌이는 동안, 나는 은신처에 몸을 숨긴 한 마리의 도도새처럼, 묵묵히 〈농담 경제학사전〉을 읽어나갔다. 차마 읽지 못했던 책의 후반부에는 언뜻 이런 내용이 실려 있었다.

1977년, 한 우주선이 지구의 대기권을 벗어났다. 보이저 2호. 최초로 태양계를 넘어설 이 돌아오지 않는 우주선에는 - 외계의 지성체에게 보내는 인류의 메시지가 미합중국 대통령의 목소리와 세계 50개국의 언어로 담겨 있었다. 이것은 머나먼 나라에서 보낸 선물입니다. 이 속에 우리의 음향과 과학, 그리고 사상, 의견, 그리고 야쿠르트 아줌마를 담았습니다. 이 시대를 극복하기 위해 당신들과 함께하려 합니다 - 보이저 2호가 외계의 지성체와 조우한 것은 천왕성 근처를 지날 무렵이었다. 당연히, 외계의 지성체들은 인류의 메시지와, 야쿠르트 아줌마를 만날 수 있었다. 그들이 물었다. 당신들이 극복하고 싶은 것은, 또 극복해서 가고자 하는 세계란 어떤 것입니까? 차분히 야쿠르트를 나눠주며, 야쿠르트 아줌마가 얘기했다. 바로, 야쿠르트가 꿈꾸는 세상입니다.

건투를!
지성체들이 소리쳤다.

다음날 다시 대장항문과를 찾았다. 결과가 궁금했지만, 결과를 알기도 두려웠다. 그런 내 마음을 아는지 모르는지, 의사는 촬영의 결과에 대해선 이렇다 할 얘기를 하지 않았다. 차 한잔 하시겠습니까? 의사가 물었다. 네, 라고 나는 대답했다. 간호사가 변비에 좋다는 차를 가져다주기 전까지 우리는 한마디도 하지 않았다. 차는 뜨겁다는 사실 외에는 무어라 말할 수 없는 맛이었다. 변비에는 수많은 원인이 있긴 합니다만, 의사가 입을 열었다.

그러니까 지금 한 달째 변이 없는 겁니다. 그렇지요? 네, 맞습니다. 특이체질도 아니시고, 평소 변을 참는 습관이 있는 것도 아니고… 습관성 변비란 것도 대개 대장의 상태에 따라 긴장감퇴성과 긴장항진성으로 나뉘기도 합니다만, 그것도 아니고… 만성대장염이나 대장암 쪽도 확실히 아닙니다. 제가 말씀드릴 수 있는 건… 이건 어떤 특수한 징후로 볼 수 있는데, 실은 근간에 이런 징후가 꽤 발견되는 추셉니다. 의사의 입장에선 난감하기도 합니다만… 그럼, 저는 어떻게 되는 겁니까? 마음을 단단히 잡수셔야 합니다. 내 손을 힘주어 쥐며 의사가 얘기했다. 누가 뭐래도, 지금 우리는 후기산업사회를 살고 있는 거니까요.

힘을 준다.

나는 다시, 어디서 무엇이 잘못되었나에 대해 곰곰이 생각해본다. 알 수 없다. 묵묵히, 도도나무의 열매를 삼키는 칠면조처럼 마음의 어딘가 가 우물우물하고 우물쭈물하는 느낌이다. 이러다 삼백 년이나 자란 나 무가, 통으로, 불쑥 나오는 건 아닌가. 나는 생각한다. 마음을, 편하게 먹기로 한다. 말마따나, 별일이 아닐 수도 있다. 한두 달 똥을 못 눴다 고 취업에 불이익을 받는 것도 아니다. 오래전엔 론도와 르네, 드봉과 캄푸를 해야 했던 선조들도 있었다. 그런 일도, 있었다는 생각이 든다.

　적극적인 자세는 정말이지 중요합니다. 화장실을 나오면서 나는 다 시 의사의 말을 떠올렸다. 인터넷을 뒤져 나는 몇 개의 활발한 동호회 를 찾아냈고, 또 애써, 가입을 했다. 변비로 고통받는 사람의 수가 이토 록 많다는 사실에 나는 놀라지 않을 수 없었다. 이들을 이토록 방치해 왔다니! 어쩌자는 건가. 세상의 〈관점〉을 나는 이해할 수 없었다.

　석 달째 똥을 못 누고 있어요. 예비군을 마치고, 올해 민방위로 넘어 온 사람입니다. 작년까지 예비군훈련 받을 때마다 말 못 할 스트레스를 받았거든요. 사실 삽질이라 생각했습니다. 시간 낭비에 돈 낭비(특히 자영업 하는 분들)에. 그런데 훈련 때마다 들어오는 강사가 있었습니 다. 이 사람 늘 같은 얘기만 했습니다. 여러분 북한이 왜 못 쳐들어오는 지 아십니까? 바로 예비군 여러분들이 무서워서입니다. 그러고 교육 시작합니다. 이상하게 짜증이 치밀었지만 그러려니 참았습니다. 석 달 전에 처음으로 민방위훈련을 받았습니다. 아, 그런데 예비군 때 그 강 사가 또 들어온 것입니다. 그러고는 여러분 북한이 왜 못 쳐들어오는지 아십니까? 바로 민방위대원! 여러분들이 계시기 때문입니다, 이러지 뭡니까 글쎄. 울컥 기분이 정말 나빠지더니 그날 이후로 이상하게 똥이 안 나옵니다. 지금 석 달쨉니다. 그 기분, 상상이나 하시겠습니까? 이거 국가를 상대로 소송을 해야 할지, 아니면 그 강사를 상대로 해야 할지, 아무튼 여러분들 생각은 어떠신지요?

성적은 오르지 않고 변비로 고생하고 있습니다. 소년의 삶이 이래도 될까요?

아침 회의가 망쳐놓은 내 건강. 변비가 온 것은 회사를 옮기고부터입니다. 영업파트가 처음이라 실적을 따지는 회의 분위기가 스트레스의 화근인 것 같습니다. 늘 속이 거북하고 기분이 나쁩니다. 대인관계가 중요한 직업인데 걱정이 이만저만이 아닙니다. 확실한 치료정보 알려주시는 분께 토종 가시오가피 한 세트 후사할 용의 있습니다.

차라리 이대로 똥이 없어지면 좋겠다. 저는 일 주일에 한 번 정도 누는데, 친구들이 전부 변비라더군요. 불편함 전혀 없구요, 화장도 나름대로 잘 받는 편입니다. 친구가 알려줘서 왔는데 저 같은 케이스는 없나보군요. 그럼 수고.

대략 난감합니다. 젖소의 아름다움에 깊이 매료된 저는 농촌으로 스케치를 자주 가는 편인데요(참고로 미술 전공자입니다). 여러모로 현

172

지에서 화장실 사용이 힘든데다 대개 한 시간도 넘는 거리여서 그만 변비가 왔습니다. 정말 고통스럽더군요. 예술이냐 건강이냐의 갈림길에서 몸 둘 바를 모르겠습니다. 정말 젖소를 포기해야만 하는 걸까요?

변비 스트레스 홈쇼핑으로 풀고 있어요. 어제는 간장게장 20킬로그램을 구만오천원에 구입했는데, 오징어젓, 창란젓, 조개젓 3종 세트가 사은품으로 따라오더군요. 게다가 쿠폰까지. 여러분도 한번 해보세요. 적극 추천입니다.

변비 때문에 부부싸움을 합니다. 저희 부부는 둘 다 변빕니다. 저는 개인택시를 모는데, 집에만 오면 그렇게 짜증이 납니다. 특히 아내가 화장실에서 안 나오면 이성을 잃습니다. 아무래도 요즘은, 그게 자꾸 변비 때문이 아닌가 의심됩니다. 낮에는 하루 종일 교통체증에 시달리고, 사는 게 참 답답합니다.

전 내세울 게 없어 그런지 내보낼 것도 없나봐요.

신개념 웰빙 투어! 안녕하세요. 좋은 여행상품 하나 안내해드릴려구요. 변비 환자들을 위한 〈팡파레, 터져라 레인보우 투어〉. 일본과 구미에선 이미 선풍적인 인기를 끌었던 빅 히트 아이디어 상품입니다. 티벳의 타즈라 사원에 있는 신비의 화장실 푸칸(사진 참조)을 아시나요. 쪽창으로 히말라야의 산정이 보이고, 그 아래는 지구 반대편까지 뚫린 듯

도무지 그 깊이를 가늠할 수 없는 신비의 장소입니다. 마음을 비우고 앉기만 하면 - 어느 순간 히말라야를 울리는 팡파레 소리와, 눈앞에 떠오르는 영롱한 무지개를 경험한다는 것이 직접 이곳을 다녀간 환자분들의 한결같은 체험담입니다. 오늘 등록하세요. 그나저나 칠레나 브라질엔 별일이 없을까 모르겠군요.

세상이 말세입니다.

키스 마트에 근무한 지 팔 개월째입니다. 이곳에서 손목 류마티스와 악성 변비를 얻었습니다. 제가 하는 일은 주차안내 도우민데요, 고객의 차가 들어올 때 손으로 호랑나비 팔랑을 펼치며 일했습니다. 그런데 인근 붐 마트에서 2회전 팔랑을 연출한다 해서, 할 수 없이 저희는 2회전 반 팔랑을 연출해야 했습니다. 몸에 무리가 온 게 그때부터였습니다. 손목이 쑤셔 잠을 잘 수 없을 정도고요, 변은 부끄러운 얘기지만 열흘에 한 번 정도 딱딱한 밤알 같은 게 나옵니다. 심할 땐 피도 나구요. 산재처리니 보상이니에 앞서 우선 좋은 병원 소개나 치료 길잡이 부탁드립니다. 여러분도 건강하세요.

이라크 산(産) 변비. 저는 91년 이라크 전 참전 때 걸린 변비로 아직 고생하고 있습니다. 무척 특이하죠? 제 생각도 그렇습니다.

남의 똥이 굵어 보입니다. 변비 때문에 한번 필이 오면 어떤 일이 있어도 화장실을 찾습니다. 두어 달 전 고속터미널에서 급히 화장실을 찾았는데, 아아 그만 숨이 막히는 줄 알았습니다. 처음엔 누가 녹슨 강관(鋼管) 토막을 버리고 간 줄 알았습니다. 그런데 똥이더군요. 사이즈로 보나 질감으로 보나 그건 인간의 똥이 아니었습니다(인간이라면 당연히 그 사람은 현장에서 죽었어야 합니다). 설마 코끼리가, 라는 생각도 들었지만 그럴 리도 없고 해서 물을 내렸습니다. 꿈쩍도 않더군요. 할 수 없이 다, 다, 다음 칸에 들어가 저는 겨우 일을 마쳤습니다. 그런데 그 똥의 영상이 머리 속에서 떠나질 않습니다. 왠지 그 박력에 당한 느낌이랄까요? 아아, 때론 죽지도 않고 그런 똥을 양산하신 그분이 부럽기까지 합니다. 인생의 새 목표가 생긴 기분입니다.

저는 사실 너무 많이 먹습니다. 그래서 인과응보라고 생각합니다. 때로 햄버거 열 개를 먹는 게 이득인지, 똥을 열 번 참는 게 이득인지 골똘히 생각하기도 합니다.

해남에 대규모 관광단지가 들어섭니다. 문의는 011-XXXX-XXXX

삼십 년 캐리어다 삼십 년! 얼마 전 대화방에서 저랑 논쟁하신 분 보세요. 현미가 변비에 좋다는 건 상식입니다 상식. 아시겠어요? 저는 사실 이름만 대면 알 수 있는 수도권 소재 사 년제 대학의 교숩니다. 유학 시절부터 삼십 년 변비 경력인데, 나 원 알고나 덤비시지.

서비스업 십오 년 종사자입니다. 이상하게 서비스 직종 근무자들은 유독 변비에 시달립니다. 제 주변도 대부분 그렇고. 그래서 이 참에 서비스업 종사자만의 모임을 따로 만들면 어떨까 합니다. 직종의 특성상 아무래도 그쪽이 편하지 않을까요? 그럼 의견 기다립니다.

회장입니다. 앨범코너에 지난 17일 정모 사진 올렸습니다. 단체사진이 압권입니다. 초여름의 더위도, 또 뱃속의 꿀꿀함도 우리 회원들의 행복한 미소를 걷어가진 못했습니다. 양미란 회원님 더욱 분발하시구요. 영동 포도와 아락실 공동구매 열심히 추진중에 있습니다.

새벽의 어둠 속에서, 나는 모니터 속의 단체사진을 오래오래 바라보았다. 사진의 배경은 경기도의 어느 강변인 듯도 했고, 내가 모르는 미지의 장소인 듯도 했다. 흰 구름과 하늘과, 배경의 강물이 확 트여 있었지만, 또 그런 이유로 어딘가 모르게 고립되고 소외된 느낌이었다. 마치 섬 같다, 라고 나는 생각했다. 구성원은 대개 여자들이었고, 정말이지 열매라도 배불리 먹은 도도새들처럼 환하게 웃고 있었다.

이유는 알 수 없지만, 나는 그 일상의 단체사진 앞에서 자위를 했다. 어느 누군가의 얼굴에 끌려서가 아니라, 그 존재감과 풍경 앞에서 나도 모르게 발기한 것이었다. 열심히, 나는 손을 움직였다. 사진에서 출발해, 모니터를 건너온 초여름의 햇살이 남근(男根)의 이마 위를 따스하게 비추었다. 눈을 감았다. 론도와 르네, 드봉과 캄푸…를 해버린 시원

한 해방감이, 뜨거운 물줄기와 함께 해일처럼 모니터를 덮쳐갔다. 그소리를, 나는 들었다.

건투를!
누군가의 목소리가 귓가에 맴돌았다.

섬이 사라지고 나자, 다시 외로움이 밀려들었다. 창을 열고, 나는 담배를 피웠다. 이미 밤은 빈스가 빼돌린 석유처럼 사라지고 있었다. 심하게, 기름 냄새가 났다. 세계의 거대한 톱니가, 그래서 느껴졌다. 희뿌연한 빛 속에서, 새벽의 지표(地表)에 스며든 어둠이 아스팔트로 응고되고 있었다. 퉁, 투둥 퉁. 그때 그 소리를, 나는 들었다. 분명 문을 두드리는 소리인 듯, 했다. 누구세요? 내가 소리쳤다. 실로 건강한 대답이, 그래서 들려왔다.

야쿠르트예요.

문을 열고 내다보니 한 사람의 야쿠르트 아줌마가 서 있었다. 옆방의 문 앞에 놓여진 우유와 야쿠르트를 보면서, 나는 소리의 원인을 알 수 있었다. 아, 예. 나는 가볍게 목례를 했다. 학생이세요? 아줌마가 물었다. 아, 예. 자취하면 속도 많이 버릴 텐데… 가방을 부스럭거리던 아줌마가 난데없이 야쿠르트를 내밀었다. 저, 저는… 돈 받는 거 아니니까 걱정 마요. 학생 안색이 안 좋아 보여서, 그럼 수고해요. 그리고 아줌마는 계단을 내려갔다.

할 수 없이, 엉겁결에 받아든 야쿠르트를 나는 마셨다. 야쿠르트는 새콤하다고도 할 수 있고, 달콤하다고도 할 수 있는 맛이었다. 처음 마셔본 열매의 과즙 같은 것이 식도에 자꾸만 걸리는 기분이었다. 나는 그만, 창으로 다가가 아줌마를 향해 소리쳤다. 아줌마, 내일부터 저도 부탁드려요. 우유? 아니면 야쿠르트? 야쿠르트요! 작은 수첩에 뭔가를 끄적인 아줌마가 웃으며 손을 흔들었다. 나도, 손을 흔들었다. 잘 되겠지 뭐.

내일부터, 나도 야쿠르트를 마실 전망이다.

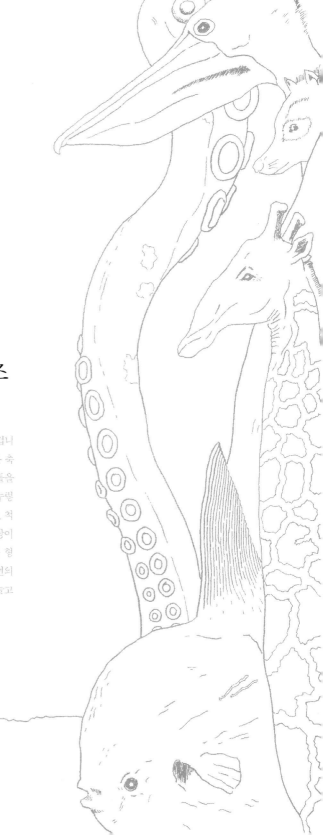

코리언 스텐더즈

그런데 형, 제가 도울 일이 어떤 겁니까? 응, 그게… 대답 대신 기하 형은 축사 부근의 덤불과 그 언저리의 땅들을 보여주었다. 확실히 어떤 부분이 누렇게 말라 있거나 검게 그을려 있었다. 척 보기에도 초록(草綠)의 주변과는 상이한 풍경이었다. 이게 뭡니까? 기하 형의 안색이 차갑게 굳어 있었다. 몇 번의 긴 한숨이 병든 곳소의 겻처럼 가늘고 뿌옇게 스며나왔다. 요즘 말이다. 외계인의 습격을 받고 있다.

농촌(農村)이란 단어가 있다.

누구나 아는 단어지만, 누구도 모르는 단어라고 나는 생각한다. 〈6시
내 고향〉 같은 거 아닌가요? 올해 갓 여상을 졸업한 김하늘孃은 그렇
게 대답했다. 커피를 내려놓던 그녀가 피식, 한다. 웃음소리이거나, 웃
음을 감추는 소리이다. 고마워. 절대 나하고도 상관이 없단 투로, 나는
진지하게 대답한다. 마치 〈9시 뉴스데스크〉, 같다. 다른 무엇보다, 그런
분위기를 풍겨야 할 나이다. 커피를 마신다. 헤이즐넛이다.

농촌에서 걸려온 전화를 받은 것은 오늘 오전의 일이었다. 주간회의
를 마치고, 따로 부장과 이런저런 대화를 나누던 참이었다. 전화벨이
울렸다. 여보세요. 전화를 받은 부장의 표정이 어리둥절해지더니, 자네
전화군 하며 수화기를 건네주었다. 신석현입니다. 여보세요 같은 말은

부장 정도가 할 수 있는 말이고 – 얼떨결에, 그래서 전화를 받았다. 어석현아, 그래 석현이냐? 느닷없이, 대한민국의 사회생활과 전혀 무관한 목소리가, 크고 민망하게 수화기 저편에서 터져나왔다. 고개를 돌리고, 그래서 전화를 고쳐 받았다. 여보세요.

기하 형이었다.

운동권(運動圈)이란 단어가 있다. 누구나 아는 단어지만, 누구도 모르는 단어이다. 마치 농촌처럼, 그렇다. 알아요, 〈PD 수첩〉 같은 거죠? 입사 이 년차, 정희정孃은 그렇게 알고 있다. 전화를 부장님 방으로 돌리면 어떡해. 그분이 워낙 급하다고 해서. 그럼 번호를 받든가 했어야지. 자리로 돌아온 나는 집으로 전화를 걸었다. 뚜뚜. 아내는 전화를 받지 않았다. 휴대폰 번호를 다섯 자리 정도 누르다가, 수화기를 내려놓았다. 두 가지 경우의 수가 있었다. 까르푸에 있거나, 운전중이거나. 어느 쪽도 운동권과, 농촌과, 기하 형에 관한 얘길 나누기엔 부적절하단 생각이 들었다. 그래서였다. 나는 달력을 체크했다. 여름휴가까지 일 주일 정도의 시간이 남아 있었다. 잠시 정지해 있던 에어컨이, 다시 힘차게 돌기 시작했다.

정말?

눈을 동그랗게 뜬 아내의 모습을 본 것이 얼마 만인지 모르겠다. 그날 밤 아내와 모처럼 술자리를 가진 것도 그 때문이었다. 한국의 표준이라 봐도 무방한 34평의 아파트에서, 부엌에서, 식탁에서, 우리는 맥주를 마셨다. 까르푸에서 경품과 함께 사온 여러 병의 맥주가, 그래서 동이 났다. 초등학교 이학년인 딸아이는 코를 골면서 자고 있었다. 세 군데의 학원을 돌고 돌아오므로, 아이는 곧 녹초가 되어버린다. 얘기를 끝내고, 함께 담배를 나눠 핀 후 우리는 오랜만에 관계를 가졌다. 씻고 와요 하는 아내를 엎드리게 하고, 조금은 거칠게, 공격이라도 하듯 아내의 몸을 파고들었다. 그런 나를, 아내는 순순히 받아들였다. 제법 비만인 살찐 둔부 속이, 세 군데의 학원처럼 멀고 벅차게 느껴졌다. 십칠 년 전의 아내는 이렇지 않았다. 깡마른 여학생이었고, 기하 형의 애인이었다.

아내를 만난 것은 대학 이학년 때였다. 86년인가? 아마도 그럴 것이다. 운동권 그룹의 연합모임이 있었는데 아내는 그날 세미나의 발표자였다. 한눈에 반했다고, 말할 수 있다. 누구지? 두근두근한 가슴으로, 나는 끝까지 자리를 뜨지 않았다. 이어진 뒤풀이 자리에서 비로소 그녀가 기하 형의 애인임을 알 수 있었다. 기하 형은 내가 속한 그룹의, 이른바 스타 플레이어였다. 수배자 명단에도 몇 번씩 이름이 오른 투사의 말 한마디에, 그녀는 이미 넋을 빼앗긴 눈치였다. 갑자기, 동지는 간 데 없고 깃발만 심히, 나부끼는 심정이었다.

그래서 더욱, 나는 기하 형을 따랐다. 묘한 심리지만, 그랬다. 운동권의 향방 같은 건 누구나 아는 일일 테고, 결국 구속된 기하 형은 오랜

수감(收監)생활을 해야 했다. 세상은 문민(文民)으로, 또 민주(民主)란 이름으로 변해갔다. 베를린 장벽이 무너지고, 레닌의 동상이 철거되고, 그사이 깡말랐던 그 여학생은 나의 애인이 되어 있었다. 잘된 일이다. 결국 면회를 가서 사실을 털어놓은 나에게, 기하 형은 그런 대답을 들려주었다. 수희를 잘 부탁한다. 나는 고개를 끄덕였다. 왜 그랬을까. 죄송하다는 말을 하려했는데, 고맙다는 말이 튀어나왔다. 왜, 그랬을까?

삶의 향방은 크게 달라졌다. 입사(入社)를 하고, 칠 년간 맞벌이를 해서, 신도시에 지금의 아파트를 마련할 수 있었다. 은근히, 세상이 변하기보다는 직급이 변하길 바라는 사람이, 되어갔다. 어느 가을날인가, 깊이 담배 한 모금을 들이켜다 그 사실을 알 수 있었다. 이미 삶은, 돌이킬 수 없는 것이었다. 마흔이었다. 동지가 간 데를 알아도, 깃발은 나부끼지 않았다. 신도시에 온 아내는, 급격히 살이 찌기 시작했다.

기하 형은 딱 한 번 우리집을 찾은 적이 있었다. 한창 맞벌이에 열중하던 전세 시절의 일이었다. 갓 출소(出所)를 해서였고, 함께 복역을 마친 鄭선배와 함께였다. 니들이 보고 싶어 왔다. 방문의 이유는 오로지 그것이었다. 게다가 형의 손에는 초라해서 더 아름다운 꽃다발이 들려 있었다. 모쪼록 형은 그런 인물이었다. 꽃이 시들 때까지 우리는 술을 마셨다. 죄송해요 형. 고맙다는 말을 하려 했는데, 죄송하다는 말이 튀어나왔다. 왜 그랬을까. 화장실에 들어간 아내는 한참을 기다려도 나오지 않았다.

그런 방문이 가능했던 것은 기하 형의 순수함 때문이었다(아내는 처녀였다). 누가 뭐래도, 나는 그렇게 생각했다. 앞서서 나가리, 산 자여 따르라. 만취한 鄭선배의 열창 때문에 나는 주인으로부터 심한 타박을 들어야 했다. 하지만 쓰러진 자의 뒤를 따르는 산 자는 아무도 없었다. 열창을 했던 鄭선배는 훗날 학원가의 유명 강사가 되었고, 그외의 선후배들도 각자의 살길을 모색하고 마련해갔다. 남은 것은, 오로지 기하 형뿐이었다.

기하 형답다. 정치권의 권유를 뿌리친 형이 노동현장에 들어갔다는 소식을 들은 것은 딸이 태어난 직후였다. 붓기가 미처 빠지지 않은 아내와 함께, 그런 대화를 나누었다. 무렵엔 형의 후원회가 조직되어 있었다. 형이 언젠가 국회의원이 될 거라 믿는 이들이 반이었고, 끝까지 국회의원 따위는 되지 않길 바라는 이들이 반이었다. 아내와 나는 양측의 기대 모두를 반반씩 가지고 있었다.

농촌을 살려야 합니다. 언젠가 온 후원회의 소식지엔 그런 헤드라인이 적혀 있었다. 요약하자면 – 이제 노동운동을 접고 농촌운동에 투신하겠다는 형의 입장표명이었다. 형이 주장하는 공동체 마련을 위해, 몇몇 선배들이 팔을 걷어붙이고 나섰다. 우리로선 아마도 마지막 중도금인지 잔금인지를 치러야 했을 무렵이었다. 그 동안 많이 냈잖아요. 먼저 그런 말을 꺼낸 것은 아내였다. 말은 하지 않았지만, 그렇다는 생각이 나도 들었다.

　그것이 마지막이었다. 형은 점점 언론에서도 다루지 않는 잊혀진 인물이 되었고, 후원회의 활동도 거기에 비례해 뜸해져만 갔다. 정치인이 된 - 함께 운동을 이끌던 金과 郭에 비하자면 너무나 대조적인 양상이었다. 신도시로 이사를 온 후로 우리는 농촌에 간 기하 형을 잊고 있었다. 아니 딱 한 번, 나는 鄭선배와 가진 술자리에서 기하 형의 얘길 들은 적이 있었다. 내 제자들 중에 말이야, 학교를 관둔 괴짜가 하나 있어요. 아 걔가 글쎄 기하가 한다던 그 공동체, 거기서 살다 왔대지 뭡니꾸아? 하대(下待)를 해달란 청에도 불구하고, 鄭선배의 말투는 바뀌지 않았다. 아마도, 그 이상한 꾸아? 로 꽤나 이름을 떨치는 모양이었다. 학원가의 스타 강사는 이미 룸살롱의 귀빈이 되어 있었다. 걔도 육 개월을 버티다 도망을 쳤대요, 얘길 들어보니 막혀도 그렇게 꽉 막힐 수가 없대. 현실성이 있어야지, 현실성이. 그렇지 않습니꾸아? 그건 그렇고 니들 뭐 하냐?

　버젓이 내가 보는 앞에서, 아가씨 하나가 鄭선배의 바지를 벗기고 그의 샅을 파고들었다. 질세라 나의 파트너도, 내 몸을 더듬어나갔다. 자리라도 옮겨야 하는 게 아닌가 생각했는데, 갑자기 鄭선배가 하대를 했다. 얌마, 여기선 같이 하는 거야. 섹스라기보다는, 그래서 공중화장실에 앉아 있는 기분이었다. 두 번씩 파트너를 바꿔 올라타며, 나는 내내 칸막이가 없다는 중국의 화장실을 떠올렸다.

어쩔 거야? 담배를 물며 아내가 말했다. 글쎄, 일 주일이나 시간이 있으니 천천히 생각해보지 뭐. 그리고 천천히 나도 담배를 꺼내 물었다. 빨리 결정해, 콘도 예약도 걸려 있고 하니까. 아, 알았어. 그 순간 나는 십칠 년 전의 여학생이 기하 형의 아내가 되었다면, 이란 상상을 하고 있었다. 문득 아내의 뱃살을 들춰올리면, 〈그럴 리가〉라는 문신이 새겨져 있을 것 같았다. 왠지 모르게 중국의 공중화장실에 나란히 앉아 담배를 피는 기분이었다.

　와서

도와달라고 하던 기하 형의 목소리가, 그래서 자꾸만 생각이 났다. 참 어렵게 하는 부탁이다. 석현아. 라는 말이, 그래서 무거운 연기처럼 방 안 가득 깔리는 기분이었다. 나는 일어나 창을 열었다. 아이 추워. 십칠 년 전에 여학생이었던 살찐 여자가, 마치 여학생처럼 여름이불 속을 파고들었다. 어둠 속에서, 신도시의 불빛이 야광(夜光)의 깃발처럼 나부끼고 있었다. 부아아아앙, 머플러를 제거한 스포츠카 한 대가, 도시의 하단에 중요해 - 밑줄을 치는 연두색 형광펜처럼 빠르게 시야를 가로질렀다.

　말하자면 그것이

내가 농촌을 찾게 된 배경이다. 열거한 일 중에서 하나라도 빠진 것이 있다면, 나는 정중히 기하 형의 부탁을 거절했을 것이다. 즉 그 여학생을 좋아하지 않았더라면, 또 아내가 후원금을 내자고 했더라면, 그 순간 지나간 것이 스포츠카가 아니라 구청의 청소차였다면, 말이다. 나한테 연락을 할 정도면 그 많던 사람들이 다 떠났다는 얘기 아니겠어? 모자를 바투 쓰며 나는 아내를 설득했다. 딸아이는 학원에서 〈아빠 너무해〉란 문자를 보내왔다. 결국 제주도로 떠나는 동생 식구들 편에 아내와 딸을 묶어 보내기로 했다. 같이 가는 건 어때? 어디? 기하 형한테. 나와 있던 아내의 입이 말꼬리를 흐리느라 우물거렸다. 농촌에 뭐 볼 게 있다구. 아내와 딸은, 나보다 이틀 먼저 제주도를 향해 출발했다.

나는 한 번도 농촌을 찾은 적이 없다. 돌이켜보니, 그랬다. 과연 〈6시 내 고향〉에서 몇 번 농촌을 보았거나, 국도를 달리면서 그 풍경을 잠시 지나쳤을 뿐이었다. 영동고속도로에 오른 나는, 그래서 조금 불안한 마음이었다. 심해로 거처를 옮기게 된 열대어처럼, 그래서 나는 만반의 준비를 갖추고 또 갖추었다. 등산복과 등산화를 챙기고, 각종 구급약과 붕대를, 또 이런저런 공구들과 사냥총을, 또 충분한 탄환을, 트렁크에 실었다. 그리고 무엇보다 돈을, 상당한 액수의 현금을, 구비했다. 돈만큼 사람의 마음을 안심시키는 것은 없었다.

도와달라는 일의 성격에 대해, 기하 형은 끝끝내 입을 다물었다. 가벼운 농사일에서 혹 멧돼지라도 쫓아야 하는 게 아닌가, 라는 생각에,

나는 마음이 복잡했다. 구제역인가 그런 질병이라면 인체에도 해가 오는 게 아닐까, 짐짓 언짢은 기분이 드는 것도 사실이었다. 그러고 보니 조류독감과 광우병 같은 단어도 생각이 나는 것이었다. 도대체 무슨 일일까. 휴게소의 벤치에서 헤이즐넛을 마시며 나는 담배를 피웠다. 이상하게 겨우 한 모금을 빨았을 뿐인데, 독감에 걸린 닭처럼 연신 재채기가 나왔다. 그 폭풍(暴風)에 – 제주도의 바다 같은 푸른 하늘이, 썰물처럼 밀려가는 느낌이었다. 기압의 변화를 느낀 열대어처럼, 그래서 나는 아내와 딸을 떠올렸다. 문득, 그랬다.

실상리(失像里)에 도착한 것은 정오를 넘겨서였다. 인제(麟蹄)에 이르러 기하 형의 설명은 이미 효력을 상실했고, 지도를 보고, 또 물어물어 나는 겨우 실상리를 찾을 수 있었다. 마을, 이라곤 해도 몇 채의 빈집이 있을 뿐 사람의 그림자는 보이지 않았다. 대신 나는 어마어마한 오솔길과 대자연을 볼 수 있었다. 이건 뭐, 내셔널 지오그래피잖아. 차를 세운 나는 오솔길 옆으로 이어진 개천에서 손을 씻었다. 물은 차고 서늘했으며, 몇 마리의 민물고기가 녹음(綠陰)에 물든 이마를 흔들며 몰려다니고 있었다. 놀라웠다. 서울에서 몇 시간 거리에 이런 자연이 있었다니. 즉 농촌의 초입에서 기지개를 켜며, 나는 가물가물한 오솔길의 끝을 오오래 바라보았다. 고작 몇 시간 거리일 뿐인데, 마치 울릉도 동남쪽 뱃길 따라 이백 리 정도의 해표(海豹)에 홀로 서 있는 느낌이었다. 파도 소리 같은 바람 소리가, 그래서 귓전을 파고들었다. 설명대로라면, 저 오솔길을 지나 가파른 언덕을 하나 끼고 돌면 기하 형의 공동

체가 있을 터였다. 몇 년 만일까. 녹음이 물든 손가락으로는 얼른 계산
이 되지 않았다. 십칠 년 전의 강으로 돌아온 민물고기의 표정으로 나
는 다시 차에 올랐다.

계십니까?

계십니까. 몇 번의 계십니까를 반복해도 돌아오는 대답이 없었다. 결
국 나는, 공동체의 시설을 둘러보기로 마음먹었다. 시설이라곤 해도 몇
채의 건물과 창고, 작은 강당 같은 것이 전부였지만 땅의 규모가 커서
족히 십 분 정도는 걸리는 일이었다. 우선 오는 길에 논이 보였고, 몇
채의 비닐하우스를 경계로 드넓은 옥수수밭이 언덕 아래까지 이어져
있었다. 건물은 숙소로 보이는 두 개의 동(洞)과 본관이 있었으며, 창
고와 강당이 따로, 또 어딘가 축사(畜舍)가 있어 바람에 희석된 소의
울음이 희미하게 들려왔다. 그러니까 〈어딘가〉 축사가 있을 만큼의 규
모였던 것이다. 계십니까? 나는 다시 계십니까를 연호하기 시작했다.

석현이냐? 그래, 석현아. 기하 형이 온 것은 내가 한 대의 담배를 거
진 태웠을 무렵이었다. 정말이지 경운기가 소리를 내며 올라왔고, 정말
이지 기하 형이 경운기에 앉아 있었다. 오래 기다렸니? 축사를 손보고
오느라… 그리고 기하 형은 말을 맺지 못했다. 수희도 잘 지내지? 잘,
지냅니다. 애는 잘 크고? 예. 그래 고맙다. 잡은 손을 놓지 못하고 기하
형은 눈물을 글썽였다. 그 눈을 쳐다볼 수 없어 나는 땅을, 즉 형의 그

림자를 애꿎게 바라보았다. 형의 머리는 반백이 되어 있었다. 그림자처럼 그을은 피부 때문에, 그것은 더욱 눈부신 것이었다. 지나간 세월이, 그래서 눈부시게 기억의 수면 위로 떠올라왔다.

먹어봐, 내가 직접 기른 것들이다. 푸성귀와 된장으로 이뤄진 밥상이었지만, 기하 형의 자부심이 담긴 성찬이었다. 밥을 먹으며 나는 이곳의 근황에 얽힌 이런저런 얘기를 들을 수 있었다. 간추려 말하자면, 기하 형 정도니까 버티고 있는 상황이었다. 우선 총무란 인간이 남은 후원금과 그간 공동체가 벌어들인 수익금 전액을 들고 튀어버렸다. 삼 년 전의 일이었다. 결국 빚을 얻어 그해의 농사를 지었는데 흉년이었다. 게다가 빚이 세 배로 늘어났다. 정부의 말을 믿고 특수작물을 재배한 게 화근이었다. 정책은 육 개월 만에 바뀌었고 아무런 보상도 이뤄지지 않았다. 연수생들과 함께 축사를 지었다. 양계를 시작했다. 양계 자체는 성공이었지만, 닭의 가격이 폭락했다. 조류독감 때문이었다. 얼마 후 닭들이 집단으로 폐사했다. 겨우 누군가의 후원으로 젖소 열 마리를 들여놓았다. 연수생들이 대거 공동체를 떠났다. 남아 있던 연수생들은 의견 차이가 심했다. 이견(異見)은 좁혀지지 않았다. 그나마 청정미(淸淨米)와 흑미(黑米)로 간신히 버텨오는 형국이었는데, 쌀 개방 조약이 기습적으로 발표되었다. 석 달 전, 남아 있던 연수생들도 공동체를 이탈했다.

그럼 지금은 아무도 없는 겁니까? 아니, 한 명이 남았는데 석(石)이

라고… 내가 운전면허증이 없잖니. 그래서 걔가 봉고를 몰고 읍으로
나갔어. 장도 보고, 이래저래 사료나 장비도 알아보고 그러는 중일 게
야. 참 네가 왔는데 고기라도 좀 사오라고 해야겠다. 아니 괜찮아요. 아
니다, 그래도 여기 고기가 달라. 전화를 걸었으나 석이란 친구의 휴대
폰은 꺼져 있었다. 고기보다도, 나는 커피가 마시고 싶었다. 식당의 찬
장을 뒤졌으나 나온 것은 말라비틀어진 몇 개의 당근이 전부였다. 석이
라는 친구에게…라고 말을 꺼냈다가 아니, 아닙니다, 라고 나는 얼버
무렸다. 사와봐야 맥심이란 생각이 들어서였다.

    그런데 형, 제가 도울 일이 어떤 겁니까? 응, 그게… 기하 형은 잠시
골똘한 표정을 짓더니 일단 축사로 가보자며 자리를 일어섰다. 난생처
음 경운기를 타고, 그래서 나는 언덕 위의 축사를 찾았다. 심약한 젖소
들이 음메와는 전혀 다른 소리로 울고 있었다. 지금 며칠째 젖이 안 나
온다. 아닌게 아니라, 소들의 눈은 뻘겋게 충혈되어 있었다. 이것이 병
(病)이라면 수의사나 그런 관계기관을 찾아야 할 게 아닌가, 나는 고개
를 갸웃거렸다. 여길 좀 보겠니? 기하 형이 가리킨 곳은 축사의 한쪽
기둥이었다. 뭐랄까, 기둥의 중심부에 지름 10센티 정도의 구멍이 경사
진 각도로 뚫려 있었다. 드릴 같은 걸로 순식간에 뚫은 느낌이었다. 아
니, 하지만 구멍의 내부가 마치 유리처럼 매끄러웠다. 이게 뭡니까? 아
무튼 뭐냐고 나는 물었다. 대답 대신 기하 형은 축사 부근의 덤불과 그
언저리의 땅들을 보여주었다. 확실히 어떤 부분이 누렇게 말라 있거나
검게 그을려 있었다. 척 보기에도 초록(草綠)의 주변과는 상이한 풍경

이었다. 이게 뭡니까? 나는 다시 물었다. 기하 형의 안색이 차갑게 굳어 있었다. 몇 번의 긴 한숨이 병든 젖소의 젖처럼 가늘고 뿌옇게 스며 나왔다. 요즘 말이다.

외계인의 습격을 받고 있다.

젖소들이 또다시 울기 시작했다. 일단 나는 기하 형의 얘기를 들었다. 이해가 되는 얘기기도 했고, 이해할 수 없는 얘기기도 했다. 습격이 시작된 것은 보름 전부터였다. 처음엔 개가 죽어 있었다. 개의 시체는 마치 미라처럼 수분이 전혀 남아 있지 않았다. 굳이 개를 죽였다기보다는, 개가 있던 자리를 중심으로 어떤 착륙이 있었다는 게 기하 형의 추측이었다. 반경 6미터 정도의 풀들이 누렇게 말라 있었거든, 이렇게. 그리고 다음날 비행물체를 목격했다. 10미터 정도의 상공에 떠 있는 원반을, 다른 누구도 아닌 기하 형이 발견했다. 원반은 오 초 정도 머물러 있다가 순식간에 사라졌다. 그것이 시작이었다. 연이어 원반들이 출현했고, 이상한 습격이 그때부터 시작되었다. 말 그대로 이상한 습격이었다. 하룻밤 사이에 배추밭이 다 파헤쳐져 있는가 하면, 잘 여물어가던 벼의 일부가 한순간에 쭉정이로 변해 있었다. 비닐하우스 속의 특용작물들은 줄기와 잎이 재(灰)처럼 바스라졌고, 석이가 읍에 나간 어젯밤에는 아예 축사 위에서 섬광 같은 걸 발사하기도 했다. 원반을 보고 날뛰던 소들은 어제 일로 눈에 울혈(鬱血)이 생겼고, 축사기둥의 구멍도 그때 생긴 것이었다. 대략 그런 내용의 자초지종을, 나는 고개를 끄덕이며 끝까지 들어주었다. 의외로 침착한 나의 반응에 기하 형도 점차 안정을 되찾는 눈치였다. 불혹이란 나이가, 그래서 편안하게 느껴졌다. 거짓은 요만큼도 없다. 내가 어떤 인간인지 누구보다 네가 알잖니. 거짓이라고는 나도 생각지 않았다. 살아오면서 44킬로그램의 여자가 72킬로그램이 되는 것을 지켜보기도 했다.

이곳에도 경찰이나, 그런 공권력은 있지 않나요? 내 입장에선 말이다. 이런 얘길 꺼내기가 쉽지 않아. 게다가 내가 반체제 인사였다는 게 알려져 시선도 곱지가 않고. 그렇겠군요. 농협이나 축협의 관계자들도 있긴 하다만, 마찬가지다. 심지어 석이 같은 놈에게도 말을 못 했으니까. 서울의 친구들도 마찬가지야. 아마 강기하가 농촌에서 좌절하더니 고문후유증이라도 앓나보다 여기겠지. 그렇군요. 문득 이 세계가 외계(外界)처럼 느껴졌다. 기하 형의 뒷모습이, 그래서 더욱 외로워 보였다. 인간은 서로에게, 누구나 외계인이다.

그때 갑자기 음메에 가까운 소리가 공기를 가르는 느낌이 들었다. 앗! 기하 형이 소리쳤다. 고개를 들자 과연 비행물체가 옥수수밭의 상공에 강렬한 빛을 발하며 떠 있었다. 묘한 기분이었다. 44킬로그램의 여자가 72킬로그램이 되어 하늘에 둥실 떠 있다면 저런 느낌일까, 아무튼 나는 담배를 꺼내 물었다. 비행물체는 몇 차례 타원을 그리며 창공을 선회하더니, 불규칙한 움직임을 보이며 어디론가 사라졌다. 이상하게도, 위험하다는 느낌은 전혀 들지 않았다. 섬광을 쐈다는 얘기가 떠올랐지만, 전체적으로 그런 분위기였다. 빠르군요. 나는 그렇게만 얘기했다. 목적이 뭘까? 형도 그렇게만 얘기하는 것이었다. 그리고 우리는 아무 말도 하지 않았다. 음메와는 전혀 다른 소리로, 소들이 울부짖었다.

저녁을 먹고 나서도, 우리는 줄곧 습격에 대한 토론을 나누었다. 세미나의 그 분위기가 나는 좋았다. 다시 대학 시절로 돌아간 느낌이 힘차게 드는 것이었다. 그래서, 아무래도 네가 방송 쪽에 있으니 말이다… 어렵게 기하 형이 말문을 열었다. 체질적으로 남에게 아쉬운 소리 못 하는 인물이었다. 맺지 못한 말의 뒷부분이 그래서 쉽게 짐작되었다. 취재 같은 걸 원하시는 겁니까? 너도 분명히 봤잖니. 그래요, 분명 기사거리는 기사거리죠. 라고 말은 했지만 속으론 웃음이 나왔다. 형이 방송국으로 알고 있는 나의 직장은, 실은 제작 하청을 전문으로 하는 프로덕션이었다. TV와 연관이 없는 건 아니지만 쥐꼬리만큼의 결정권도 가지고 있지 못했다. 게다가 몇 다리 건너 취재를 한다 해도, 결코 기하 형에게 좋은 일이 아닐 것 같았다. 언론의 특성상 가십으로 다루기 십상인 내용이다. 〈앗 세상에 이런 일이〉 같은 곳에 기하 형의 얼굴이 나온다는 건, 외계인의 습격만큼이나 끔찍한 일이었다. 게다가 원반이 또다시 나타날 거란 보장이 없다. 몇 다리 건널 수 있었던 그 다리가, 자칫 잘못하면 끊어질 수도 있다. 그런 생각이, 원반처럼 번쩍이며 머리 속의 창공을 가로질렀다.

기사거리라니, 이보다 중요한 일이 또 어딨다는 게냐? 이제 겨우 우리 전통의 유기농법이 그 결실을 보려던 참인데, 지금 그게 습격을 받고 있단 말이다. 쭉정이가 된 그 벼들이 몇 년 만에 나온 건지 아니? 형은 잠시 감정에 겨워하더니, 곧 평상시의 차분한 말투를 되찾았다. 그래서 석현아, 니 도움이 필요한 거다. 내가 이대로 무너지면 앞으로 누가 농촌을 위해 투신하겠니? 세미나까지가, 나는 좋았다. 그런 생각이 들었다. 당장 중계차가 왔으면 하는 기하 형을 - 그래서 최선을 다해보겠다, 취재에도 여러 절차가 필요하다는 말로 어물쩍 달래주었다. 그나저나 피해가 크시겠군요. 글쎄다, 피해가 크긴 해도… 또 결과적으론 다들 마찬가지여서. 네? 그럼 다른 마을에도 습격이 있었던 겁니까? 아니, 그건 아니고 대부분 정부정책에 대한 항의의 표시로 밭을 엎고 작물을 태우고 그랬지. 어차피 팔아도 돈이 안 되니.

그것 참. 하고서 나는 담배를 꺼내 물었다. 평화로운 마을이나 외계인의 습격을 받은 곳이나 상황이 비슷하다니. 농촌은 생각할수록 알 수 없는 곳이었다. 석이라는 친구도 오지 않고, 아무런 소동도 일지 않아 우리는 일찍 이불을 덮고 누웠다. 오랜만에 맡는 모기향의 냄새가 매캐하게 눈과 코를 찔러왔다. 석현아 자니? 기하 형의 목소리가 달빛을 받아 반짝였다. 아니, 안 잡니다. 그래 그나저나 고맙다. 나는 대답을 하지 않았다. 기하 형의 고맙다는 말 속에 미안함이 숨어 있어서였다. 나는 고개를 돌렸다. 달빛을 받은 기하 형의 옆얼굴이 새삼 늙어 보였다. 푸르른 솔처럼 곧고 강인했던 남자의 눈에서, 그러나 그 순간 눈물 같은 것이 반짝였다. 나는 숨을 죽였다. 그러나 눈물은 흘러내리지 않고,

다시 형의 눈 속으로 스며들었다. 표면장력이 강한, 투사의 눈물이었다. 요사이 정말 외로웠다. 감옥에 있을 때도 이토록 외롭진 않았어. 그랬을 것, 같습니다. 그랬을 것, 같습니다 라고 마치 〈십칠 년 전의 나〉 같은 것이 내 입을 빌려 얘기했다. 곧게 펴오르던 모기향의 연기가, 짐짓 달의 언저리에 도달하는 눈치였다. 창 너머의 달이, 그래서 더 가깝게 느껴졌다.

형, 지금이라도 정치를 하시는 건 어때요. 문득 그런 말이 튀어나왔다. 그런 얘긴 꺼내지도 마라. 이거… 말이에요, 제가 볼 땐 답이 없습니다. 솔직히 그래요. 그리고 나는 金과 郭의 이야기를 늘어놓았다. 鄭 선배의 이야기도 물론 빠뜨리지 않았다. 또 비교적 근황을 알고 있는 李와 尹과 梁과, 奇, 朴 그런 이름들을 차례차례 거론했다. 잘, 살고 있구나. 기하 형이 얘기했다. 잘살아서, 정말 다행이다. 그래서 형, 하는 내 말을 끊고 기하 형이 또다시 말을 덧붙였다. 하지만 석현아, 누군가는 말이다.

지양(止揚)해서, 지양해야 하는 것 아니겠니.
그렇지만.

두런두런 잠을 설친 끝에, 또 운전의 피로가 겹쳐 나는 늦잠을 자야 말았다. 그사이 기하 형은 축사와 논과 밭을 모두 둘러보고 돌아온 눈치였다. 석이란 친구는 아직도 안 왔나요? 으응, 늘 함흥차사 같은 놈이라… 아마 읍내의 피시방에 있을 게다. 피시방이요? 게임인가 뭔가 하느라 정신없는 놈이야. 농꾼 체질도 아니고… 그런데, 하고서 나는 화장실을 찾았다. 기하 형이 일러준 곳엘 가보았지만 그곳은 말하자면, 재래식이었다. 다른 곳은 없나요? 여긴 변소가 그거 하나야. 그리고 장황한 유기농의 원칙, 똥과 밥의 연결고리, 그 순환의 중요성에 대한 일장연설을 듣다 못해 이를 악물고 변소에 들어갔다. 후끈, 했다. 담배를 물었다. 지금이라도 차를 몰아 읍내의 피시방으로 달려가고 싶은 심정이었다. 쪽창 너머의 해가, 그래서 더 멀게 느껴졌다.

늦은 아침을 먹고, 논에 물대는 작업을 거들고 나자 이내 정오가 되었다. 허드렛일을 잠시 했을 뿐인데 이상하게도 나는 농촌이 지긋지긋해지기 시작했다. 내일 아침 출발이다. 흙 묻은 손을 씻으며 나는 이미 속셈을 끝낸 상태였다. 체면치레로 저녁에 술 한잔은 해야겠지. 물은 차고 투명했으나 온도조절이 되지 않았다. 그 모든 것이, 나는 불편했다. 또다시 형이 정치를 했더라면 하는 생각을, 나는 했다. 적어도 국회의원 정도는 했을 텐데. 아니 적어도, 외계인에게 시달리지는 않았을 텐데. 이상한 꾸아? 로 돈을 가마니째 쓸어담는 인간을 생각하면 더더욱 그런 것이었다.

오후엔 캠코더로, 쭉정이가 돼버린 이삭과 하얗게 바스라진 작물의 잔해를 촬영했다. 기하 형이 열심히 설명을 붙였으나 내가 볼 땐 그냥 텅 빈 이삭에 불과한 것이었다. 캠코더는 배터리가 충분했고, 그 정도

198

의 성의는 예의라는 생각이 들었다. 죽은 개의 시체는 확실히 이상했다. 아무리 조작을 한다 해도 힘들 정도의 몰골이었다. 개의 사진을 다시 캠코더에 옮겨담으며, 그래서 혹 원반을 찍을 수 있다면 하는 욕심이 나는 들었다. 증거만 있다면, 문제는 달라진다. 특종의 차원이 되고, 형이 생각한 성격의 보도도 잘 하면 가능하다. 혹시 몰라 나는 캠코더를 점검해보았다. 늘 그랬듯 아무 문제가 없었다.

그러니까 작동이 잘 되는 캠코더처럼, 아무 문제가 없는 오후였다. 어제 촬영한 오후의 영상을 다시 돌려보는 느낌이 들 정도였다. 잠시 승용차를 몰고 나타난 인물 하나가 혹 땅을 팔 생각이 없냐 물었고, 물론 거절을 당했고, 추후 연락을 달라며 〈대한 자유부동산연합 종합국토개발위원회〉라는 명함을 주고 돌아갔다. 그것이 전부였다. 전부였으며, 나는 기하 형과 가볍게 막걸리를 한잔 했고, 몇몇 선배들에게 전화를 걸었고, 여기 사정이 참 힘들군요(물론 비행물체 같은 얘긴 빼고), 소식을 전하고 나도 요즘 도통 정신이 없다, 그런 얘기를 들었다. 들었으며, 다들 힘들지? 잠깐 기하 형과 세상살이에, 또 한국사회의 문제점에 대한 얘길 나누다가 – 그래서 평상에서, 잠시 낮잠을 잤다, 그랬다는 생각이다. 그리고 얼마를 잔 걸까. 음메와는 정말 거리가 먼 소들의 울부짖음에, 우리는 눈을 떴다. 어스름한 언덕의 어둠을 배경으로, 강렬한 형광색의 발광체가 떠 있었다.

원반이었다.

타세요. 경운기에 올라서던 형의 손을 잡아끌고, 나는 힘차게 사륜구동의 시동을 걸었다. 이미 오른손엔 캠코더가 들려 있었고, 문득 44킬로그램이라도 된 듯 몸이 가볍게 느껴졌다. 원반은 여전히 그곳에 머물러 있었다. 발광 때문인지 대낮에 봤을 때완 확연히 다른 느낌이었다. 나는 버튼을 눌렀다. 깜박깜박, 캠코더의 녹화 등(燈)이 보편적인 지구인의 심장처럼 뛰기 시작했다. 저런! 기하 형이 비명을 질렀다. 아니 그것은, 나도 비명을 지르고 싶을 만큼이나 괴이한 풍경이었다. 원반의 아래쪽이 크게 열려 있고, 그곳을 통해 빛의 기둥 같은 것이 축사 쪽으로 곧게 뻗어 있었다. 그리고 그 기둥을 통해 젖소 한 마리가 원반 속으로 끌려올라가고 있었다. 뛰쳐나가려는 기하 형을, 그래서 나는 제지해야 했다. 동료를 잃은 소들이 마치 우주괴물처럼 큰 소리로 울부짖었다.

그리고 모든 것이 잠잠해졌다. 젖소를 끌어들인 원반이 사라지고 나자 소들은 거짓말처럼 울음을 딱 그쳤다. 비로소 기하 형이 문을 열고 뛰쳐나갔다. 그 뒤를 나도 따라 뛰었다. 그리고 우리는 결코 봐서는 안될 풍경을 보고야 말았다. 그것은 끔찍한 광경이었다. 소들은 모두 죽어 있었고, 검게 그슬린 몸들은 뒤집혀 풍선처럼 거대하게 부풀어 있었다. 찍, 찌직. 체내의 어떤 압력에 의해 소들의 유두에서 분수처럼 젖이 솟구치고 있었다. 털썩 기하 형이 주저앉는 장면까지도, 그래서 나는 찍고 말았다. 황급히 스톱버튼을 눌렀다. 아니 스톱버튼을 누르기도 전에, 이미 세상은 정지해 있었다. 그런 느낌이었다.

가빠진 숨을 고르며 나는 파일을 재생해보았다. 어떻게 된 거지. 분명 원반이 있어야 할 자리엔 온통 허공과, 어둠만이 찍혀 있었다. 오로지 축사와, 울타리와, 소들의 절규만이 어두운 화면을 가득 채우고 있었다. 혹시나 하는 마음에 콘트라스트를 조정해봤지만 결과는 마찬가지였다. 펑. 그때 축사의 구석진 곳에서 시체 하나가 폭발을 일으켰다. 매캐한 가스와 우주괴물의 유충 같은 내장들이, 그래서 터져나왔다. 나는 기하 형을 데리고 급히 축사를 빠져나왔다. 숙소로 돌아갈 생각을 한 것은 연이어 두 대의 담배를 태우고 난 후였다. 일단 돌아가 대책을 세웁시다 라고 말은 했지만 기하 형은 대답이 없었다. 대책 따위 있을 리 없다는 사실을 기하 형도 나도 알고 있었다. 여기… 모기가 많아요. 새 담배를 꺼내 물며 나는 그렇게 중얼거렸다. 밤길은 어두웠고, 숙소의 불은 꺼져 있었다.

　관내의 경찰은 비교적 친절하게 전화를 받았다. 위치와 피해현황을 소상히 묻고 체크하더니, 아무래도 외계인의 습격 같다는 말에 이내 심드렁해진 눈치였다. 아 외계인이요, 그리고 더이상 질문을 하지 않았다. 어쨌거나 내일 현장을 들르겠습니다. 그제서야 외계인 운운한 걸 후회했지만 이미 엎질러진 물이었다. 또 경찰이 온다 한들 무슨 소용이겠냐는 생각도 절로 드는 것이었다. 정신을 차릴 수 없었다. 엎질러진 찬물 같은 느낌으로 기하 형은 누워 있었다. 중복(中伏)의 방바닥이, 그래서 모처럼 서늘하게 느껴졌다.

그런데 석이라는 친구는 오늘도 안 오는군요. 꼼짝 않고 누워 있던 기하 형이 그제서야 몸을 일으켰다. 그리고 보니 이렇게 오래 나가 있은 적이 없었다. 늦어도 다음날엔 꼬박꼬박 들어오던 애였어. 기하 형과 나는 동시에 침을 삼켰다. 습격이란 단어가, 그리고 젖소가 끌려올라가던 모습이 순간 강하게 머리를 강타했다. 나는 다시 경찰에 전화를 걸었다. 이번엔 실종자 신고였다. 나 좀 바꿔주련. 수화기를 낚아챈 기하 형이 석이란 친구의 인적사항과 차량번호, 차종 등을 자세하게 일러주었다. 내국인의 사건에는 비교적 민감한 경찰이 즉각 수사에 착수하겠다며 통화를 마무리지었다. 경찰의 전화가 걸려온 것은 그로부터 삼십 분이 지나서였다. 강선생님, 선생님께서 신고하신 차량이 지금 인제 중고차 매매소에 있습니다. 그런데 정상판매가 이뤄진 차량으로 등록되어 있는데 설명을 좀 해주시겠습니까? 판매라니요? 그러니까 이틀 전에, 차를 그곳에 파신 걸로 나와 있는데요. 설명은 나의 몫이었다. 괜찮다. 사람이 중요하지 그깟 차가 뭔 소용이냐. 나즈막하게, 기하 형은 옆에서 그렇게만 중얼거리는 것이었다.

초침 소리가 들렸다. 오 년 전 유럽을 다녀온 제작팀의 직원 하나가 선물로 가져다준 시계였다. 밀레니엄 특수(特需)란 말이 나올 만큼 해외제작이 많던 시절이었다. 경비가 남더라구요. 돈을 써보니, 또 일을 진행할수록 지구촌이란 말이 실감났습니다. 아마도 스위스의 시계산업을 취재한 프로였을 것이다. 백발의 장인이 세공을 마치는 모습을, 아내와 함께 지켜본 기억이 떠올랐다. 이 시계가 저 시계야. 즉, 그 시계의 초침 소리를 나는 오 년 만에 처음으로 듣게 된 셈이었다. 지구촌이, 그래서 그 순간 적막해진 느낌이었다. 일을 진행할수록, 일이 진행될수록. 일을 진행할수록, 일이 진행될수록. 일을 진행할수록, 일이 진행될수록. 정확히 예정된 초침 소리를 따라, 나는 막연한 상념에 빠져들었다. 나는 갑자기, 유럽까지는 아니더라도 서울이 그리웠고, 그리고 배가 고팠다. 식사를 하셔야죠. 기하 형이 손을 내저었다. 뜨는 둥 마는 둥 혼자 밥을 차려 먹은 후, 나는 모기향을 피웠다. 숙소에도 모기가 많았다. 말없이 앉은 두 사람 사이의 공간을, 말없는 한줄기의 연기가 서서히 장악해가고 있었다. 그때 휴대폰이 울렸다. 아내였다.

당신이야? 응. 목소리의 배경에 온통 시끄러운 소음이 넘쳐나, 아내는 이쪽의 목소리가 전혀 들리지 않는 눈치였다. 농촌은 어때? 필요 이상의 큰 목소리로, 아내가 물었다. 응, 그게… 좋아. 라고 나는 대답했다. 우린 지금 호텔 노래방이야. 그리고 당신이 깜짝 놀랄 일이 있어. 우리 혜인이 노래 들어본 적 없지, 그렇지? 그래. 여기 지금 혜인이 때문에 뒤집어졌다니까. 자 한번 들어봐. 그래서 그 순간, 나는 딸의 노래를 들어야 했다.

어머나 어머나 이러지 마세요. 여자의 마음은 갈대랍니다. 안 돼요, 왜 이래요 묻지 말아요. 수화기 너머의 외계에서, 딸의 목소리가 들려왔다. 그리고 다시 아내의 호들갑이 시작되었다. 어때, 죽이지? 얘가

춤도 보통이 아니야. 여보, 아무래도 우리 혜인이 가수 시켜야 될 것 같아, 그지? 아무래도 목소리가 기하 형의 귓전까지 스밀 것 같았다. 그래그래. 나는 재빨리 고개를 끄덕였다. 들고 있던 휴대폰의 무게가, 그래서 마치 72킬로그램처럼 느껴졌다.

석현아. 통화를 끝내고 나자 기하 형이 말문을 열었다. 예. 기하 형은 의외로 초연한 얼굴이었다. 올라가라. 아니 그러면…이란 말이 절로 나왔지만, 그 말의 끝을 나는 맺을 수 없었다. 아니 오히려 내가 미안하다. 애초 부탁을 하는 게 아니었어. 내일 아침이면 경찰도 오고 할 테니 걱정 말고 올라가거라. 이미 열시를 넘긴 시각이기도 해서, 나는 일단 이불을 깔았다. 내일 아침에 가는 한이 있어도, 지금 일어서는 건 도리가 아니란 생각이 들어서였다. 마음이 복잡했다. 달은 밝고, 달빛에 잠긴 기하 형의 얼굴이 이상할 정도로 평온해 보여 나는 견딜 수 없었다. 형… 괜찮으세요? 〈십칠 년 전의 여학생〉 같은 것이, 그래서 내 입을 빌려 얘기했다. 십칠 년 전과 하나 다름없는 목소리가, 그래서 어둠을 건너왔다. 괜찮을 리가 있겠니. 이제… 어쩌실 생각이세요?

모르겠다.

그리고 한동안 우리는 말이 없었다. 뻥 하고, 소의 시체 터지는 소리가 산울림으로 들려왔다. 모르겠다, 그 소리를 듣고 나자 나 역시 그런 생각이 드는 것이었다. 더듬더듬, 기하 형의 손이 어둠 속에서 내 손을 찾아 쥐었다. 십칠 년 전과는 너무 다른, 크고 투박한 손이었다. 석현 아, 내일 잊지 말고 쌀을 좀 가져가거라. 실은 아까 정오에 미리 한 가마를 꺼내놓았다. 내가 정신이 없을까 싶어 미리 해두는 얘기야. 그 쌀 말이다… 줄 게 쌀뿐이라 미안하긴 하지만, 정말 좋은 쌀이다. 알겠지? 한 가마의 쌀에 가슴이라도 눌린 듯 나는 말이 나오지 않았다. 외계인의 습격 속에서 길러낸 쌀을, 차마 목으로 넘길 수 없다는 생각도 들었다. 다시 뻥 하는 소리가, 차마 준봉(峻峰)을 넘지 못한 채 산울림 으로 돌아왔다.

모르겠다.

나는 노력해 잠을 청했다. 두 번 다시, 이제 농촌을 찾을 일도 없을 테지. 스위스 시계의 초침 소리를, 나는 경청했다. 일을 진행할수록, 일이 진행될수록. 일을 진행할수록, 일이 진행될수록. 잠을 깬 것은 새벽녘이었다. 기하 형이 격하게 내 몸을 흔들었다. 방 전체가 환하고 눈부셨지만, 햇살과 같은 느낌은 절대 아니었다. 정신을 차리고 안경을 찾아 쓰니, 창을 통해 거대한 발광체의 일부가 엿보였다. 원반이었다. 길고 완만한 곡선의 기체(機體)가 정말로 눈앞에 떠 있었다. 우리는 숨을 죽였다. 원반은 한참을 그렇게 머물러 있다가 점점 이동을 시작했다. 우웅우웅. 이번엔 하나가 아니었다. 무려 일곱 대의 원반이 멀리 논 위의 상공으로 한꺼번에 모여들었다. 캠코더를 찾아 나는 다시 그 광경을 담아보았지만, 결과는 마찬가지였다. 마냥, 그래서 원반의 움직임을 우리는 지켜볼 수밖에 없었다. 원반들은 커다란 동심원의 형태로 편대를 유지하더니, 이윽고 각자의 중심부를 열어 빛을 발사하기 시작했다. 불길했다. 그리고 빛이 논의 전역을 훑는다는 느낌이 들었을 때 기하 형이 뛰쳐나갔다. 엉겁결에 나도 기하 형을 따라 뛰었다. 잠깐 차의 시동을 걸었다가, 나는 시동을 끄고 내려왔다. 자동차라면 왠지 들킬 것 같다는 생각이 들어서였다. 나는 대신 사냥총을 거머쥐었다. 그리고 이미 한참을 앞서 있는 기하 형을 따라 뛰었다.

숨을 헐떡이며 논둑에 다다랐을 땐 이미 모든 것이 종료된 느낌이었다. 손에 쥔 한 움큼의 이삭을 뭉쳐 쥐며, 기하 형은 울고 있었다. 이삭한 움큼을, 그래서 나도 훑어보았다. 잘 여문 청정미의 감촉은 전혀 느껴지지 않았고, 이삭의 속은 청결할 정도로 깨끗하게 비워져 있었다. 휘이 휘이, 마치 새떼를 쫓는 사람처럼 기하 형이 논의 이곳저곳을 헤집기 시작했다. 몇 개의 물꼬를 건너 우리는 흑미의 이삭들도 훑어보았다. 역시나 알갱이는 잡히지 않았다. 이삭의 속은 완벽한 어둠뿐이었다.

등뒤에서 기하 형의 웃음소리가 들려왔다. 아니 웃음소리 같기도 하고, 우는 소리 같기도 한 이상한 소리가 들려왔다. 나는 차마 돌아볼 용기가 나지 않았다. 그리고 대신, 고개를 들어 원반을 노려보았다. 빛이 약간 약해진 느낌으로, 여전히 원반들은 자리를 맴돌고 있었다. 왜 그랬을까. 나는 사냥총을 들어 조준을 했고, 그와 동시에 논 전체가 울릴 정도의 〈이 새끼들아〉란 고함을 질러버렸다. 왜, 그랬을까?

그리고 〈십칠 년 전의 나〉 같은 것이 방아쇠를 당기는 순간, 나는 얼른 총구의 각도를 5도 정도 왼쪽으로 틀어버렸다. 순간 나와 상관없는 일, 보복, 죽으면 나만 손해 등의 플래시 셔터가 연속으로 머리 속에서 터졌기 때문이었다. 그래서 당연히, 허공을 가르는 탄환의 소리를 나는 들어야 했다. 휘유~ 안도의 한숨을 닮은 그 소리가, 그래서 정확히 내 고막에 명중되었다. 우웅우웅. 순간 원반들이 선회하기 시작했다. 비록 총성이 들린 후의 반응이었지만, 총성 따위와 아무런 상관이 없다는 게 피부로 느껴졌다. 마치 뒷걸음을 치듯 원반들이 서서히 물러서기 시작했다. 안 돼, 다시 내가 소릴 질렀다. 원반들이 물러선 그곳은 바로 옥수수밭이었다. 누가 먼저랄 것도 없이, 우리는 옥수수밭을 향해 뛰기 시작했다. 인간이 최선을 다하는 이유는, 무력하기 때문이었다. 그 사실을, 나는 달리면서 알 수 있었다.

어슴푸레 동이 터오고 있었다. 키 큰 옥수수의 군집이, 그래서 몰살당하기 직전의 슬픈 새떼처럼 느껴졌다. 스스로의 직감으로 위기를 알아차렸는지, 옥수수밭이 하나의 물결로 술렁이고 있었다. 어느새 우리는 밭의 어귀에 뛰어들어와 있었다. 이유는 알 수 없고, 다만 그것이 그 순간의 최선이었다. 촤아아. 갑자기 어디선가 파도 소리 같은 것이 일기 시작했다. 원반들은, 확실히 아까와는 다른 움직임을 보이고 있었다. 맴을 도는구나, 라는 생각을 하는 순간 갑자기 나는 어떤 힘에 떠밀려 바닥으로 쓰러졌다. 몇 걸음 떨어져 있던 기하 형도 마찬가지였다.

정신을 차리고 보니 휘어진 한 무더기의 옥수수대가 우리를 누르고 있었다. 만만치 않은 무게였다. 겨우 힘을 합해 옥수수 더미를 빠져나오자, 이미 원반들은 보이지 않았다. 원반들이 사라진 하늘 저편에서, 희끄무레 아침 해가 떠오르고 있었다.

눈앞의 풍경은 그야말로 괴이한 것이었다. 일정한 패턴을 이루며 옥수수들은 완전히 휘어져 있거나 서 있거나 그랬다. 보기에 따라, 그것은 정확한 비례의 선(線)을 이루고 있는 느낌이었다. 형, 이거 크롭 서클(Crop Circle)일지도 몰라요. 가쁜 숨을 몰아쉬며 내가 말했다. 크롭 서클? 어떤 다큐멘터리에서 본 적이 있어요. 높은 곳에서 보면 도형이나 기호가 그려져 있는데, 그게 외계인의 메시지라는 학설이 있어요. 메시지? 역시 숨을 몰아쉬며 기하 형이 대답했다. 창고로 돌아가는 두 명의 허수아비처럼, 터벅터벅 우리는 숙소로 돌아왔다. 타세요. 나는 시동을 걸었다. 겁먹은 풍뎅이처럼, 심한 공회전 소음을 일으키며 사륜구동이 언덕의 급경사를 올라섰다. 차에서 내린 우리는 언덕의 끝으로 걸어갔다. 그리고 그곳에서 – 비로소 자신의 위치를 찾은 허수아비처럼, 두 팔을 허하니 벌린 마음으로 옥수수밭의 전경을 확인할 수 있었다. 거기엔

ⓚ

가 그려져 있었다. 놀랍도록 정확한 비례의, 거대한 KS였다. 이놈들… 하고 기하 형이 말문을 열었다. 우릴 너무 잘 알고 있구나. 아, 하고 나는 그래서 담배를 꺼내 물었다. 해는 이미 떠오를 만큼 높이 떠버린 느낌이었다.

대왕오징어의 기습

세계란 어떤 곳인가? 당신이 만약 이십일 년
에 걸쳐 준비를 해나간다면 - 더불어 그 태
도의 차이에 따라 세계는 한 권의 《괴수대백
과사전》이 될 수도 있다고, 나는 생각한다.
아니 세계는, 이미 한 마리의 괴수일지도 모
른다.

1. 소년중앙(少年中央)

내가 어렸을 땐 심해처럼 캄캄한 세상을 밝혀주는 〈소년중앙〉이란 잡지가 있었다. 나는 딱히 무엇을 알고자 하는 소년은 아니었지만, 그렇다고 저 캄캄한 세계의 속을 무작정 걸어갈 만한 위인은 더더욱 아니었다. 생각하기에 따라 – 이 세계는, 또 심해는 얼마나 두려운 것이던가. 즉 나는 등대의 불빛이나 나침반에 의존하는 보편적인 인간이었고, 불가해한 세계 앞에서 늘 그런 이유로 소년중앙을 탐독하고는 했다. 소년중앙은, 그런 류(類)의 소년들을 위한 컨셉이 분명한 잡지였다 – 아는 것이, 힘이다. 인간은 대개 그런 믿음으로 책을 읽거나 잡지를 구독한다. 부족한 면이 없지 않아 있겠지만, 소년 역시 인간의 일종이다.

대왕오징어의 사진을 처음 본 것은, 세 차례에 걸쳐 분재된 특집 지상 최강의 맹수를 찾아라! 가 막을 내린 직후였다. 16강 구도의 토너먼 트 끝에 놀랍게도 아프리카 코끼리가 우승을 차지했기 때문에, 나는 그 만 어안이 벙벙해진 상태였다. 이럴 리가. 딱히 코끼리를 미워한 것은 아니지만, 결승의 상대가 티라노사우루스였기에 의문은 더욱 큰 것이 었다. 아무리 가상의 대결이라 해도, 이건 뭔가 흑막이 있는 게 아닌가. 문득 세계가 어둑해지는 기분이 들어 나는 소년중앙에 전화를 걸었다. 안녕하세요? 안녕하세요. 전화를 받은 것은 앙고라 토끼 같은 목소리 의 편집부 여기자였다.

그러니까 지상 최강의 맹수… 말인데요.
네, 말씀하세요.
어떻게 코끼리가 공룡을 이길 수 있죠?
아, 그건 전문가 선생님들이 내린 판단이랍니다. 우리 어린이의 생각 과는 과연 다른 점이 많았나보죠?
아무리 그래도 티라노사우루스를 이긴다는 건 납득이 가지 않습니 다. 스테고사우루스라면 또 모를까.

과연에서 기자가 특히 앙고라 같은 소리를 냈기 때문에, 나는 토끼 에 맞서 싸우는 당근의 요정처럼 납득에 힘을 주어 얘기했다. 납득과 같은 단어에는 과연 그럴 만한 힘이 있다고, 무렵의 나는 생각했었다.

우리 어린이께선 화가 난 아프리카 코끼리를 보신 적이 있나요?

그런 적은… 없습니다.

전문가 선생님들에 따르면 화가 난 아프리카 코끼리는 귀가 두세 배나 커진다는군요. 놀라운 일이죠? 그럼 우리 어린이도 공부 열심히 하세요. 딸각.

마치 당근을 꺾듯 전화를 끊었기 때문에, 나는 어떤 항변도 할 수 없었다. 억울해서 귀가 두세 배는 커진 느낌이었고, 무엇보다 나는 납득할 수 없었다. 다시 다이얼을 돌렸지만 전화는 계속 통화중이었다. 딸각. 아무래도, 나를 제외한 전 세계가 통화중인 기분이었다.

해외토픽. 뉴질랜드 근처를 통과하던 미국의 원양어선이 길이가 무려 150미터나 되는 괴물 오징어를 건져올려 화제다. 대왕오징어란 이름의 이 오징어는 심해에서만 사는 신비한 생물로 발견 당시 이미 숨겨 있는 상태였다고 전해진다. 한 어부가 대왕오징어의 긴 다리를 갑판 위에 펼쳐 보이고 있다.

이것이 내가 대왕오징어를 알게 된 경로이다. 전문가들의 환심을 산 코끼리가 티라노사우루스를 이겨버린 몇 페이지 뒤, 전문가들과 종종 연락을 취한다는 토끼가 당근의 요정을 묵사발낸 직후의 어느 봄날이었다. 마침 우리를 제외한 전 세계가 통화중인 찰나여서, 그것은 더없이 고요하고, 외롭고, 집중된 만남이었다. 전문가들의 입김이 미치지 않는 심해 속에서, 나는 서서히 그 사실을 납득하고 있었다. 150미터라니, 과연!

　읽고 있던 소년중앙을, 나는 덮었다. 소년중앙을 읽을 때가 아니란 것은, 그러니까 인류의, 인간의, 한 소년의 상식과 같은 것이 아닐까 – 란 생각이 들어서였다. 세계의 어딘가에 대왕오징어가 있다. 결코 인류는, 인간은, 한 소년은 한가할 수 없다는 말이 아니고 또 무엇이겠는가. 150미터를 달리기라도 한 것처럼, 나는 가슴이 콩콩 뛰었다. 전 세계의 통화가 막 끝났다는 느낌이 든 그 순간, 나는 재빨리 B에게 전화를 걸었다. 전 세계를 제외한, 우리들만의 통화였다.

2. 괴수대백과사전(怪獸大百科事典)

　이건 좀 심하게 큰데… 그것이 B가 꺼낸 첫마디였다. 괴수에 관한 한 B는 걸어다니는 백과사전과 같은 존재였으므로, 나는 말없이 고개를 끄덕일 뿐이었다. 그렇지? 그러게. 잠시 후 B는 책장에서 〈괴수대백과사전〉이란 책을 꺼내와서는 자세를 고쳐앉았다. 150미터라… 이를테면 〈고지라〉 시리즈를 통틀어도 이 정도의 괴수는 킹기도라와 모스라, 만다 정도에 불과할 정도야. 이런 게 실재하다니 놀라운걸? 그건 그렇고, 이걸 어떻게 끌어올렸지? 제일 가볍다는 모스라도 체중이 2만 톤인데… 2만 톤이라고? 놀라긴, 킹기도라의 경우는 7만 톤에 육박한 적도 있어. 아무래도 부피란 건 세제곱의 세계니까… 더구나 심해의

216

수압을 생각한다면 보통의 체중으론 불가능하겠지?

 B가 잠시 환타를 가지러 간 사이, 나는 어떤 이유에 의해 뭍으로 올라온 – 150미터 높이의 대왕오징어를 머리 속에 떠올렸다. 구~웅. 왠지 오징어는 그런 소리를 낼 것 같았고, 수만 톤의 체중이 실린 다리의 촉수는 닿는 족족 모든 걸 파괴할 것 같았다. 무너지는 빌딩과 고가도로, 부서지는 자동차와 전철, 또 깔려죽거나 열심히 도망을 칠 인류와, 인간과, 한 마리의 아프리카 코끼리를 생각하니 머리 속은 이내 아수라장이 되어버렸다. 생물도감에도 나와 있지 않아. 환타를 마시며, B는 장마철의 오렌지처럼 난감한 표정을 지었다.

 B와 나는 결국 〈일 년 전의 담임〉에게 문제의 기사를 보여주었다. 일 년 전의 담임은 교육자의 표본이라 해도 좋을 만큼 이해심이 풍부한 인물이어서, 우리는 늘 일 년 전을 그리워하곤 했다. 지금은 어떤지 알 수 없지만, 수업중에 〈세계 7대 불가사의〉를 논하는 교육자는 당시로선 세계 7대 불가사의만큼이나 희귀한 존재였다. 그런 이유로, 선생은 늘 우리로부터 두터운 신임을 얻고 있었다. 명망(名望)이란 단어를 그때도 알았더라면, 나는 한마디로 명망이 있는 일 년 전의 담임, 으로 그를 기억했겠지. 괴수대백과사전과 스크랩된 기사를 번갈아 뒤적이며, 선생은 뭔가 골똘한 생각에 잠겨 있었다. 글쎄다, 이건 좀 과장된 게 아닐까? 라고는 해도, 선생은 적잖이, 충격을 받은 표정이었다.

선생님 뭐 하세요? 선생님 그게 뭐예요? 그때 꼴뚜기떼처럼 몰려든 삼학년들이 우리를 에워쌌다. 선생은 무척 곤란한 표정을 지으며 - 미안하구나. 실은 내가 이번 체전의 매스게임을 맡았거든. 미안해, 정말 미안해, 하며 황급히 책을 돌려주었다. 실망인걸. 그러게. 단체복을 입고 운동장을 가득 메운 꼴뚜기떼를 바라보며, 우리는 담배라도 배우고 싶은 심정으로 삼학년 학급을 빠져나왔다. 하늘은 맑고, 구름은 높았다. 모르긴 해도 담배를 피우기엔 최고의 날씨가 아닐까란 생각이, 들었다.

늘 하던 대로 우리는 옥상으로 올라갔다. 늘 보던 대로 옥상은 텅 비어 있었고, 난간의 끝에 기대어 대략 과장되었다고 일컬어지는 대왕오징어를, 나는 생각했다. 구~웅. 괴수의 울음치고는 그 얼마나 긍정적인 울음소리인가. 콘크리트 바닥의 큼직한 모눈 간격을 세며, 나는 대왕오징어의 다리를 펼치는 어부처럼 학교의 갑판 위를 서성이고는 했다. 구~웅, 음향 조정을 마친 스피커에서 - 하낫 둘 힘찬 구령과 함께 행진곡이 흘러나왔다. 우렁찬, 일 년 전의, 담임의, 목소리였다. 스피커 바로 곁에서 그 목소리를 듣고 있으니, 세계가 행진하는 듯한 굉장한 느낌이 들었다. 세계는 행진하는 한 척의 배다. 바다 속에 무엇이 있는지, 아무것도 모르는 채.

여기 있을 줄 알았다.

우렁찬 소리에 고개를 돌려보니, 〈일 년 전의 담임〉이 웃으며 서 있었다. 아니, 그것은 출현에 가까운 것이어서, 우리는 아니, 어떻게 된 거죠 선생님? 하며, 깜짝 놀란 듯 달려갔다. 저 구령 소리? 저건 녹음된 것이란다. 삼학년들에겐 또 저들 나름의 매스게임이 있는 것이니까. 아깐 미안했다. 하지만 매스게임을 앞둔 아이들에게 대왕오징어를 보여줄 순 없는 것 아니겠니? 집중도 안 될 거고 말이야. 또 니들이 바란 건 아무래도 〈개별적인 통지〉가 아니겠냐고, 그 순간 나는 판단했단다. 해서 이런 편법을 생각해낸 거지. 선생님. 와락 품으로 달려드는 우리를 안아주며, 선생은 개별적으로 – 다음과 같은 얘기들을 들려주었다.

잘 들거라. 교육청에 전화를 걸어 나는 대왕오징어에 관한 몇 가지 사실을 알아냈단다. 우선 그 기사는 〈실수〉란 것이 내 생각이다. 대왕오징어는 대략 15미터에서 20미터까지 자란다는구나. 즉 15미터의 표기에 기자가 실수로 0을 하나 더 넣은 게 아닐까 싶어. 150미터의 생물이란… 사실 터무니없는 것 아니겠니? 그러니까 실제의 대왕오징어는 아마도 고래 정도의 크기를 생각하면 큰 무리가 없을 것 같구나. 몸무게는 1톤을 넘는다 하고…

1톤이요? 수만 톤이 아니고?

수만 톤은 무슨 얘기냐? 그런 건 지구가 감당하질 못해. 아무튼 대왕오징어는 심해에서만 활동하는 생물이라 늘 신비의 대상으로 여겨졌다는구나. 허먼 멜빌의 소설 〈백경〉에는 향유고래가 대왕오징어와 싸우는 내용이 나오고, 쥘 베른의 〈해저 2만 리〉에는 거대한 오징어가 잠수함 노틸러스를 공격하는 장면이 있지. 아무튼 그것이 실존하는 생물임에는 틀림없단다. 길이의 표기에 대해선⋯ 글쎄다. 소년중앙의 담당자에게 한번 확인을 해보거라. 제대로 된 기자라면 아마도 자신의 실수를 시인하고 사과할 테지. 어엿한 사학년인 만큼 정정보도를 요구해보는 건 어떨까? 〈오류〉 앞에서 당당한 시민의 힘을 보여주는 거야.

구~웅. 세번째 곡이 끝나가는 스피커에서 다시금 그런 소리가 새어 나왔다. 세계는, 옥상은, 한 척의 배는 행진을 멈추고 어느새 굳건한 사물로 정박해 있었다. 이런, 녹음이 끝나가는구나. 종종걸음으로 돌아서는 〈일 년 전의 담임〉에게 우리는 녹음처럼 잘 가시란 인사를 되풀이했다. 선생이 떠나고 나자, 우리는 2만 리 해저에서 개별적으로 걷고 있는 느낌이 들 만큼 마음이 착잡하고 외로워졌다. 15미터로 세상을 사는 일은, 150미터로 세상을 사는 것과는 확실히 큰 차이가 있어 보였다. 아는 것을 힘이라 생각하는 동물은 이 넓은 지구에서 오직 인간뿐이다. 인간은, 실은 그래서 왜소하다.

며칠 후 나는 개별적으로 소년중앙에 전화를 걸었다.

안녕하세요? 안녕하세요. 지상 최강의 맹수 때와는 달리, 앙고라는 너무나 쉽게 자신의 실수를 시인했다. 이 문제에 대해 전문가들은 어떻게 생각하는지요? 대왕오징어에 대한 전문가는 아직 국내에 없답니다. 우리 어린이께서 아주 좋은 지적을 해주셨네요. 어떻게, 정정보도를 내 드릴까요? 아니요, 괜찮습니다. 나는 전화를 끊었다.

다음달의 소년중앙엔 다음과 같은 정정기사가 실려 있었다. 지난 호 해외토픽란의 대왕오징어 기사내용 중 '150미터'를 '15센티미터'로 정정합니다.

하루는 교실 문을 나서는데 10미터 줄자를 든 B가 나를 기다리고 있었다. 우리는 나란히 운동장으로 걸어가, 100미터 트랙의 끝으로부터 다시 50미터를 연장한 선을 그어보았다. 그것은 뭔가, 아득한 느낌이었다. 선생은 괴수에 대해선 아무것도 몰라, 비록 좋은 사람이긴 해도 말이야. 괴수대백과사전을 뒤적이며 B는 안경을 끄덕였다. 교육청도 마찬가지야. 그게 우리가 처한 이 땅의 현실이 아닐까. 이 땅의, 현실이라… 길고 긴 150미터의 선을 지켜보며 나는 고개를 끄덕였다.

어쩔 거니?
난 장차 외로운 괴수전문가가 될 생각이야. 넌?
난 대왕오징어로부터 인류를 지킬 거야.
좋아, 그럼.

심해란 어떤 곳인가? 우연히 보게 된 한 특집 프로에서, 나는 심해에 대한 얘기를 들을 수 있었다. 흔히 심해는 수심 200미터 이상의 깊은 물 속을 의미한다. 그러나 아직 우리는 심해에 대해 아무것도 알지 못한다 – 그것이 영국의 유명 방송사가 장장 이십일 년에 걸쳐 찍은 다큐멘터리의 내용이었다. 전화 한 통에 '150미터'를 '15센티미터'로 정정하는 것과는 – 뭔가 그 태도에 차이가 있다는 생각이, 나는 들었다.

세계란 어떤 곳인가? 당신이 만약 이십일 년에 걸쳐 준비를 해나간다면 – 더불어 그 태도의 차이에 따라 세계는 한 권의 〈괴수대백과사전〉이 될 수도 있다고, 나는 생각한다. 아니 세계는, 이미 한 마리의 괴수일지도 모른다.

3. 주간경향(週刊京鄉)

〈주간경향〉이란 잡지가 있었다. 아마도 오래전에 발간된 잡지일 것이며, 역시나 오래전에 폐간된 잡지일 것이다. 주간경향을 구독한 적은 없지만, 확실히 주간경향이 있었다는 사실은 알고 있다. 기억을 더듬어보면, 실은 몇 번이고 그 잡지가 굴러다니는 걸 본 적도 있다. 하지만 그것이 어떤 잡지였는지는 알 수 없다. 생각해보면, 무척 이상한 일이다.

한 주간에 벌어진 시사(時事)와 그 경향을 분석한 잡지가 아닐까요?

내 고민을 전해들은 처남은 고맙게도 그런 조언을 전화로 전해왔다. 하지만 언제나 예쁜 얼굴의 여자들이 표지를 장식한 기억이 나. 그게 시사와 어떤 연관이 있는 걸까? 처남은 잠시 침묵하더니 다음과 같이 얘기했다. 하하, 지구의 절반은 여자잖아요.

이 글은 B와 내가 운동장에 150미터의 선을 긋던 그날로부터 – 정확히 이십일 년 동안 일어난 일들의 메모이다. 이를테면 그사이의 내 삶에도 무수한 주간(週刊)과, 여러 경향(傾向)이 있었던 게 아닐까 – 아무튼 그런 기분이다. 과연 〈주간경향〉처럼 – 확실히 나는 살아왔지만, 그것이 어떤 삶이었는지는 알 수 없다. 생각해보면, 이 또한 이상한 일이다.

어렴풋하긴 해도, 그러나 표지의 여자들을 기억하듯, 나는 대왕오징어와 관련된 나의 경향들을 기억하고, 서술할 생각이다. 시사와 무관하고, 내 인생과도 무관한 일이지만 – 잠시의 침묵 끝에 내리게 된 신중한 결정이다. 실은 단 한 번도 나는 대왕오징어가 굴러다니는 걸 본 적이 없다. 지난 이십일 년 간, 지구는 대략 여자와 남자가 반반씩을 차지하고 있었다. 이건 이상한 일이 아니다.

그리고 나는 – 정확히 이십일 년 동안 정확히 스물한 살을 더, 먹었다. 이것도 이상한 일이 아니다. 이상한 일은, 그럼에도 불구하고 내가 대왕오징어를 잊지 않았다는 사실이다. 이십일 년 동안 내가 잊어버린 것들을 생각하면, 이건 너무나 불공평하고, 이상한 일이 아닐 수 없다. 때문에 나는 잊어버린 모든 사물과, 세계에 대한 반성으로 이 글을 쓴다.

우선 나는 약속을 지키지 못했다. 대왕오징어가 나타나지 않았으므로, 할 수 없는 일이었다. 대신 나는 공군의 전투기 조종사가 되었다. 대왕오징어와도 아무런 상관이 없고, 인류와도 아무 상관이 없는 결정이었다. 고공의 높이만큼, 심해와는 더 멀어진 셈이다.

약속을 지키는 인류라는 게 과연 가능하기나 한 얘길까? 비행을 하면서 나는 때때로 그런 생각에 잠기고는 한다. 이십일 년 전에는, 누구나 나 같은 약속을 했을 것이다.

그래도 우리는, 꽤 오랫동안 대왕오징어에 열중했었다. 즉, 그랬다는 생각이다. 도서관을 들락거리며 대왕오징어의 자료를 수집하기도 했고, 열심히 태권도를 익히기도 했다. 이유는 알 수 없지만 – 무렵엔 태권도가, 인류를 지키는 일의 기본일 거라 믿고 있었다. 바다를 찾은 적도 있었다. 현지 로케이션과 같은 느낌이랄까, 아무튼 그런 기분으로 버스에 올랐던 기억이 난다. 바다를 본 것은 그때가 처음이었다.

비록 이상한 일이지만, 바다는 지구보다 더 광활한 느낌이었다. 이건 뭐, 150미터짜리 오징어가 떼지어 산다 해도 하나 이상할 게 없잖아? 확신에 찬 눈빛으로 B는 바다를 바라보았다. 도서관의 자료들도 믿을 게 못 돼. 이 세상은 전부 녹음된 것이니까. 마치 테이프가 엉기듯 – 구~웅,

우리의 심장이거나 바다의 내부에서, 그런 소리가 새어나왔다.

체전은 무사히 끝이 났다. 체전이 끝나고 얼마 안 있어, 우리는 우연히 〈일 년 전의 담임〉을 길에서 만났다. 안녕하세요. 그, 그래. 선생의 곁에는 팔짱을 낀 여자가 서 있었다. 제자들이야. 어머, 귀여워라. 여자는 앙고라 토끼와 똑같은 목소리를 가지고 있었다.

일 년 전의 담임과 여자와 우리는, 함께 아이스크림을 먹고 헤어졌다. 그러고 보니, 나는 언젠가 코끼리의 귀에 대한 얘기를 담임의 입을 통해 들은 적이 있었다. 따뜻한 마음씨를 가진 대부분의 인간들이 그러하듯, 담임은 파충류를 싫어하는 인물이었다.

얼마 후 B는 〈고대의 전설〉이란 책에서 '크라켄'이란 바다괴물을 찾아냈다. 노르웨이의 어부들에겐 입에서 입으로 전해진 크라켄의 목격담이 있는데 – 이는 등(또는 윗면)의 둘레가 2.5킬로미터에 달하는 거대한 문어나 오징어 형태의 괴수였다고 한다. 그것은 마치 하나의 섬처럼 보이므로, 뱃사람들은 실제로 배를 정박하고, 내려서, 크라켄의 등 위를 거닐다 변을 당했다고도 전해진다. 촉수는 선박의 돛만큼이나 굵고 미끌미끌하며, 무엇보다 너무 거대하기에 크라켄의 정확한 모습을 본 사람은 존재하지 않는다.

사회과부도를 펼치고 우리는 노르웨이를 찾아보았다. 노르웨이는 한국에서 아주 먼 곳에 위치한 나라였다.

B는 얼마 후 이사를 갔다. 공교롭게도 2.5킬로미터가 떨어진 옆동네였다. 너와 나 사이에 크라켄이 있다고 생각해봐. 대왕오징어의 등 위를 거니는 기분으로, 나는 B의 집을 찾아가고는 했다. 여름이었고, 서로의 집 사이에는 다섯 개의 버스정류장과 열일곱 개의 자판기가 설치되어 있었다. 대왕오징어는 혹시 더위에 약한 게 아닐까. 꼼짝 않는 지표를 바라보며, 나는 그런 생각을 했다. 꼼짝 않는, 대왕오징어의 등을 지켜보는 기분이었다.

무더운 날씨 덕분에 우리는 별탈 없이 중학생이 될 수 있었다. 어쨌거나 그런 이유라고 나는 생각했다. 이를테면 기후와 같은 어떤 변함없는 원인에 의해, 무렵의 인류는 과분할 정도의 평화를 누리고 있었다. 이 글을 쓰는 지금도 여름이다.

그해 여름엔, 태평양에서 두 차례의 원폭실험이 실시되었다. 원폭(原爆)과 수폭(水爆)은 괴수의 형성에 막대한 영향을 미치는 것이라고, B가 열변을 늘어놓았다. 인류는 도합 2046번의 핵실험을 지구 위에서 감행했다.

무렵 B는 오징어가 점프를 할 수 있다는 놀라운 사실을 알아냈다. 나름대로 과학적인 수학공식을 이용해 - B는 150미터의 오징어가 자신의 몸을 이용, 전투기를 요격할 수도 있다는 놀라운 결론을 유추해냈다. 상상하기에 따라, 그것은 엄청난 장관이었다.

고등학생이 되기 전, 우리는 다시 학교를 찾아갔다. 우연한 방문이었다. 마침 근처를 지나는데 민방위훈련이 시작된 까닭이었다. 반갑구나. 〈오 년 전의 담임〉은 마침 아이들에게 눈과 귀와 코를 동시에 막는 원폭대피훈련을 지도하던 중이었다. 눈과 귀와 코를 열고, 우리는 환담을 나누었다. 선생은 그 무렵 달의 뒷면과 지구공동설(地球空洞說)에 관심을 쏟고 있었다. 고개를 끄덕이면서도, 우리는 대왕오징어에 대한 얘기를 꺼내거나 하진 않았다.

이상하게도 그후, 나는 대왕오징어에서 관심이 멀어졌다. 딱히 등을 돌린 것이 아니라, 이래저래 새로운 관심사들이 생겨난 것이었다. B도 마찬가지였다. 고등학생이 된 후로, 우리는 아무도 대왕오징어를 논하거나 하지 않았다. 그것은 이상한 일이 아니었다. 이상하게도, 그랬다.

고등학생이 된 B가 괴수에 대한 얘기를 꺼낸 건 딱 한 번뿐이다. 적어도, 내 기억으론 그렇다. 이봐, 죠스바를 먹고 양치질을 하면 보라색 거품이 난다는 걸 알아? 통화를 하던 그 순간 나는 캔디바를 먹고 있었으므로, 마냥 얘기를 흘려듣기만 했던 기억이 난다. '죠스' 라는 그 옹졸한 단어가 우리가 나눈 마지막 괴수의 이름이었다.

알다마다, 놈의 내장에선 진토닉 향이 나. 돌이켜보면 외항선을 탄다는 먼 친척이 그런 말을 했던 적도 있었다. 그 말을 들은 것은 훨씬 더 오래전의 일이지만 – 진토닉이란 단어 때문에, 또 도무지 신뢰가 안 가는 마스크여서 나는 곧 그 사실을 잊어버렸다. 기억이 다시 떠오른 건, 십 년이나 후에 실제로 〈진토닉〉을 마셔본 후의 일이었다. 이미 브라질로 건너간 친척은, 그곳에서 풍토병으로 고생하고 있었다.

생도 시절, 딱 한 번 나는 대왕오징어에 관한 얘기를 입 밖에 꺼낸 적이 있다. 제법 취한 상태였고, 임관식을 마친 어느 선배와의 술자리에서였다. 대왕오징어의 이데올로기는 뭐냐? 두 눈을 부릅뜨고, 선배는 그렇게 물었다.

참, 그러고 보니 대왕오징어를 이해하는 여자를 나는 만난 적이 있다. 대왕오징어를 이해하는 여자란 대왕오징어만큼이나 희귀한 생물이 아닐까 싶기도 하지만 – 어쨌거나 우연히, 나는 그 여자를 만났다. B의 소개였고 사진을 전공했으며, 이글을 쓰기 전까지는 – 단지 두 차례 잠자리를 같이한 여자로, 나는 그녀를 기억하고 있었다.

그녀의 자취방에서 처음 섹스를 하고 났을 때의 일이다. 저기, 살아오면서 말이죠… 제일 궁금했던 게 어떤 건가요? 내 등을 쓰다듬던 그녀가 문득 그런 질문을 던졌다. 한동안 궁리를 하던 나는, 천천히 대왕오징어의 이야기를 그녀에게 들려주었다. 이해할 수 있어요. 그것이,

뜻밖에 들려온, 그녀의 반응이었다.

어렸을 때 아버지가 횟집을 했거든요. 작은, 아주 작은 횟집이었어요. 출입문 바로 옆에 활어를 넣어두는 큰 어항이 있었죠. 철에 따라 다르긴 했는데, 출입문 가장 가까운 컨엔 주로 오징어들이 있었어요. 저는 카운터에 딸린 작은 책상에 앉아 늘 숙제를 하곤 했었죠. 이렇게… 어항 앞에서 말이죠. 때문에 늘 오징어들과 눈이 마주치곤 했어요. 불편하긴 해도 가게가 곧 집이었으니까 제겐 익숙한 일이었죠. 그런데 살아 있는 오징어의 눈을 자세히 바라본 적이 있나요? 〈없어.〉 그렇군요.

출입문엔 〈당기세요〉란 스티커가 붙어 있었어요. 그런데 사람들은… 한결같이 그 문을 밀고 나가는 거예요. 열이면 열, 더러는 빤히 스티커를 쳐다보면서 말이죠. 구~웅, 문이 열리며 나는 쇳소리 때문에 어린 저는 늘 신경이 곤두서 있었어요. 얼마나 한심했을까요. 즉, 오징어들이 보기에도 말이에요. 그런 걸 쭉 곁에서 지켜봤으니… 뭐랄까, 제가 오징어라면 말이죠… 인간은 안 되겠구나. 그런 생각을 했을 거 같아요. 그럴 수밖에 없잖아요?

그럴 수밖에, 없다는 생각이 지금의 나도 드는 것이다. 과연 인간은 〈미세요〉란 스티커가 붙은 문을 바득바득 당겨 열거나, 〈당기세요〉의 스티커가 붙은 바기나를 바득바득 밀고 들어간다. 나 역시 그런 인간의 일종이었다. 그래서 발생하는 어떤 쇳소리를 들었는지, 그녀는 두

번째의 동침이 있은 지 며칠 후 네팔로 날아갔다.

네팔에서 돌아온 그녀는 한때 B와 동거를 했었다. 이 글을 쓰다 말고, 나는 B에게 전화를 걸었다. 그러니까 혹시 그녀에게서 오징어 얘기를 들은 적이 있나? 〈없어〉 B는 간략하게 대답했다. 혹시 그녀의 행방을 알 수 있을까? 글쎄 오스트레일리아에 산다는 얘길 들었어. 오스트레일리아라고? 그게 그러니까… 오스트리아였던가?

이것이 내가 아는 대왕오징어의 전부이다. 즉 수많은 주간(週刊)을 살아오면서 내가 겪은 대왕오징어의 경향(傾向)인 것이다. 결국 그보다는, 보다 보편적인 다른 경향들에 의해 나는 조금씩 지금의 〈나〉가 되었다. 이십일 년이란 세월이 흘렀다. 눈과 귀와 코를 막고, 한 인간이 보편적인 인류의 한 사람이 되기에는 너무나 충분한 시간이다. 결국 나는, 150미터의 대왕오징어를 15센티미터로 정정하는 인간의 기분 같은 것을, 이해하는 인간이 되었다.

인류는 여전히 핵실험을 하고 있다.

인류에게는 차마 말 못 할 인류의 경향이 있었던 게 아닐까. 밀거나 당길 필요가 없는 기지의 회전문을 통과하며, 나는 그런 생각을 하고는 했다. B와 나는 나란히 F-16 편대의 조종사가 되었다. 매우 특별해 보이긴 하겠지만 – 결국 해변의 모래알처럼 평범한 인류가 되었을 따름이

다. 150미터의 대왕오징어를 생각하면 더더욱 그렇다. 결국 〈나〉란 것
은 〈아무나〉의 한 사람이거나, 〈누구나〉의 한 사람과 같은 것이다. 즉
그것이, 우리의 경향이다. 아무런, 나. 누구도, 나.

4. 사상계(思想界)

1998년에는 특이한 사건이 하나 있었는데, 월간 〈사상계〉의 6월호
발간이 그것이다. 월간지의 6월호가 나오는 것이 무슨 사건이냔 생각
이 당연히 들겠지만, 그것은 이십팔 년 만의 발간이었다. 즉 1970년 5
월호(통권 205호) 다음의 1998년 6월호(통권 206호)였던 것이다. 이
후의 통권 207호 역시 기습적으로 2000년 6월에 발간되었다. 이는
1996년 7월 발효된 새 정기간행물등록법이 '이 년 이상 발행이 중단
된 경우 등록이 취소된' 는 새로운 규정을 마련, 이를 회피하기 위한
고육책으로 한정본만 발간한 것이다.

사상이란 그런 것이야. 사상의 힘이 느껴지는군. 사상계의 현실에 통
탄을 금할 길 없다. 사상 없이도 잘 살잖아. 혹은 기권! 당신이라면 어
떤 문장을 고르겠는가?

대왕오징어의 기습이 시작된 것은 바로 오늘 아침, 8시 34분 28초의
일이었다. 적어도 그것이 그 순간 측정된 정확한 한국의 표준시간이다.

대왕오징어들은 순식간에 뭍으로 올라왔고, 일시에 모든 것을 마비시켰다. 동해 근해에 정박중이던 어선 한 척이 마치 UFO의 모선(母船)과 같은 - 관측 지름 3킬로미터의 어마어마한 물체를 보았다는 얘기도 있었지만. 도시에 출현한 대부분의 오징어들은 150미터에서 크게는 500미터에 달하는 것들이었다. 왜 그런 일이 일어났는지에 대해선, 아무도 알 수 없다. 그런 이유로 - 아무, 나도, 누구, 나도 모두가 무방비인 채 그들의 습격을 받아야 했다. 눈앞의 해일을 지켜보는 해변의 모래처럼 우리는 그것을 납득할 수밖에 없었다.

이사를 했다. 그러니까 아현역까지 걸어서 칠 분 거리. 그리워 이곳저곳을 기웃거리며 걸었다. 오 년 전 바로 이 근처에 방을 얻은 적이 있었다. 큰 저택의 정원 안쪽에 지어진 작은 목조(木造)의 이층이었다. 하루는 주인영감의 부탁으로 개인용 저주파치료기를 사다준 일이 있었는데 - 그만 그 일이 계기가 되어 의료기 영업 쪽의 일을 하게 되었다. 영감은 아직 살아 있을까? 시간이 나면 그 저택에도 한번 들러볼 생각이다. 넥타이를 고쳐맨 후, 나는 일정을 체크한다. 9 : 00 목동양로원 방문. 언제나 그랬듯, 나는 담배를 꺼내 문다. 그래서 막 불을 붙이고, 고개를 들었을 때다. 눈앞에 대왕오징어가 서 있었다.

특히 매물이 쏟아져나온 지난주에는 정신이 하나도 없었다. 자자, 잘들 들어가시고. 부서장이 자릴 일어선 것은 새벽 한시. 자자, 우리끼리 반등 칩시다. 대리들 서넛이서 그만 분위기가 익어버린 것이었다. 택시를 탔다. 한남동으로. 자 어떻습니까, 라고는 했지만 〈秀姬〉란 곳은 소문과는 조금 차이가, 뭐 그래도 매너랄까, 그런 게 그런대로 좋은 집이어서 또 분위기는 소폭 반등. 이봐요 마담, 그럼 관리종목들 해제되는 겁니까? 오늘/전부/해제? 유 노? 좋아 좋아, 말도 안 되게 취했는데 그리고 어쨌더라, 아무튼 택시를 타고 거진 창동까지 왔다가 냉철한 정신으로 다시 택시를 돌렸다. 내려주세요. 회사 코앞의 24시 사우나. 깨워주세요. 그리고 조금 전 사우나를 나섰는데, 글쎄 이 일을 어쩌면 좋을까? 즉 회사건물은 온데간데없고, 오징어가 그곳에.

깻잎까지는 좋았다. 문제는 숙주나물. 가방을 둘러멘 아이가 급히 버스에 오르고 나서야 숙주가 떠올랐다. 부웅. 께름칙한 마음이 정리되기도 전에 버스가 먼저 107동의 커브를 돌아버렸다. 상하지 않을까 몰라. 어둑해진 의식 속에서 숙주처럼 상하기 쉬운 마음이 이미 쉰내를 풍기기 시작했다. 아이는 여섯 살이다. 위와 장이 특히 약한 편이다. 남편에게 전화를 걸었지만 – 그래봤자 점심이잖아. 그런데 김밥에 왜 숙주 같은 걸 넣었지? 늘 하는 얘긴데 당신 정말 이해가 안 되는 여자야 에서 딸각 전화를 끊어버렸다. 늘 이런 식이다. 다 찾아보고, 배우고, 나와 있는 그대로 만든 것이다. 특집 여름김밥 특선 베스트 파이브, 그중에서도 정성과 준비가 필요한 냉야채오선김밥. 나도 몰라. 할 만큼 하고도 이런 얘길 들었으니, 몰라. 하지만 위와 장이 특히 약한 편인데. 무수한 비명이 들려온 것은 그때였다. 고개를 돌린 곳에 107동보다 거대한 오징어가 107동처럼 서 있었다.

사태는 순조롭게 진행되었다. 조심조심 이층의 문을 열고 나는 방 안으로 들어섰다. 선생은 침대에 누워 있었다. 실크햇을 쓰고 나를 보고서는, 여~ 하고 손을 흔든다. 목소리가 너무 밝아 조금은 불안했다. 그런데 자네, 그런 얼굴 할 필요 없어요. 커피브랜드의 광고니까 깊고 그윽한 얼굴을 하란 말이야. 그래야 나도 맘 편히 그런 얼굴을 할 것 아니겠어. 아아 그렇습니다. 말은 하면서도 이건 정말 사건이야, 도무지 깊고 그윽할 수가 없었다. 선생의 승낙을 받은 광고쟁이가 과연 몇이나 될까, 혹시 처음? 선생님, 제가 어떤 호감을 드리기라도 했습니까? 내가 물었다. 글쎄올시다, 목숨을 건 자세를 높이 샀다고나 할까요. 실크햇을 벗으며 선생이 미소지었다. 그때였다. 돔형으로 설치된 이층의 창밖에 뭔가 거대한 것이 서 있었다. 그것은 오징어였다.

요즘은 틈만 나면 쓸데없는 생각이다. 운전이 힘들다. 저것 봐라. 딴생각을 안 할래야 안 할 수가 없다. 거리마다 여자애들 사진이다. 저년 저거, 가슴 봐라. 뭘 먹고 저렇게 큰 걸까? 말하자면 아이돌… 재들은 뭔가 다르다. 아이돌… 그건 스포츠신문을 매일 봐서 나도 아는데 아무튼 그런 느낌이다. 정기사님! 김군이 외쳤다. 급, 브레이크를 밟는다. 그런가? 빨간불이었나? 나는 담배를 꺼내 문다. 김군이 올려놓은 오늘 신문이 흘끔 눈에 들어온다. 〈연기는 스며드는 거라고 생각해요〉 아이돌… 하나가 또 저런 말을 했단다. 아무튼 달라, 라고 나는 생각한다. 그런데 김군아 아이돌의 뜻이 뭐냐? 갸우뚱, 김군이 고개를 젖힌다. 이

럴 수가. 대졸자도 모르는 어려운 말이었다니. 아이돌… 즉 아이돌을
나는 다시 한번 입 속에서 굴려본다. 또한번 아이돌… 하다가 저게 뭐
냐? 내가 물었다. 고개를 돌린 김군도 이미 반쯤 얼이 빠진 얼굴이다.
뭐가 저런… 오징어 아닙니까.

장어요리 어때? 하고 물으니까 좋습니다! 신입사원인 K와 L이 와인
터뜨리는 소리를 내며 대답한다. 언뜻 〈豊川〉의 주인 D씨가 생각났지만
애석하게도 여기서 〈豊川〉까지의 거리가 너무 멀다. 아쉽다. 장어요리
는 정확히 말해 심신을 몽롱하게 만드는 요리다. 이 음식은 머리로 이렇
다 저렇다 따질 요리가 아니다. 무엇보다 흥건한 땀과 열정을 필요로 한
다. 그만 나는 궁리에 빠져든다. 출근하자마자 그게 뭐냐고는 하겠지만,
이 열정으로 나는 이십 년을 이겨왔다. 꾸물꾸물 머리 속이 이미 장어
한 관(貫)이다. 쓸 만하고, 보다 가까운 가게가 있었던가? 궁리하며 창
밖을 응시하는데 무언가가 서 있었다. 맙소사 오징어가 아닌가.

본래 더위에 강했다. 39도의 더위라도 맥주 한 잔이면 거뜬한 체질.
그래서 예사롭게 여기고 몇 시간 운전을, 또 마시고, 테니스를 치고 하
는 사이에 조금 이상한 느낌을 받았다. 지끈, 미열이었다. 주말을 넘기
고 병원에 갔더니 폐렴이라 했다. 엑스레이 사진의 오른쪽 흉곽에 뭔가
새하얀 솜그물 같은 것이 걸려 있었다. 이게 뭐죠? 의사는 싱긋이 웃기
만 했다. 좀 쉬면 없어질 겁니다. 입원을 하고, 아침에 눈을 뜨고서도,
하지만 자꾸 사진 속의 솜그물이 마음에 걸리는 것이었다. 간호사가 들

어왔다. 저기요…라고 운을 뗐다가 창을 열어달라고 얼버무렸다. 뭐,
별일 없겠지. 열려진 커튼 너머에, 그런데 어떤 칙칙한 건물이 볕을 가
린 채 솟아 있었다. 뭐죠? 대답도 없이, 간호사가 주저앉았다. 윔블던
예선 첫 경기에서 그만 탈락해버린 마르티나 힝기스처럼, 그녀는 기절
직전이었다. 그러니까 저건.

8:00에 기상. 전동칫솔의 상태가 나쁘다. 샤워를 오 분간 하고 면도
를 한 다음 식사. 토스트 하나에 오렌지 한 개. 신문을 보면서 TV를 듣
는다. 아, 그렇구나 하고 비타민E를 두 알 먹고는 화장실로. 아랫배가
후련하다. 그런데 급하다. 이미 스타트를 했다 여기는 순간, 나는 또 오
피스텔 아래의 지하보도를 건너고 있다. 너무 반복되는 일상은 때로 적
정량의 시간과 동작을 깜빡, 시킨다. 아마도 뇌는, 그런 식인가보다. 저
치는 뭐야? 그때 출구 옆 행상에서 싸구려 샌드위치를 우적거리는 낯
익은 뒤통수를 발견. 이러고 싶나, 싶었지만 겉으론 반갑게 - 맛이 어
때? 했다. 뽀아. 샌드위치가 가득 찬 볼로 좋아, 라고 하는 녀석에게 -
미국에선 서쪽으로 갈수록 샌드위치가 두꺼워져. 라고 대충 얼버무려
준다. 녀석이 어리둥절하던 그 순간이었다. 오 마이 갓. 저건 또 뭐
야? 나는 소리질렀다.

한참을 달려 기분 좋게 자유로에 진입했는데, 젠장 '스피드다운'을
손짓하며 철도원(알고 보니 경찰이었다)이 불러세웠다. 그가 짧게, 단
도직입적으로 - 속도위반입니다. 잠깐 이쪽으로. 면허증 좀 봅시다. 라

고 하길래 / 떫게, 빙빙 돌려서 - 가져오겠습니다. 하고는 천천히 오토
바이로 돌아왔다. 미러로 바보 철도원의 동태를 살피며, 나는 조용히
클러치를 쥐고 기어를 넣었다. 그리곤 도주. 아침이니 포기하겠지 기대
를 가졌는데 삽질. 이 바보가 쫓아오는 것이었다. 차라리 선로를 깔고
기차를 몰아 따라오지 그러냐. 중앙분리대가 단절된 곳에서 바로 유턴
을 해버리는 순간, 그런데, 그러나, 어떤 산 같은 것이 고가를 부수며
서 있었다. 그래서, 그러므로, 나는 오토바이를 멈추고 그 산을 바라보
았다. 그리고 뒤따라온 철도원도 후아, 나 따위 아랑곳 않고 한숨과 함
께 산을 바라보았다. 저건 뭐, 도망쳐봤자군. 절로 그런 생각이 들었다.
후아, 또다시 철도원이 한숨을 내쉬었다.

　이런 식의 대립은 처음이었다. 열두 묶음의 〈사상계〉와 여덟 묶음의
〈소년중앙〉을 놓고, 나는 아내와 첨예하게 맞서고 있었다. 색이 바래기
론 사상계 쪽이, 그러나 부피로 치자면 소년중앙이 참으로 어지간하다.
평수를 절반으로 줄여가는 이사인만큼 - 버리는 게 여러모로 당연한 일
이겠지만 또 그것이 여의치 않다. 사상계에는 교육자로서의 내 자존심
이, 소년중앙에는 아내의 젊은 날과 추억이 고스란히 담겨 있다. 그러
나, 청폐차(茶) 한잔을 마시며, 결국 나는 사상계를 버리는 쪽으로 마
음을 굳힌다. 결국, 비워야 한다. 그것이 아니고 또 무엇이었던가? 딸
을 떠나보낸 아내에게, 어쩌면 나의 양보는 도리이자 미덕이 아닐 수
없다고 나는 생각했다. 여보, 말 좀 합시다. 나는 아내의 방문을 노크하
려다… 말고, 잠시 열두 묶음의 〈사상계〉 앞에서 멈칫, 한다. 색 바랜

대왕오징어의 기습 237

묶음 앞에서 지구 속의 동공처럼, 마음이 허해진다. 그때였다. 마치 지진처럼 거실의 한쪽 벽이 무너진 것은, 그리고 벽을 박살낸 – 어떤 유연한 기둥 같은 것이 하늘로 치켜세워지던 그 순간, 나는 아주 잠깐 맑은 창공을 볼 수 있었다. 그리고 거기에, 대왕오징어가 서 있었다.

오산의 기지를 이륙한 〈나〉는, 가장 피해가 우려되는 서울의 도심을 향해 비행을 하고 있었다. 어쩌지? 저공비행으론 자칫 요격될 가능성도 있어. 너도 알잖아? 다급한 B의 목소리가 이어폰을 타고 전해져왔다. 미사일이 통하기나 하는 걸까? 방법을 알 수 없긴 나 역시 마찬가지였다. 초조했는지 평상시의 편대 위치를 무시하고, B가 자신의 기체를 바짝 붙여왔다. 이윽고 서울 상공이었다. 우선 타겟은 시청 쪽의 350미터, 그리고 170미터 높이의 두 마리. 조준간과 발사버튼에 자신의 신경세포를 연결한 기분으로, 우리는 하강했다. 어렴풋이 도심의 풍경이 드러나기 시작했다. 그런데 거기엔 – 아무것도 없었다.

그 어디에도 대왕오징어는 보이지 않았다. 알 수 없는 일이었다. 어떻게 된 거지? 모두 사라졌어. 외로운, 그리고 당황해하는 B의 목소리가 들려왔다. 편대를 정상으로 유지하며, 우리는 본부의 명령만을 기다리고 있었다. 삼십 분에 걸쳐 상공을 정찰하던 우리는 결국 귀환을 명, 받았다. 어이 괴수전문가, 이 다음은 어떻게 되는지 짚이는 게 있나?

알다마다. B가 소리쳤다. 아무래도 〈대왕오징어의 역습〉이겠지?

물론, 하고 내가 대답했다.

그 운동장에서의 10미터 줄자처럼, 자꾸만 웃음이 줄줄이 새어나왔다.

헤드락

눈앞의 거한은 분명 헐크 호건이었
다. 도대체 세계를 뒤흔드는 슈퍼
스타가, 이곳에 왜, 라고 생각하는
순간 그와 눈이 마주쳤다. 2미터
11센티의 고공에 떠 있는 크고 부
리한 두 눈이 나를 쳐다보고 있었
다. TV에서 본 그대로, 그의 가슴과
이두박근이 가열된 증기기관처럼
심하게 펌핑을 하고 있었다. 그리고
와락, 그가 헤드락을 걸어왔다.

호두나무 아래에서

미국 유학 시절의 일이다. 오클라호마의 붉은 가을이 아칸소 강에 닻을 내렸을 무렵이니 아마도 노동절을 넘긴 9월 중순의 어느 날이었을 것이다. 그럭저럭 사귄 친구들이 플라이 피싱(그 지역에서 성행하는 투척낚시의 일종)을 떠나고, 나는 크레틀리 아파트를 나와 텅 빈 야구장과 소프트볼 경기장을 가로질러, 골프장으로 이어진 완만한 경사의 산책로를 걷고 있었다.

그곳에선 미식축구장이 보인다. 학교의 자랑이다. 전광판까지 설치된 최고의 시설이므로, 구장은 오클라호마 시민 전체의 자부심이었다. 톰 베린져란 친구가 있었는데, 다름아닌 오클라호마 출신이었다. 그 친구가 자신의 입으로 한 얘기가 있다. 아홉 살 때 아칸소 강의 하류인 맥스웰에 간 적이 있다. 무려 200킬로미터가 떨어진 시골이었다. 사촌과 낚시를 하고 있는데 물 속이 꽤나 소란스러웠다. 수경을 쓰고 물 속을 들여다보니 오클라호마에서 온 송어가 맥스웰의 송어에게 축구장 자랑을 해대고 있었다. 어떻게? 픕뽑 뽑 브뽑, 이렇게. 별다른 뜻은 아니고, 말하자면 그 정도란 얘기다. 알고 보니 전광판이 세워진 건 불과 이 년 전의 일이었다. 물론 그렇다 해서 톰 베린져가 나쁜 친구란 얘기는 결코 아니다.

전광판의 부품을 교체하는지 바리톤의, 인부들의 고함이 간간이 들려왔다. 흑인들이다. 목소리만 들어도 알 수 있었다. 앉은자리에서 파스타 스무 접시는 먹어치우고, 거구에다, 내뱉는 말의 절반이 〈음메〉인 흑인들이 있다. 정말이다. 처음 미국에 갔을 땐 CBS 앵커의 속사(速射)보다 그들의 말을 알아듣기가 더 힘들었다. 무서워, 묻지도 못했다. 왜, 할말이라도 음메? 그런 식으로 물어왔다면 - 픕뽑 뽑 브뽑, 입술을 옴츠리고 차라리 한 마리 송어가 되어 강 속으로 뛰어들었을 터였다. 수영은 그런대로 하는 편이었다. 톰 베린져가 나보다 25미터 코스를 한 차례 더 오가긴 했지만.

주위는 붉고, 고요하고, 더없이 아름다웠다. 바리톤에 화답하는 메조소프라노의 느낌으로, 바람이 가을의 닻을 흔들고 있었다. 모든 것이 하나의 물결, 처럼 느껴지는 가을이었다. 인적이 드문 그곳이 나는 좋았다. 크레틀리에는 랜(Lan)이 들어오지 않으므로, 대개의 여가를 나는 산책을 하며 보냈다. 캠퍼스의 조경은 광활하고도 정교했으며, 나는 그 아름다움을 가능한 즐기고 싶었다. 아파트를 나오면 우선 야구장이 보인다. 그곳을 기준으로 서쪽엔 자연사박물관이, 남쪽엔 농구장이 자리하고 있었다. 박물관 주변의 산책로도 여러모로 훌륭했으나, 나는 대개 골프장이 있는 동쪽을 선호했다. 특별한 이유는 없었다. 듬성듬성 심겨진 백양나무의 느낌이 좋았고, 바람을 타고 날아와 순금(純金)의 잔디 위를 구르는 여학생들의 웃음소리가 나는 좋았다. 소프트볼을 하는 여학생들은, 대개 공보다 자신의 목소리를 더 멀리 날려보냈다. 해서 누구도 본 적 없는, 소프트하고 아리따운 공을 줍는 볼보이의 기분으로 나는 산책을 즐겨왔다.

혹 경기가 열리고 있다면, 나는 언제나 아칸소 아마조네스를 응원했다. 아니 아칸소 아마조네스의 1번 타자 린다 챔버를 응원했다. 멀리 뻗거나 내야에 그치거나 상관없이, 린다는 공을 칠 때 〈이욥〉 하는 소리를 질렀다. 그 소리가 나는 좋았다. 회계학을 전공하는 갈색머린데 두어 번 사석에서 그녀를 만난 적도 있었다. 톰 베린져와 함께였고, 둘은 오랜 연인이었다. 별다른 뜻은 없고, 크레틀리의 건전한 원룸에서 – 여러모로 정말 건전한 곳인데 – 아무튼 린다를 떠올리며 나는 자위를 하곤 했다. 이욥, 이욥. 톰에겐 정말 미안하지만, 누구나 그런 상상을 하는 법이라고 나는 생각했다. 린다는 8월의 멜론 같은 가슴을 가지고 있었다. 말하자면, 그랬다. 내가 나쁜 놈이란 얘기는 결코 아니다. 정 미안한 생각이 들 때면 톰과 함께 2:1의 관계를 가지는 상상을 하기도 했으니까. 별뜻이 아니라, 그야말로 그렇다는 얘기다. 이를테면 린다가 친 파울볼을 경기장 쪽으로 던져준 적도 있었다. 손까지 흔드는 린다의 모습을 보았지만, 맹세컨대 그런 상상은 하지 않았다. 그런 것이다.

크레틀리에는 많은 수의 외국인 유학생들이 있었다. 아마도 누구나, 린다와 같은 대상을 하나쯤은 가지고 있었을 것이다. 어학연수를 한 곳은 LA였는데, 중부와는 분위기가 사뭇 달랐다. 그곳에선 실제로 교제를 생각하는 학생들이 여럿 있었다. 오클라호마처럼 친절한 분위기는 아닌데, 뭐랄까 훨씬 〈어울리는〉 분위기였다. 오클라호마는 친절하고, 여러모로 건전하지만, 그런 반면 절대 섞이기 힘든 중부 특유의 분위기가 있었다. 별다른 뜻은 없고, 어느 쪽이 좋고 나쁘단 얘기도 결코 아니다. LA엔 흑인이 많고, 이곳엔 송어가 많고, 그래서 나는 자위를 했다 정도로 받아들이면 그만일 것이다. 지금도 생각엔 변함이 없다.

백양나무의 숲이 끝나는 지점엔 몇 그루의 호두나무가 불규칙하게 서 있었다. 숲이라고 하기엔 그렇고, 숲이 아니라고 하기에도 그런 정도였다. 아마도 절로 자랐거나, 혹은 더 계산된 조경에 의해서거나 – 아무튼 그곳에서 나는 산책을 마감하고는 했다. 각각의 키높이가 다른 나무 사이에 이상하리만치 수평이 잘 잡힌 벤치가 있고, 이상하리만치 나는 그 벤치가 좋았다. 그곳에 앉아 독서를 함으로써, 나는 산책의 끝을 장식하고는 했다. 전공인 반도체이론에 관한 책들이 주류를 이루었지만, 가끔은 소프트한 과학에세이나 소설을 읽기도 했다. 마침 그날은 존 엘리엇의 〈야채인간〉을 읽고 있었다. 불분명한 소설의 문법과 모호한 표현 때문에, 나는 도무지 소설을 이해할 수 없었다. 영어는 정말 어렵구나. 주인공의 트럭이 60미터 아래의 계곡으로 추락하는 대목에서 나는 책을 덮었다. 경기가 없는 소프트볼 구장 쪽엔 이미 어스름, 해가 저물고 있었다. 〈이윱〉도, 단 하나의 볼도 날아오진 않았지만, 그 정적도 나는 좋았다. 가을의 닻은, 어떤 목소리나 소프트볼보다도 고요하고 묵직했다.

호두까기 인형

축구장의 펜스 너머로 해가 저무는 것을 감상하고, 나는 자리를 일어섰다. 주위는 이미 어둑해져 있었고, 호두나무의 잎들이 속삭이는 소리가 60미터 아래에 떨어진 야채인간을 위로해주고 있었다. 나는 기지개를 켠 후, 호두나무 잎들의 소리에 맞춰 좌우로 가볍게 목을 젖혀주었다. 하나, 둘, 셋, 넷. 아마도 그때였다고 생각한다. 어둑한 저편에서 어떤 소리가 다가왔다. 그러니까 축구장에서 이쪽으로 이어진 길을 분명누군가 달려오고 있었다. 순간 그렇게 불길할 수가 없었다. 소리 때문이었다. 그것은 조깅을 하는 학생들의 발걸음과는 확연히 구분되는 소리였다. 즉 일반인의 발걸음을 소프트볼이 굴러오는 소리 정도로 가정한다면, 그것은 적어도 16파운드짜리 볼링공이 폐점(閉店) 직전의 볼링장 레일을 작살내며 굴러오는 소리였다. 아, 이토록 현대의 물질문명

과 동떨어진 발소리가 다 있다니. 생각할 겨를도 없이 발소리의 주인공
이 내 앞에 우뚝 멈춰 섰다. 그는, 굳이 말하자면, 정말이지

헐크 호건이었다.

뭐랄까, 문제가 있는 건 아닌데 매우 이상한 기분이었다. 갑자기 좌
뇌와 우뇌를 잇는 운하, 같은 것이 열리지 않아 아프리카 대륙, 정도를
돌아야 하는 배들처럼 뇌세포들이 어수선해진 느낌이었다. 이건 아니
라고 봐. 하지만 눈앞의 거한은 분명 헐크 호건이었다. 이 사람이 헐크
호건이 아니라면, 나도 내가 아니고 오클라호마도 오클라호마가 아니
며, 지구는 지구가 아니다. 도대체 세계를 뒤흔드는 슈퍼스타가, 이곳
에 왜, 라고 생각하는 순간 그와 눈이 마주쳤다. 2미터 11센티의 고공
에 떠 있는 크고 부리한 두 눈이 나를 쳐다보고 있었다. TV에서 본 그
대로, 그의 가슴과 이두박근이 가열된 증기기관처럼 심하게 펌핑을 하
고 있었다. 그리고 와락, 그가 헤드락을 걸어왔다.

고오오오

처음 한동안, 고통보다는 그런 음향이 뇌 전체에 울려퍼졌다. 앞이
안 보여 주변은 온통 암흑이고, 의식이 끝없는 터널 속을 급속도로 추
락하거나 상승하는 느낌이었다. 고오오오. 그리고 어느 순간 몸이 두
둥실 떠 있는 느낌이 들었다. 어쩌면 이곳은 우주가 아닐까, 희박한 공
기와 실낱같은 호흡 속에서 나는 문득 그런 생각이 들었다. 헐크 호건

의 이두박근과 가슴 사이에, 설마 겨드랑이 냄새가 심한 우주가 있을 줄이야.

그리고 마치 별이 탄생하듯, 우주의 중심에서부터 고통이 시작되었다. 은근하고 거대하게, 그러다 와락, 어떤 폭발이 나를 엄습해왔다. 기절, 같은 걸 그래서 십 초 정도 했었다. 다시 정신이 돌아오자 우선 왜, 라는 생각이 별처럼 떠올랐다. 호건 정도의 슈퍼스타가, 하필 오클라호마에 나타나, 그것도 이 시각에 동양인 유학생에게 헤드락을! 나는 알 수 없었다. 순간 호건이 자신의 이두박근에 불끈 힘을 넣었다. 아악. 두 다리가 나도 모르게 이상한 스텝을 마구 밟기 시작했다. 그리고 팔은, 어디서 무얼 하는지 도무지 느껴지지 않았다. 그리고 나는, 굳이 말하자면, 정말이지

엄마야

라는 고함을 질렀다. 엄마야 라니. 순간 나 자신이 지른 〈엄마야〉에 놀라, 의식이 돌아왔다. 그것은 정말이지 엄마에게 미안한 일이 아닐 수 없었다. 길고 긴 인류의 역사에서, 게다가 석사과정을 밟고 있는 인간 중에서 엄마야를 외친 사람이 나 말고 또 있었을까. 눈물이 나왔다. 분하고, 슬프고, 참담했다. 엄마야를 들은 호건이 다시 힘을 가하며 자세를 교정했다. 콘크리트 같은 근육이 입과 턱을 가로눌러 이제는 소리조차 지를 수가 없었다. 기네스북에도 올라 있는 – 보통 사람의 가슴둘

레 사이즈인 팔이, 참담해진 한 인간의 이비인후를 봉쇄하고 있었다. 쯥, 파. 쯥, 파. 내가 할 수 있는 일은 - 실낱같은 공기의 틈을 빌려 흘러넘친 눈물과 콧물을 넘기고 삼키는 것이 고작이었다.

방송이다. 그때 갑자기 그런 생각이 들었다. 방송이다. 무렵엔 그런 성격의 프로가 큰 인기를 누렸었다. 정리하자면 고의로 돌발상황을 연출, 놀라고 당황하는 대상의 행동을 몰래 카메라에 담는 것이 프로의 속성이었다. 그랬구나, 상황이 정리되자 그래도 한결 마음이 편안해졌다. 찍고 있다 이거지, 꼬여 있던 두 다리를 정돈하고 나는 자세를 가다듬었다. 그리고 엄마야를 또한번 후회하기 시작했다. 이제 그만. 오른손으로 탭을 치며, 나는 그렇게 소리쳤다. 방송인 거 다 알아, 라고도 했지만, 실제로는 픕쁩 쁩 브쁩에 가까운 소리가 픕쁩 쁩 브쁩 새나올 뿐이었다. 호건은 아무 말도 하지 않았다. 그리고

시간이 흘렀다.

컷 소리도 안 들리고, 또 방송이라 하기엔 너무나 긴 시간이 흘렀으므로, 나는 다시 분하고, 슬프고, 참담해졌다. 그리고 무서웠다. 환청인지 바람인지, 호두나무의 잎사귀들이 우주를 뒤흔드는 소리, 같은 것이 들렸다. 머나먼 오클라호마의 호두나무 아래에서, 그 순간 나는 한 사람의 인간이 아니라 한 마리의 생물(生物)이었다. 인간이란, 생존의 문제를 해결한 생물만이 비로소 얻게 되는 이름이구나 - 그런 생각이 들

었다. 곧이어 아시아와 인디아 두 개의 대륙처럼, 좌뇌와 우뇌가 충돌하는 느낌이 들었다. 그리고 그 경계에서 히말라야 같은 것이 치솟아 오르기 시작했다. 아아, 절로 울부짖음이 터져나왔다. 급속도로 머리 속이 뜨거워졌고, 언뜻 치솟은 히말라야의 산정에서 눈사태, 같은 것이 일어났다. 감정과 상관없는 눈물과 콧물이, 그래서 마치 홍수처럼 뿜어져나왔다. 〈캇챠켓코땍〉이라고 나는 빠르게 속삭였지만, 그것이 실은

잘못했습니다

라는 사실을 부디 호건이 알아주길 바랬다. 이유는 알 수 없지만, 아무튼 잘못했습니다 가 계속해서, 게다가 진심으로 – 터져나왔다. 그리고 나는 분리(分離)되었다. 분리라니, 하지만 분명 그런 느낌이었다. 아마도 그것은 극한의 압력 속에서 일어나는 좌뇌와 우뇌의 피치 못할 선택인 것 같았다. 마치 서로가 서로에게 너가 없다면 이토록 아프진 않을 텐데 라며, 비좁은 두개골 속에서 서로를 밀고 밀치는 느낌이었다. 그리고 나 자신이 이미 좌뇌의 나와 우뇌의 나로 분명하게 나뉘어 있었다. 뭐가 이래, 라는 판단을 할 수 있는 하나의 〈나〉를, 그 순간부터 나는 상실한 것이었다. 분하지도, 슬프지도, 참담하지도 않았다. 돌이켜보면, 껍질이 깨진 호두에게 또 무슨 감정이 남아 있겠는가?

환각이 일어난 것은 그때부터였다. 난데없이 왼쪽 머리와 오른쪽 머리의 상단에서 각각 다른 라디오 채널이 흘러나왔다. 엄청난 볼륨이었

다. 왼쪽은 즐겨 듣던 힙합 크리스 비의 〈재즈 트레인〉이었고, 오른쪽은 거의 듣지도 않는 〈렛츠 고 켄터기 주크온〉이었다. 놀랍게도, 마치 생방송을 듣는 것처럼 멘트 하나하나가 음악과 함께 사실적으로 울려 퍼졌다.

듣고 있어? 내가 크리스 비, 크리스 비야. 거긴 어때? 비가 오나? 젠장 잡음이 많군. 극지 탐험가 피어리가 어디까지 갔는지 아는 사람. 당장 전화를 걸어줘. 좋아. 어제 퀴즈의 정답자는? 가만, 문제가 뭐였지? 존 글렌이 개척한 새로운 주(州)? 이런 바보들, 이건 넌센스잖아. 정답은 우주. 당첨자는, 푸하 아무도 없습니다요 딩동댕. 그럼 이런 문제는 어떨까. 윈스턴 처칠이 지킨 것은 무엇일까요? 힌트는 넌센스. 세상도 넌센스입니다. 자 오스카 피터슨의 〈Take Five〉 나갑니다. 이 곡을 그래 좋아. 다섯 명의 영국왕들에게 바치지 뭐. 푸시킨의 시 정도는 외우고 있겠지? 이런이런 18명의 미국 대통령들이 서운해하고 있어. 좋아, 각하들을 위해 카운트 베이시를 준비하지. 흔들어봐, 〈Salt Peanut〉이야. 미스터 트루먼 듣고 계십니까? 네? 뉴튼의 영향을 받은 아놀드 파

렛츠 고 주크온. 바로 음악 겁니다. 라디오헤드의 노 서프라이즈, 문 밖의 늑대. 이어 나이트 위시의 워킹 인 더 에어. 난 조용한 삶을 살 거예요. 담배연기와 악수하고 공포도 놀라움도 없이 조용한 침묵. 이건 내 마지막 움직임이 될 거예요. 마지막 발악이 되겠죠. 공포도 놀라움도 없이 공포도 놀라움도 없이 제발 공포도 놀라움도 없게 해줘요. 달걀을 잡아. 푸딩을 잡아 얼굴에. 푸딩을 얼굴에. 푸딩을 얼굴에. 춤춰 이 멍청아 춤추란 말이다. 너 어딜 감히. 너 설마 푸딩을 얼굴에. 투자 그리고 딜러들. 투자 그리고 딜러들. 냉담한 아내들 그리고 안주인들. 냉담한 아내들 그리고 일요 주간지들. 저 아래의 사람들은 자신이 본 것을 믿을 수 없죠. 우린 허공을 유영하고 있으니까. 울적한 하늘을 수영하고 얼음 사이를 표류해요. 산 위를 떠다녀요. 갑자기 바다 깊이에서 뭔가 달

머가 오늘도 한 그루의 사과나무를 심었다 구요? 려들고 그들의 잠 속에서 거대한 괴물이 일어서고 있어요.

그리고 나는, 정말이지 발 아래의 사람들을 보았다. 아니, 불빛을 보았다. 윌 로저스 공항을 이륙하는 비행기의 불빛을 보았고, 나스카의 지상도(地上圖) 같은 여러 라인의 유도등을 보았다. 정말이지 눈사람의 손을 잡고 하늘을 나는 기분이었다. 20마일 밖의 불빛들이, 때로 잠자리떼처럼 내 주위를 맴돌기도 했다.

그리고 얼핏, 나의 전생 같은 것을 보기도 했다. 처음엔 영화의 한 장면이라 여겼으나, 점점 그것이 나라는 자각이 생겨났다. 베트남이었다. 나는 사람들을 쏘고 있었다. 20마일 밖의 불빛 같은 사람들이 - 때로 파리 정도의 크기가 되는 순간, 나는 정확히 방아쇠를 당기고 있었다. 나는 미군이었다, 아니 한국군이었다. 이상하리만치 구취(口臭)가 심해, 스스로도 머리가 어지러울 지경이었다. 그때 파리 같은 것이, 아니 벌 같은 것이 내 머리를 관통했다. 아주 시원하고 더없이 깨끗한 공기가, 하늘의 파편처럼 뇌 속으로 스며들었다.

그리고 이 년 전의 일이, 즉 LA의 8번가에서 버스를 기다리던 나 자신을 볼 수 있었다. 피닉스에 있는 기숙사에 가기 위해, 나는 세 개의 트렁크를 쌓아둔 채 정갈한 디자인의 정차시간표를 찬찬히 훑어보고 있었다. 이국에서, 홀로 이동을 한다는 설움과 외로움이 그때의, 하나의 〈나〉를 통해 두 개의 나에게 동시에 느껴지고 있었다.

출발 도착 시간

12:55a 08:35a 6h, 40m

02:30a 10:25a 6h, 55m

07:15a 05:00p 8h, 45m

07:55a 05:00p 8h, 5m

11:00a 08:30p 8h, 30m

01:30p 10:45p 8h, 15m

05:50p 01:45a 6h, 55m

08:00p 04:40a 7h, 40m

09:50p 06:00a 7h, 10m

11:45p 07:35a 6h, 50m

가격 $39.00

좌뇌의 나는 일곱시 십오분 버스에, 우뇌의 나는 열한시 버스에 각각 몸을 실었다. 물론 그것은 환각이었지만, 그러나 〈나〉는 과연 어떤 버스에 오른 건지를 알 수 없었다. 노선과 행선지, 게다가 버스의 모양도 같았으나, 나는 더이상 나를 만날 수 없을 거란 사실을 어렴풋이 느낄 수 있었다. 39달러를 가진 것이 누구였는지도, 나는 알 수 없었다.

고오오오. 엠파이어스테이트의 엘리베이터가 추락하는데, 그 속에 내가 있었다. 뉴욕은 가본 적이 없으므로 환각이 분명했지만, 차라리 죽는 게 낫겠다 느껴질 만큼 나는 무섭고 두려웠다. 띵. 그러다 엘리베이터는 거짓말처럼 오층에서 정지를 하는 것이었다. 문이 열리고, 다시 사람들이 타고, 상승을 하고, 그러다 다시 추락하기를 반복했다. 여지없이 정지를 하긴 했지만, 나는 그곳에서 내릴 수 없었다. 추락은 영원하고, 언제나 끔찍했다.

그리고 알프스의 산정에 서 있는 흑염소를 보았다. 염소는 예정대로 매애애애, 하고 울었다. 남은 시간이 칠 년 이 개월이란 헤드라인이, 하여간에 염소가 씹고 있는 신문지에 적혀 있었다. 왼쪽의 나는 염소의 입에 물린 신문지를 읽고 있었고, 오른쪽의 나는 열심히 염소에게 강재구 소령의 이야기를 들려주고 있었다.

바다에는 일곱 마리의 돌고래가 살고 있었다.

나는 자전거였다.

날기 위해, 나는 물고기의 부하가 되었다.

사오 이십. 사육이 이십사.

간혹 의식이 돌아오면 나는 탈출의 방법을 모색하고는 했다. 오 분 정도는 누런 가래를 끓여 열심히 침을 흘렸다. 더러워서라도 팔을 풀지 않겠냐는 생각이었다. 꾸룩꾸룩. 콜레라에 걸린 두룩저어지처럼 최선을 다했지만, 호건의 팔은 풀리지 않았다. 허사였다. 또 문득 호건과 같은 사내라면 동성애(同性愛)를 질색할지도 모른다는 생각이 들었다. 마비된 팔을 겨우 뻗어, 그래서 나는 호건의 페니스를 열심히 쓰다듬었다. 하읔 신음도 내보았으나, 페니스도 호건도 아무 반응이 없었다. 풀이 죽은 페니스처럼, 결국 나는 손을 거둬들였다.

그리고 나는 정신을 잃었다. 보다 강렬한 환각을 연이어 봤을 거란 생각이지만, 대부분의 기억을 나는 잃어버렸다. 악몽의 헤드락이 얼마나 지속된 건지도 나는 알 수 없었다. 아무튼 다음날 아침, 나는 청소부에 의해 발견되었다. 침을 흘리며 우두커니 벤치에 앉아 있었고, 눈은 초점이 없었으며, 녹음기처럼 우리 엄마한테 다 일러준다 라는 혼잣말을 되풀이하고 있었다 – 한다. 부끄럽고 슬프고 참담했지만, 나는 부끄럽고 슬프고 참담하지 않았다. 죽지 않고 살아 있다는 것이, 왜 부끄럽고 슬프고 참담했겠는가?

마지막 호두과자를 먹은 것은 언제였나?

그러나 사건은, 억울할 정도로 간단히 마무리가 되었다. 일단 나는 병원으로 실려갔는데, 경찰이 찾아온 것은 화요일 오전이었다. 현기증과, 두통과, 환각과, 언어장애 때문에 늦어진 취조였지만, 현기증과 두통과 환각과 언어장애에 여전히 나는 시달리고 있었다. 띄엄띄엄 사건의 전말을 경찰에게 얘기했는데, 호건이? 라며 눈을 한번 크게 뜨고는 별다른 질문을 하지 않았다. 주근깨가 많고, 6월의 수박만한 가슴을 지닌 여경(女警)이었다. 아무튼 나도 정상은 아니어서 조사는 곧 흐지부지 되고 말았다. 주소를 말해주실래요? 신상을 기재하며 던진 여경의 질문에, 나는 그만 강북구 하월곡동이라고 대답을 해버린 것이었다.

부끄럽고 슬프고 참담한 마음이 든 것은, 건강이 어느 정도 호전되고 나서였다. 그럭저럭 사귀던 친구들이 병실을 다녀간 것도 그 무렵이었다. 컴퓨터실의 단골이던 아시아계 유학생들과, 학과의 친구들과, 보스턴의 삼촌 내외가 주말을 이용해 병실을 찾았다. 톰 베린저는 건강한 송어 같은 표정으로 꾸준히 세 번이나 병실을 방문했다. 두 번은 파인애플 통조림과 린다와 함께, 또한번은 보스턴 레드 삭스의 점퍼를 입고서 워크맨과 함께였다. 처음으로 나는 톰에게 그날 밤의 일을 논리정연하게 털어놓았다. 그래그래, 그랬단 말이지. 톰은 고개를 끄덕였다. 그리고 자상하게, 다음과 같은 말을 들려주었다.

저기, 이런 얘기는 어떨까?
무슨 얘기.
내가 어느 날 기절을 했는데, 깨어나서 이런 말을 한다면 말이야. 즉 어젯밤 인디언 동상 밑에 서 있는데, 기타를 둘러멘 잉위 맘스틴*이 뛰어와 앞차기를 했다고 말이야.

---

* 헤비메탈 기타리스트. 공연 도중 기타를 치며 앞차기를 하는 특이한 무대 매너로 유명하다.

그럴 리가 없잖아, 라고 나는 반문했다. 그렇지? 라고 말한 톰은 더 이상 병실을 찾지 않았다. 공연히, 나는 더욱 부끄럽고 슬프고 참담한 마음이 되었다. 건강이 회복된 것은 삼 개월이 지나서였다. 나는 다시 예전의 〈나〉를 찾았지만, 그때와 같은 인생을 살 순 없었다. 나는 완전히 달라져 있었다.

운동을 시작한 것이 그때부터다. 분노와 억울함이 돋보기를 통과한 태양처럼 뜨겁고 집요하게 나를 몰두시켰다. 내 나머지 유학 시절은, 그래서 운동을 빼고 나면 할 얘기가 없다. 미친 사람처럼 나는 바벨을 들어올렸고, 프레스를 하고, 푸시업을 했다. 식이요법을 병행하고 규칙적인 러닝을 했으며, 충분한 수면과 영양제로 체력을 보충했다. 특별한 목적도, 이유도 없었다. 단지 탈진이 될 만큼 땀이라도 흘려야, 나는 비로소 마음이 편안해졌다. 그 땀들은, 그때, 그 호두나무 아래에서, 미처 마음이 흘리지 못한 눈물이었다.

어느새 신경안정제는 나의 주식(主食)이 되었다. 인간이 별게 아니란 생각이 그때 들었다. 맞으면 – 아프고, 뉘우치고, 숙이고, 무섭고, 궁리하고, 포기하고, 빌붙고, 헤매고, 재빨라지고, 갈라지고, 참담하고, 슬프고, 후련하고, 그립고, 분하고, 못 잊고, 죽고 싶고, 쓰라리지만 이를테면 몇 알의 약, 그 미약한 몇 밀리그램의 화학물질만 있어도 아무렇지 않게 삶을 영위해나가는 것이었다. 그런 이유로 – 나는 아무렇지 않았고, 건강했고, 건장했다. 정말이지 이 년이란 시간이 흘렀을 때 나는 완전히 다른 생물이 되어 있었다.

이게 누구야? 인디언 축제에서 마주친 톰 베린져는 입을 다물지 못했다. 덴버에서 직장을 다니다 일 년 만에 학교를 찾은 톰이었다. 대지의 곰(전설적인 거구의 인디언 용사) 같아. 붉어진 낯으로 린다가 속삭였다. 팔짱을 낀 채, 나는 단지 고개만 끄덕일 뿐이었다. 직장생활은 어때? 조, 좋아. 연어와 마주친 송어처럼, 톰은 슬그머니 나를 비켜 지나쳤다. 축제의 절정인 팔씨름대회에서 나는 시카고 출신의 전 챔피언 맥그리거에게 통쾌한 승리를 거두었다. 영양제와, 습관처럼 털어넣던 신경안정제를 끊은 것도 그 무렵이었다.

나는 더이상 나약한 인간이 아니었다. 일반을 대상으로 할 때, 나는 이미 폭력의 주체였지 폭력의 대상이 아니었다. 그 느낌이, 심신의 안정을 가져다주었다. 무렵부터 차로 삼십 분 거리에 있는 시내의 레슬링 하우스를 다니기 시작했다. 국가대표를 지낸 중년의 코치가 복싱과 레슬링을 비롯한 각종 투기(鬪技)를 가르치는 곳이었다. 역시 집요하게, 나는 레슬링을 배우기 시작했다. 전문가반의 수업료를 꼬박꼬박 내는 나를, 코치는 용(龍)이라고 불렀다. 뭐 그 정도는 과장이라 쳐도, 이미 나의 신체는 650불을 주고 구입한 중고 세단에 담기가 벅찰 지경이었다.

헤드락에 대한 반격? 그렇습니다. 잠시 고개를 끄덕이던 코치는 우선 나더러 헤드락을 걸어보라고 손짓을 했다. 나는 정확히, 그리고 강하게 코치의 머리에 헤드락을 걸었다. 코치는 두어 번 내 등을 두드리더니, 갑자기 어떤 기술을 시전했다. 전광, 석화였다. 뭔가 몸이 붕 뜬 느낌이었고, 나는 정신없이 매트를 향해 머리를 추락했다. 바닥이 시멘트였다면, 또 코치가 조절을 해주지 않았으면, 아마도 목이 부러졌을 터였다. 와우, 이게 뭡니까? 백드롭이란 것일세. 백드롭이라구요? 코치는 말없이 도장 한켠의 사진을 손으로 가리켰다. 낡은 사진 속에는 벨트를 두른 한 남자가 늠름하게 서 있었다. 철인(鐵人) 루우 테즈일세, 백드롭을 발명하신 분이지. 철인은 웃고 있었다.

루우 테즈는 백드롭으로 현대의 신화가 된 사나이였다. 우선 헤드락을 건 상대의 허리를 잡고, 자신의 허리를 활처럼 젖혀 그 탄력으로 상대를 추락시키는 이 기술을 당시의 레슬러들은 막을 방법이 없었다. 벨트는 늘, 그래서 철인의 것이었다. 대략 그런 설명을 듣긴 했지만, 그것도 체급이 비슷한 상대에 국한된 얘기일 터였다. 즉 헐크 호건과 나 정도의 체격 차라면 어떨까요? 뭐, 호건과? 글쎄 그 정도의 체격 차라면 이미 기술의 문제 따위 넘어선 거겠지. 코치의 견해도 나와 비슷한 것이었다. 그렇군요. 그리고

마치 백드롭을 당하듯

헤드락의 후유증이 찾아왔다. 졸업반이 되면서 숙소를 요크셔(기숙

260

사의 명칭)로 옮겼는데, 후유증이 찾아온 것은 그 무렵이었다. 여러모로 더욱 건전해진 그 공간에서, 나는 마치 자위라도 하듯 하염없이 눈물을 흘리는 인간이 되었다. 다시 신경안정제를 복용해보았지만 아무런 효과가 없었다. 즉 논문을 쓰고, 실험을 하고, 책과 데이터와 씨름을 하고, 돌아와 방 안에서 몇 시간씩 눈물을 흘리는 것이었다. 종종 통곡의 꼬리 끝에 분리(分離)와 환각(幻覺)이 방울뱀의 그것처럼 고개를 디밀고 방울 소리를 내기도 했다. 이유는 알 수 없었다. 아니 그래서, 나는 이유를 알 수 있었다. 묵묵히 옷을 자르고 기워 복면(覆面)을 만들기 시작한 것이 그래서 무렵의 일이었다. 처음 해보는 바느질로 얼굴에 꼭 맞는 복면을 만들기란 생각처럼 쉬운 일이 아니었다. 복면은 그렇게 완성되었다. 그리고

습격이 시작되었다.

나는 신중히 상대를 물색했고, 철저히 밤에만 습격을 감행했다. 가능하면 호건과 나 정도의 체격 차가 있는 상대를 골랐으며, 그래서 대부분 그들은 허약했다. 한번은 보스턴까지 차를 몰고 가, 두 시간이나 골목을 뒤진 끝에 여자를 습격한 적도 있었다. 습격이란, 한마디로 헤드락을 거는 것이었다. 습격은 무려 여섯 번이나 계속되었다. 여섯 명의 상대는 한결같이 울부짖었고, 나는 우쭐하거나 기쁘거나 통쾌하기보다는, 그저 할 일을 한다는 느낌이었다. 마치 그래서, 나는 호두까기 인형이 된 기분이었다.

첫 상대는 방글라데시에서 온 유학생이었다. 첸인가 그런 이름이었는데, 어딘가 모르게 만만한 인상을 주는 친구였다. 학교의 후미진 곳에서, 나는 그를 기절시켰다. 역시나 한 수십 번 잘못했습니다. 살려주세요 를 연발하더니 가느다란 팔다리를 축 늘어뜨렸다. 다음 상대는 신원을 알 수 없었고 나이지리아와 중국, 인도네시아 출신들이 연이어 습격의 대상이 되었다. 보스턴의 그 여자는, 아무튼 남미 계열의 얼굴이었다.

보스턴의 습격에선 경찰과 맞닥뜨리기도 했다. 아차 싶었지만 어쩔 수 없었다. 이미 라이트를 켠 순찰차에서 두 명의 경관이 조준을 한 채 다가왔다. 쳌쿡택틱칵(살려주세요). 여자가 울부짖었다. 모든 게 끝났다 체념했는데, 뭐야 헤드락이잖아. 뚱뚱한 경관이 총을 거두며 그렇게 말했다. 헤드락이네. 나머지 경관도 웃으며 총을 거두었다. 어리둥절해 있는 내 쪽을 향해 손전등을 비추며 다시 뚱뚱한 경관이 물었다. 뭐야 라티난(Latina)가? 나는 고개를 끄덕였다. 그럼 수고하게. 그리고 경찰들은 돌아갔다.

뭐야 이게. 그것은 새로운 각성이었다. 보스턴에서 돌아온 후 나는 조금씩 대담해졌고, 이 세계가 어느 정도 헤드락을 묵인하거나 권장한다는 묘한 암시를 받았다. 그리고 일사천리의 습격이 시작되었다. 구토를 하는 친구가 있었나 하면 오줌을 싼 친구도 있었고, 내가 그랬듯 내 페니스를 열심히 어루만지는 친구도 있었다. 월마트의 주차장에서 습격을 당한 주부 하나는 바지 뒤로 손을 넣어 내 항문에 자신의 손가락을 찔러넣기도 했다. 나는 은근히, 헤드락의 쾌감 같은 것을 깨쳐나가기 시작했다. 그것은 마약과도 같은 것이었다. 이미 습격의 건수는 200회를 넘어 있었고, 나는 자신을 멈출 수가 없었다. 자네, 소문이 좋더군. 하루는 코치가 샤워를 하며 얘기했다. 열심히 해야죠. 비누를 문지르며 내가 대답했다. 그날 오전에만 세 명의 유학생을 뚝딱 해치운 날이었다. 정신을 잃은 채 숨을 헐떡이는 그들을 보고 있자니, 국제사회가 다 엉망이 된 느낌이었다. 무력한 그들이 안쓰럽기도 했지만, 그러나 나도 어쩔 수 없는 일이었다. 친구여

너도 그렇지?

다시 호두가 열린다면

구 년의 세월이 흘렀다. 그것은 꿈이 아니었을까, 모쪼록 그런 생각으로 지난 구 년을 살아왔다. 즉 유학 시절을 떠올린다면 – 내가 당한 습격과, 내가 행한 253차례의 습격, 어느 쪽도 마찬가지가 아닐 수 없다. 한국으로 돌아온 나는 직장을 얻고, 결혼을 하고, 두 명의 아이를 얻게 되었다. 쌔근쌔근 잠이 든 순백의 얼굴들을 바라보며, 나는 비로소 헤드락의 그늘을 벗어날 수 있었다. 할 수만 있다면, 253명의 피해

자 전원에게 사과의 편지라도 쓰고 싶은 마음이었다. 주 예수보다 더 귀한 것은 없네. 예수밖에는 없네. 아내와 함께, 나는 교회의 집사가 되었다.

어 헤드락이네? 그리고 직장에서, 도처에서 나는 종종 습격의 풍경을 목격할 수 있었다. 헤드락 강좌, 헤드락 세미나, 헤드락 부흥회, 헤드락 워크샵, 헤드락 클리닉에 이르기까지 - 아무튼 헤드락도 이젠 한국의 보편적인 생활문화가 되었지만 나로선 쓴웃음의 대상일 뿐이었다. 본토의 입장에서 본다면, 그야말로 웃고 넘길 수준이었기 때문이다. 기술이 중요한 게 아냐. 우선 힘이 있어야지. 부서의 직원들에게 나는 웃으며 힌트를 주곤 했다.

인도네시아의 지사로 발령이 난 것은 지난해 9월의 일이었다. 승진 형식의 발령이어서 모두의 부러움을 사긴 했지만, 아내와 아이들을 남겨둔 채 홀로 비행기에 올라야 했다. 대기권에서, 밤의 창공을 무심코 바라보다가 그래서 나는 유학 시절의 일을 떠올리게 되었다. 오랜만에 느껴본 비행의 체감 때문도 아니었고, 다시 시작될 외국생활의 외로움과 불안 때문도 아니었다. 단지 그 순간, 마치 전생을 들여다보듯 지나간 삶이 한눈에 들어온 것이었다. 무엇보다 대기권에선, 지상의 일들이 한눈에 보이기 마련이었다.

자카르타의 숙소에서 나는 전임자를 만났다. 아니 운동선순 줄 알았습니다. 반팔 차림의 내 팔뚝을 만져보며 전임자는 입을 다물지 못하는 눈치였다. 운동을 꽤, 좋아하는 편입니다. 파인애플로 향을 낸 독특한 요리를 맛보며, 우리는 전임자와 후임자가 나눌 만한 얘기들을 전임자와 후임자의 입장에서 오랜 시간 나누었다. 무엇보다 말입니다, 딥다 쪼아야 합니다. 디저트로 나온 망고 샤베트를 먹다가, 갑자기 그가 헤드락을 거는 시늉을 하며 말했다. 디립다? 나도 시늉을 하며 반문을 하자, 그가 또한번 시늉을 강조했다. 딥다! 그렇군요. 자카르타의 태양이, 우리가 앉은 노천의 테이블까지 출렁 하고 번지점프를 해왔다. 어딘가 모르게, 그 출렁이는 햇볕 속에 파인애플 향이 섞여 있다고 나는 생각했다. 선물입니다. 나는 전임자에게 공항에서 산 고급 호두과자 세트를 내밀었다. 이야, 박수를 치며 전임자가 소리쳤다. 마지막으로 호두과자 먹어본 게 언제였더라? 즉석에서, 우리는 몇 개의 호두과자를 나눠 먹었다. 더러 발목의 끈이 풀려버린 태양이, 아스팔트 위에서 산산이 머리가 부서지기도 했다. 눈부신 태양의 뇌수(腦髓)가, 그래서 길 위를 하얗게 물들이고 있었다.

　인도네시아의 생활은 곧 안정을 찾기 시작했다. 지사의 업무란 것이 근본적으로 본사의 방침을 따르는 것이므로, 업무라기보다는 관리의 성격이 강한 것이었다. 나는 가정부와 기사가 딸린 사택에서, 비교적 풍족한 생활을 누릴 수 있었다. 수마트라 출신의 가정부는 훌륭한 빠당 요리를 만들 줄 알았고, 전임자를 겪으며 익힌 몇몇 한식(韓食)에도 일가견이 있었다. 아내와, 아이들이 보고 싶은 점을 제외하곤 도무지 불편함이 없는 생활이었다.

일 주일에 두 번씩 남부의 공장을 둘러보고, 주말엔 꼬따(북부의 상업지구)와 안쫄(유흥지구)에서 여가를 즐기고, 간혹 말라까 근처의 해변에서 기사와 함께 낚시를 하는 시간이 규칙적으로 반복되었다. 기사의 이름은 하따였는데, 자카르타 토박이였다. 영민하고 운동신경이 좋았으며, 꼬따에서 중국요리를 사준다는 이유로 나를 진심으로 따르는 청년이었다. 전 사장님이 레슬링 선순 줄 알았어요. 새우뎀뿌라를 먹으며 하따가 그 말을 했을 때, 나는 또다시 헤드락과 습격의 기억이 떠올랐다. 머리가, 그래서 조금 아팠다.

이봐 하따. 예. 부탁이 있는데. 예, 뭡니까? 좀 힘들겠지만, 내 보수를 두둑이 주도록 하지. 해안의 모래밭에서 나는 하따에게 헤드락을 걸었다. 분명 합의에 의한 것이었지만, 나는 습격의 쾌감을 강렬하게 느낄 수 있었다. 꼬르륵. 하따의 입 안에서 그런 소리가 들렸고, 어디선가 심하게 파인애플 향이 났다. 괜찮아? 정신을 차린 하따에게 나는 두둑이 달러를 얹어주었다. 하따는 잠시 분하고, 슬프고, 참담한 표정을 지었지만, 달러를 세며 이내 평소의 모습을 되찾았다. 하따가 통증을 호소했으므로, 돌아올 때의 운전은 나의 몫이었다. 숙소에는 안디나(가정부)가 차린 성찬이 나를 기다리고 있었다. 좋은 기분이었다.

그것은 곧, 매우 규칙적인 습관이 되어버렸다. 나는 하따에게, 또 하

따의 소개로 찾아온 몇 명의 청년에게, 또 안다나에게 헤드락을 걸고는
했다. 물론 충분한 보수를 얻어줬으므로 아무도 불평을 하는 사람은 없
었다. 하따가 부적 운동에 열을 올리고, 안다나의 옷차림이 좋아진 게
변화의 전부라면 전부였다. 새해부터 잔업제(殘業制)를 실시하란 본사
의 방침이 잠깐 종업원들의 반감을 사기도 했지만, 별 무리 없이 마무
리가 지어졌다. 잔업을 하니 머리가 아파요. 머리가 아프다는 여섯 명
의 직원에게, 디립다 나는 헤드락을 걸었다. 그리고 그걸로 끝이었다.
나는 다시 낚시를 다니고, 쇼핑을 하고, 유흥을 즐기고, 헤드락을 즐기
고는, 했다. 평화로운 나날이었다. 아내는 특히 안쪽의 예술시장에서
산 직물과 민예품을 마음에 들어했다. 잘 받았어요. 그리고 편지에는
그새 성큼 자란 아이들의 사진이 첨부되어 있었다. 건강히, 잘 지내죠?
물론 이라고 나는 답장했고

　어쩔 수 없는 일이라고

　한편으로 생각했다. 다시 호두나무를 본 것은, 그리고 그 아래에 설
수 있었던 것은 하따와 함께 딴중뿌리옥 항(港) 근처의 유명한 식당을
다녀오면서였다. 잠깐 저게 뭐지? 이봐 하따, 저게 무슨 나무지? 호두
나무잖아요. 하따가 대답했다. 잠깐 차를 세우고, 나는 나무의 아래까
지 감탄을 연발하며 걸어갔다. 나무의 키는 20미터가 넘는 것이었다.
호두나무가 이렇게 크게도 자라는가? 대부분 그럴걸요? 끄레떽(담배
의 일종)을 피워물며 하따가 고개를 끄덕였다. 그렇군. 감탄을 연발하

며, 나도 하따에게 *끄레떽*을 얻어 피웠다. 그랬어. 태양과 교접(交接)
한 나무의 꼭대기는, 그래서 제대로 바라볼 수 없었다. 지끈, 머리가 아
팠다.

라마단(이슬람교의 명절)과 겹쳐 이 주의 휴가를 얻은 나는 한국으
로 돌아왔다. 오랜만에 만난 가족들은, 키가 20미터는 돼 보일 만큼 멀
리서도 한눈에 알아볼 수 있었다. 수액(樹液)과도 같은 눈물을, 아내는
글썽였다. 수액과도 같은 눈물이, 그래서 나도 나올 것만 같았다. 뺨을
부비는 첫째의 몸은 몰라보게 단단해져 있었다. 지난달부터 헤드락 학
원에 보내고 있어요. 아내가 얘기했다. 그렇군, 나는 고개를 끄덕였다.
근교의 가족농장을 찾은 것은 토요일 오후였다. 첫째가 세 살이 되던
무렵 아내의 적금으로 분양을 받아둔 곳이었다. 몇 그루의 묘목이 전부
였는데, 어느새 채소와 분목들이 제법 터를 잡아가고 있었다. 첫째와
둘째의 이름으로 심어둔 나무들도, 첫째와 둘째의 키만큼이나 자라 있
었다. 올해엔 호두나무를 심자. 뜻밖의 말이, 나도 모르게 내 입을 통해
빠져나왔다. 무언가 새로 시작하고픈 기분이, 그래서 그 순간 단단하게
영그는 느낌이었다. 그래도 될까요? 아내가 얘기했다.

그날 밤 나는 꿈을 꾸었다. 장소는 미국이었다. 휴가가 끝나는 즉시
실리콘 밸리 출장이 잡혀 있었는데, 이미 꿈속에서 나는 출장 업무를
보고 있었다. 그래서 그것은 이미 열흘 후에 일어날 일을 미리 넘겨보
는 느낌이었다. 업무를 마친 나는 숙소의 방으로 돌아와 – 물론 더없이

건전한 느낌이었다 – 샤워를 하고 잠깐 뉴스를 시청한 후, 작은 포켓북을 꺼내 독서를 하기 시작했다. 그것은 존 엘리엇의 〈식물인간〉이란 책이었는데(이제 보니 그것은 '식물'이었다), 나는 페이지가 접힌 부분에서부터 책을 읽어나가기 시작했다. 계곡에 떨어진 주인공은 그래서 식물인간이 되었는데, 결국 각고의 노력 끝에 노스케롤라이나 주 식물인간협회의 회장직에 오른다는 다분히 문학적인 줄거리였다. 회장이 되면 뭐 해. 꿈을 꾸는 나 자신에게 그런 생각이 들기도 했지만, 꿈속의 나는 특별한 감정이 없었다. 책을 집어던진 나는 열심히 운동에 몰두하기 시작했다. 레슬링 하우스 시절의 한창때처럼, 터질 듯한 이두박근이 그러나 터지지 않고 펌핑을 하기 시작했다. 나는 더없이 진지했고, 결연한 느낌이었다.

다음날 나는 한 레슬링 단체의 경기장에 도착해 있었다. 군중과 뒤섞여 입장한 나는, 그러나 경기 따윈 아랑곳없이 락커룸 쪽으로 발길을 옮겼다. 누가 봐도 협회의 〈관계자〉처럼 보였으므로, 별 무리 없이 선수용 화장실까지 숨어들 수 있었다. 세면대의 거울 앞에서 나는 심호흡을 했다. 그리고 한껏 수도꼭지를 열었다. 세차게 물이 터져나왔다. 그 물소리에 의식을 씻으며, 나는 줄곧 문 너머의 복도 쪽으로 정신을 집중시켰다. 얼마나 시간이 지났을까. 복도의 끝에서 16파운드짜리 볼링공이 이쪽을 향해 굴러오기 시작했다. 그리고 벌컥, 문이 열렸다. 호건이었다.

호건이 볼일을 보는 사이, 나는 화장실의 문을 걸어잠갔다. 이유는 알 수 없었지만 – 아니 그래서, 꿈을 꾸는 나는 이유를 알 수 있었다. 볼일을 마친 호건이 몸을 숙여 손을 씻기 시작했을 때였다. 와락, 나는 헤드락을 걸었다. 죽을 수도 있다는 생각이 꿈속의 나도 들었지만, 죽어도 좋다는 생각이 꿈을 꾸는 나에게도 드는 것이었다. 호건은 잠시 당황하는 눈치였지만, 이내 호흡을 가다듬고 내 팔을 뿌리치려 들었다. 하지만 나도, 만만한 팔뚝은 아니었다. 그때 호건이 나의 허리를 잡았다. 백드롭이다, 라는 판단이 거울에 반사된 태양광처럼 반짝 머리를 스쳤다. 나는 재빨리 오른발로 호건의 다리를 휘감았다. 생각처럼 몸이 젖혀지지 않자 호건의 입에서 처음으로 신음이 새나왔다. 그 순간 이젠 죽어도 좋다는 생각이 두 명의 나에게 동시에 드는 것이었다. 화장실의 창을 통해 부신 햇살이 나를 비추었다. 창 밖에는 한 그루의 키 큰 호두나무가 서 있었다. 지끈, 다시 머리가 아파왔다.

갑을고시원 체류기

결국 나는 소리가 나지 않는 인간이 되었다.
어느 순간인가 저절로 그런 능력이 몸에 배
게 된 것이다. 발뒤꿈치를 들고 걷는 게 생
활이 되었고, 코를 푸는 게 아니라 눌러서
조용히 짜는 습관이 생겼으며, 가스를 배출
할 땐 옆으로 돌아누운 다음 – 손으로 둔부
의 한쪽을 힘껏 잡아당겨, 거의 소리를 내지
않는 기술을 터득하게 되었다.
피… 쉬…

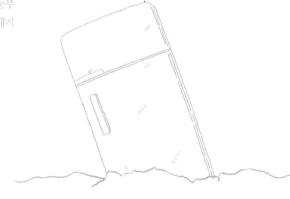

그 특이한 이름의 고시원이 아직도 그곳에 있는지는 알 수 없다.

물론 여타의 세상일들이 그러하듯 있을 수도 없을 수도 있겠다는 생각이지만, 아무래도 좋은 일이다. 설령 사라졌다 한들, 또 그것이 누구의 탓도 아니니까. 십 년이란 세월이 흘렀다. 이래저래, 죽은 사람도 있고 죽은 고시원도 있는 거겠지.

살다보면, 말이다.

이제는 있어도 그만, 없어도 그만인 그 고시원의 밀실이 생각난 것은 〈몸에서 사람의 귀가 자라는 쥐〉의 뉴스 보도를 보고 있을 때였다. 이유는 알 수 없다. 〈몸에서 사람의 귀가 자라는 쥐〉를 보고 있는데 그냥 그 고시원의 모든 것이 한꺼번에 떠오른 것이다. 마치 쥐의 몸에서 자라난 사람의 귀처럼. 엉뚱하게, 쑥쑥.

　그 귓속의 달팽이관 속의 달팽이처럼, 나는 잠시 고요한 감회에 젖어들었다. 그랬다. 나는 분명 쥐의 몸에서 자라난 사람 귓속의 달팽이관 속의 달팽이처럼, 그 고시원의 복도 끝 방에서 살았던 적이 있다. 아주 오래전의 일이지만, 분명한 사실이다. 만약 당신이 그런 고시원에서 살아본 적이 없다면, 부디 〈달팽이관 속엔 달팽이가 없어〉라는 식의 힐난은 삼가주기 바란다. 장담컨대, 세상의 일은 아무도 알 수 없다.

　잘 둘러보면

　그런 고시원의 복도 끝 방에 인간이 사는 것처럼, 그런 귓속의 달팽이관 속에 달팽이가 살 수도 있는 것이다. 다를 바 없는 얘기다. 그러니까 이것은 ─ 그런 귓속의 달팽이관 같은 고시원의 복도 끝 방에 살았던 인간의 이야기이다. 이미 십 년도 전의 일이지만 그 고시원의 유전자는 분명 나의 몸 속에 이식되어 있다. 어쩌면 내 등뒤에는 이미 커다란 〈고시원의 귀〉가 자라 있을지도 모른다. 설령 그렇다 해도, 그것 역시 누구의 탓도 아니란 생각이다. 귀가 자라는 사이에도, 죽은 사람이 있고 죽은 쥐가 있고 죽은 달팽이가 있듯이. 즉

　살다보면, 말이다.

1991년의 봄에는 여러 가지 일들이 있었다.

살다보면 여러 종류의 봄을 맞이하기도 하겠지만, 정말이지 그런 봄은 처음이었다. 우선 봄이 오기 전 겨울에 아버지의 사업이 부도를 맞았다. 집 안 곳곳에 차압딱지가 붙고, 빚쟁이들이 들이닥쳤다. 막대한 규모의 사기성 부도에다 지독한 사기를 친 주인공은 아버지의 친동생이었다. 물론 삼촌이란 얘기지만, 그런 인간을 삼촌이라 부를 수는 없는 거겠지. 집은 사라지고 가족들은 흩어졌다. 부모님은 시골을, 형은 막노동판을, 나는 나대로 친구의 집을 전전하게 되었다. 한순간의 일이었다.

그리고 봄이 왔다.

봄이 되자 나의 기숙(寄宿)도 한계에 이르기 시작했다. 어느 날 친구의 가족들과 아침을 먹으려는데 유독 나만 계란후라이가 빠져 있었다. 여긴 계란이 없네? 친구가 묻자 친구의 어머니가 대답했다. 글쎄, 계란이 떨어졌지 뭐니. 별 생각 없이 잘 먹고, 잘 먹었습니다 인사를 하고 일어서는데 냉장고 위에 얹혀 있는 두 판의 계란이 눈에 들어왔다. 등 뒤에서, 친구의 여동생이 수저를 내려놓는 소리가 여느 때보다도 크게 들렸다.

방으로 돌아온 나는 곧 짐을 싸겠노라고 친구에게 얘기했다. 왜? 영문을 몰라하는 친구에게 갈 곳이 있다고 얘기는 했지만, 실은 눈과 입을 봉한 채 그 집의 기둥이나 문짝이라도 되고 싶은 심정이었다. 일층과 이층 도합 세 대의 에어컨과 청동 보일러가 설치된 집이었다. 나는 우선 형을 찾아갔다. 미안해, 이게 전부야. 컨테이너 숙소 앞에서 자초지종을 들은 형이 말없이 30만원을 챙겨주었다. 숙소의 주변에는 개나리가 한창이었다.

잘 다니던 회사를 형이 그만둔 이유는 차압 때문이었다. 월급에도 차압이 들어올 거란 사실을 알고서 일찌감치 사표를 쓴 것이다. 형의 퇴직금은 부모님의 생활비와 나의 등록금으로 고스란히 날아가버렸다. 그 돈으로 이제 막 이학년이 된 나는, 여러모로 부끄러운 삼류 대학의 대학생이었다. 현실적으로 군대가 유일한 도피처였지만, 시력 때문에 보충역 판정을 받은 나로서는 그나마도 비빌 언덕이 아니었다. 여러 부의 생활정보지를 들고 올라간 도서관 앞에는 두 마리의 배추흰나비가 날고 있었다.

도서관의 양지바른 테이블 위에서 나는 한 마리의 달팽이처럼 느리고 끈적하게 생활정보지의 곳곳을 기어다녔다. 칸막이가 없는 6인용의 넓은 테이블에는 나 외에도 두 명의 여학생이 마주 앉아 〈셰익스피어〉와 〈사진예술의 이해〉를 읽고 있었다. 좀 초라하고, 불편하고, 부끄러운 기분이었지만 – 좀 초라하고, 불편하고, 부끄러우면 어때? 어차피 나는 기둥이나 문짝을 동경한 최초의 인간인데. 갓 뽑아낸 밀크커피처럼 봄볕은 따뜻했다.

월 9만원. 식사 제공.

선택의 여지가 없었다. 30만원으로 얻을 수 있는 방은 이 지상에 존재하지 않았고, 오로지 고시원이 - 이름도 처음 들어본 〈고시원〉이란 곳이 유일하게 내가 갈 수 있는 곳이었다. 그리고 그 고시원 섹터의 가장 위에, 고시원 중에서도 가장 저렴한 〈갑을고시원〉이 있었다. 그것은, 단 한푼의 보증금도 없이 이 어두운 세상을 밝혀주는 한줄기 빛이었다.

바로 다음날 나는 친구의 집을 나왔다. 컴퓨터를 제외하고는 너무나 간편한 짐이었으므로, 그것은 〈이사〉라기보다는 〈이동〉에 가까운 것이었다. 그 〈이동〉마저도 친구가 차로 도와주었으므로 마치 가벼운 〈운동〉이라도 하는 기분으로 나는 이사에 임했다. 힘들면 언제든 다시 찾아오렴. 인사를 올리는 나에게, 친구의 어머니는 그런 말씀을 하셨다.

학교에서 500미터 정도 떨어진, 여러 개의 골목길을 꺾어 들어간 - 한적하고 초라한 외곽지대에 갑을고시원은 자리하고 있었다. 페인트가 벗겨진 낡은 삼층이었지만, 건물 뒤편에 작은 야산이 있어 더할 나위 없이 공기가 상쾌한 곳이었다. 야산 쪽을 향한 진입로의 입구에는 몇 그루의 벚꽃나무가 흔들리며 서 있었다.

고시원? 여긴 고시공부 하는 데잖아? 차에서 내린 친구는 어이가 없다는 표정을 지었다. 나 역시 걱정이 들긴 마찬가지였으나, 내심 고시생이라 우기면 되겠지 정도의 얄팍한 계산을 하고 있었다. 그러나 우리가 미처 몰랐던 중요한 한 가지 사실은 – 이미 그 무렵부터 세상의 고시원들이 여인숙의 대용역할을 하기 시작했다는 것이다. 즉

걱정도 팔자였던 것이다. 변화의 이유는 알 수 없다. 아무튼 1991년은 – 일용직 노무자들이나 유흥업소의 종업원들이 갓 고시원을 숙소로 쓰기 시작한 무렵이자, 그런 고시원에서 아직도 고시공부를 하는 사람이 남아 있던 마지막 시기였다. 그러니까 그곳을 찾는 사람에게도, 또 〈고시원〉으로서도 조금은 쑥스럽고 애매한 시기였던 셈이다. 어쨌거나

그런 사실을 알 리 없는 우리는 조심조심 계단을 올라갔다. 누구의 탓도 아니었다. 이십대엔 누구나 이름과 외모만으로 세상을 판단하며, 우리는 마침 스무 살이었고, 어쨌거나 그곳은 〈갑을고시원〉이란 간판을 걸고 있었으니까. 이윽고 고시원의 현관 앞에 이른 우리는 한 차례의 심호흡을 한 후 조심스레 문을 열었다. 현관에는 발 디딜 틈이 없을 만큼 빽빽한 열세 켤레의 운동화와 네 켤레의 구두, 다섯 켤레의 하이힐과 세 켤레의 슬리퍼, 그리고 도무지 주인을 짐작할 수 없는 한 켤레의 백구두가 있었다.

실내 정숙

현관에 올라서니 우선 큰 글씨의 현판이 사람을 압도했다. 누구나 쓸 수 있는 붓글씨의, 누구도 걸지 않을 촌스런 액자였다. 그리고 그 현판의 아래에 쥐구멍 같은 유리창의 작은 카운터가 보였다. 주인은 오십대의 아줌마였다. 아, 전화 주셨던 분? 네. 최대한 정숙한 목소리로, 나는 대답했다.

우리는 곧장 방으로 안내되었다. 터무니없이 길고, 좁고, 어두운 — 폭이 40센티가 될까 말까 한 복도였다. 때문에 기차놀이라도 하듯, 저절로 우리는 일렬(一列)이 되었다. 정숙하게, 기차는 터널 속으로 들어갔다. 그런데 터널의 한복판에서 누군가 문을 열고 튀어나왔다. 충돌이다! 외쳐도 좋을 만큼 절묘한 타이밍이었는데 그가 잽싸게 몸을 틀어 벽에 자신을 밀착시켰다. 놀라우리만치 빠르고 숙달된 동작이었다. 게다가 정숙했다. 이럴 수가! 역시 같은 동작으로 그 곁을 통과하는 기차의 선두를 따라, 우리도 몸을 돌려 그 곁을 빠져나왔다. 나는 침을 삼켰고, 어느새 두 발꿈치를 들고 있었다. 방은 복도의 맨 끝에 있었다.

빈 방이 하나뿐이에요. 방의 키를 따며 주인이 속삭였다. 내일도 누가 와서 본다고 하는데, 먼저 예약하신 분이 있다고 말해버렸지 뭐야. 참, 그러고 보면 방 임자는 따로 있는 거라니까. 그리고, 갑자기 말이 많아진 주인이 문을 여는 순간 — 우리는 정말이지 기겁을 했다. 그것은 방(房)이라고 하기보다는, 관(棺)이라고 불러야 할 사이즈의 공간이었기 때문이다. 망연자실, 나는 두 발꿈치를 바닥에 내려놓았다.

요약하자면, 도저히 다리를 뻗을 수 없는 공간에 책상과 의자가 놓여 있다. 그곳에서 공부를 한다. 그러다 졸음이 온다. 자야겠다. 그러면 의자를 빼서 책상 위에 올려놓는다. 앗, 책상 아래에 이토록 드넓은 공간이(방의 면적을 고려할 때 참으로 드넓은 공간이라 말할 수 있다)! 그 속으로 다리를 뻗고 눕는다. 잔다 - 였다.

그 자세로 바닥에 눕게 되면, 누구나 천장을 가로지르는 두 가닥의 빨래줄과 책상 위쪽에 붙어 있는 작은 옷장을 볼 수 있다. 천장의 중간에는 엑스레이 사진 속의 희미한 뼈 같은, 초소형의 형광등이 켜져 있다. 골절된 쇄골처럼 허약하고, 투영된 인체처럼 허망한 불빛이다. 그다지 보고 싶지 않은 불빛이지만, 잠을 잘 때를 제외하고는 언제나 형광등을 켜야 한다. 창문이 없기 때문이다. 그럼 식사는 어떻게?

아, 따라오세요. 우리는 다시 기차놀이를 하듯 건물의 옥상으로 올라갔다. 그곳엔 작은 옥탑방이 하나 있었고, 그 속에 4인용의 식탁 하나와 대형 전기밥솥이 놓여 있었다. 주인은 보란 듯이 밥솥의 뚜껑을 열어젖혔다. 오래된 듯한 밥이, 그러나 많이, 밥솥 속에 들어 있었다. 각자 반찬만 준비해서 언제든 먹으면 되는 거예요. 밥은 늘 있으니까.

또 개인 공간이라 여겨도 좋을 – 그만큼 협소하고 밀집된 – 공용의 세면장과 화장실, 휴게실이 있었는데 역시 공용의 세탁기와 고물 TV가 각기 한 대씩 비치되어 있었다. 참, 휴지만큼은 각자가 사서 써야 해요. 물론 제가 구비를 해야 하는 건데 화장실에 두기만 하면 가져가버리니 어디 감당을 할 수 있어야지. 그래서 그렇게 된 거니 이해 좀 해주세요.

그럼 짐을 옮기겠습니다.

뭐랄까, 의외로 담담한 마음으로 나는 그렇게 얘기했다. 첫 달치 방세를 건네고, 장부에 신상을 기재하고, 키를 넘겨받던 그 순간 – 나는 갑자기 어른이 된 느낌이었고, 왠지 이 세계에 대해 조금은 알게 되었다는 기분이, 들었다. 멸망한 집에서 쉬쉬하며 그것들을 빼돌릴 때처럼, 나는 말없이 한 대의 컴퓨터와 다섯 개의 가방을 방으로 나르기 시작했다. 복도와 거의 폭이 일치하는 모니터를 나르며 친구는 이렇게 속삭였다.

여기서 사람이 살 수 있을까?

왠지 생각에 잠겨보지도 않은 채 덜컥 이런 곳에서 산다는 것은, 인간의 도리가 아니라는 말투였다. 듣는 사람에 따라, 또 새겨듣기에 따라 화가 나거나 서운하거나 서러움이 북받치기에 충분한 말이었다. 그런데 그 말을 듣는 순간, 나는 전혀 예상치 못한 뜻밖의 감정에 사로잡혔다. 이상한 일이었다. 나는 화가 나거나 서운하거나 서럽지 않고, 대신 외로웠다.

이사는 그렇게 끝이 났다. 문을 잠근 나는 다시 건물의 아래로 내려가 친구를 배웅했다. 정말 괜찮은 거니? 길고 긴 담배연기를 내뱉으며 친구가 물었다. 왠지 이곳에서 황달이라도 걸린 듯한, 노래진 표정이었다. 괜찮아. 나는 대답했다. 친구는 잠시 하늘을 응시하더니 말없이 차의 시동을 걸었다. 고마웠어, 잘 가. 끄덕.

언덕을 내려선 빨간색 스포츠카의 후미가 사라지자, 어디선가 완연한 봄바람이 불어왔다. 나는 다시 한 대의 담배를 더 피워물었다. 세상은 정숙했고, 진입로의 입구에서는 몇 그루의 벚꽃나무가 여전히 흔들리고 있었다. 그러니까 – 별일 아닌 듯해도 여러 가지 일들이 있었던 1991년의 봄이었다. 돌이켜보면 왜 그렇게

화창한 봄이었을까.

첫날 밤 내 방문을 두드린 사람은 김검사였다.

컴퓨터가 문제였는데 모니터를 놓으면 의자를 올릴 수 없고, 즉 누울 수 없다는 결론이 나왔던 것이다. 그러나 선택의 여지가 없는 공간이어

서 금세 해답을 찾을 수 있었다. 나는 다리를 펴지 않기로, 했다. 결심을 하고 보니 과연 새우잠이 건강에도 좋다는 얘기를 어디선가 들은 듯도 했다. 그럴 수도

있겠지. 스스로를 위로하고 보니 어느새 밤이었다. 그 첫날 밤은 아직도 생생하다. 예수가 다시 태어나도 좋을 만큼 고요한 밤이었고, 너무나 검소하고 청빈해서 거룩한 밤이었다. 잠이 오지 않은 나는 조용히 가방을 뒤졌고, 세번째 가방의 옆구리에서 워크맨을 찾아냈다. 그런데 이어폰이 보이지 않았다. 결국 숨을 죽이며 주파수를 맞춘 다음, 들릴락 말락 최저의 볼륨으로 음악을 듣기 시작했다. 그러니까 얼마나 최저의 볼륨이었나 하면 – 가사는 전혀 알아들을 수 없고 그저 음악이 나오는구나 정도를 알 수 있는 〈쟁쟁쟁쟁〉의 연속이었다. 이상하게도 그 쟁쟁쟁쟁을 듣고 있으니 왈칵 눈물이 났다. 제목을 알 수 없는 그 쟁쟁쟁쟁은 그 정도의 명곡이었던 것이다.

똑똑

노크 소리가 나기 직전에 옆방의 문이 열리는 소리를 들었으므로, 나는 노크의 주인공이 옆방 사람이란 걸 쉽게 알 수 있었다. 인사라도 하고 지낼까 라는 생각으로 문을 열자 인사를 도저히 할 수 없는 화난 얼굴이 문 밖에 서 있었다. 남자로선 작은 키, 땅딸한 체구, 나보다 열 살 정도는 많아 보이는 짧은 머리의 남자가 두 손을 허리춤에 얹은 채 나

를 노려보고 있었다. 금테안경 속의 작은 눈은 충혈되어 있었다.

조용히 해.

단 한마디만을 내뱉은 후 남자는 자신의 방으로 들어갔다. 나는 조용히 문을 닫은 후, 뭔가 큰 잘못을 저질렀다는 생각에 불을 끄고, 몸을 웅크린 후, 잠을 잤다. 물론 잠이 올 리 없었지만 잠을 자야 한다고 열심히 생각했다. 나는 노력했다.

다음날 아침에는 주인아줌마가 나를 보자고 했다. 아줌마는 어제 밤의 일을 소상히 알고 있었고, 이런저런 충고에 이런저런 협조를 아울러 부탁했다. 요컨대 문제의 옆방 남자는 이 고시원 최후의 진짜 고시생이었으며, 그런 이유로 실내 정숙에 각별한 신경을 써달라는 얘기였다. 아줌마는 그를 〈김검사〉라고 불렀다.

조심하겠습니다.

뭔가 할말이 있다는 기분도 들었지만, 대체로 나는 내가 처하게 된 이 특수한 상황을 현실로서 받아들이기로 마음먹었다. 달리 수가 없기도 했거니와 뭐랄까, 대체로 그런 성격이었다. 넌 아버지를 빼닮았다. 어머닌 늘 그런 말씀을 하시곤 했다.

그날 이후, 1센티 두께의 베니어판을 사이에 둔 나와 〈김검사〉의 동거가 시작되었다. 정말이지, 동거가 아닐 수 없다고 나는 생각했다. 내 쪽에서도 책상을 구르는 볼펜의 소리라든지, 또 훌쩍 코를 들이켜는 소리 같은 것을 너무나도 생생히 들을 수 있었기 때문이다. 때문에 가끔 미치도록 〈쟁쟁쟁쟁〉이 그리울 때도 있었지만, 무섭게 충혈된 작은 눈을 떠올리며 꿀꺽 침을 삼키고는 했다. 나는 점점 조용한 인간이 되어갔다.

주의를 기울여보면, 인간의 몸에선 참으로 여러 가지의 소리가 난다. 한마디로, 인간은 꽤나 시끄러운 동물이다. 김검사의 성격은 그야말로 예민한 편이어서 내가, 아니 나의 몸이 아주 작은 소리를 내기만 해도 불쾌한 기색을 여지없이 드러내고는 했다. 예를 들어 끄응, 이라든가 아니면 벽을 딱, 하고 때린다거나. 그럴 때마다 나는 깜짝, 이 또한 여지없이 접촉이 나쁜 형광등처럼 불안한 파장으로 몸을 떨고는 했다.

결국 나는 소리가 나지 않는 인간이 되었다. 어느 순간인가 저절로 그런 능력이 몸에 배게 된 것이다. 발뒤꿈치를 들고 걷는 게 생활화되었고, 코를 푸는 게 아니라 눌러서 조용히 짜는 습관이 생겼으며, 가스를 배출할 땐 옆으로 돌아누운 다음 - 손으로 둔부의 한쪽을 힘껏 잡아당겨, 거의 소리를 내지 않는 기술을 터득하게 되었다.

피… 쉬…

온순한 한 마리의 열대어와 같은 가스를 – 아무도 없는 좁은 방 안에서 – 엉덩이 한쪽을 최대한 잡아당긴 채 – 조심조심 방류(放流)하다보면 – 나는 늘 가족들이 보고 싶거나, 아니면 머리 속에 〈그리운 금강산〉 같은 노래를 조용히 떠올리고는 했다. 이유는 알 수 없다. 하여간에, 〈그리운 금강산〉이다.

누구의 주제런가 맑고 고운 산
그리운 만이천 봉
말은 없어도 이제야 자유만민
옷깃 여미며
그 이름 다시 부를 우리 금강산
수수만년 아름다운 산
더럽힌 지 몇 해 오늘에야 찾을 날 왔나
금강산은 부른다

그 한 달이 가장 힘들고 외로웠던 시기였다. 계절이 봄이란 이유로 히터를 전혀 가동하지 않았으므로, 실제 방 안의 체감온도는 몹시도 추운 편이었다. 그리고 나는 늘 혼자였다. 그 좁고, 외롭고, 정숙하고, 정숙해야만 하는 방 안에서 – 나는 웅크리고, 견디고, 참고, 침묵했고, 그러던 어느 날

인간은 결국 혼자라는 사실과, 이 세상은 혼자만 사는 게 아니란 사

실을 – 동시에, 뼈저리게 느끼게 되었다. 모순 같은 말이지만 지금도 나는 그렇게 믿고 있다. 즉, 어쩌면 인간은 – 혼자서 세상을 사는 게 아니기 때문에, 혼자인 게 아닐까.

아무튼 말이다.

그 한 달이 지나자 나는 그럭저럭 고시원에서의 생활에 나름대로 적응을 해나가기 시작했다. 예를 들어 양치질을 하고 있는데 등뒤의 화장실에서 우렁찬 소변 소리가 들려도 무감각할 수 있었고, 그 문이 벌컥 열리며 여자가 튀어나와도 그닥 놀라지 않게 되었다. 또 반대로 내가 화장실에 있을 때 누군가 세수를 하는 소리가 들려도, 또 문을 열고 나왔을 때 그가 여자였다 해도 담담하게 그 곁을 지나칠 수 있었다.

모쪼록 그런 식이었다. 나는 내 치약과 칫솔, 비누와 수건들을 챙기는 요령을 익혔고, 언제 한번 새벽에 휴지가 떨어져 고통을 겪었던 후로 언제나 휴지가 떨어지지 않게 주의했으며, 내 빨래를 남의 빨래와 섞이지 않게 너는 기술과 오래된 밥을 먹는 방법을 터득했고, 시장의 맛있는 반찬가게와 가장 가까운 공중전화의 위치를 알게 되었다.

학교생활에도 많은 변화가 생겼다. 나는 – 장학금을 타기 위해 정말 열심히 공부를 했고, 닥치는 대로 아르바이트를 했으며, 어느 날 담당 교수로부터 "넌 참 눈에 띄지 않는다"란 얘기를 들었으며, 조교로부터

"애늙은이"란 소리를 다 듣고, 일학년의 여자 후배들로부터 "걸음걸이가 우아하다"란 얘기를 들었다. 그럴 수도

있겠지. 나는 고개를 끄덕였다. 어느덧 계절은 초여름으로 접어들고 있었다. 시원한 바람은 더이상 불어오지 않았고, 내 인생은 더이상 한가롭지 않았다. 쟁쟁쟁쟁 매미들이 우는 소리가 들려왔다. 〈쟁쟁쟁쟁〉 목놓아 울 수 있는 것은 매미들뿐이었다.

시간이 흐르자 고시원의 사람들과도 꽤나 안면을 트게 되었다. 하지만 마주친다 해도 대개가 가벼운 눈인사에 불과했고, 대화를 한다거나 따위의 일은 좀처럼 일어나지 않았다. 나중에야 알게 된 사실이지만, 이들은 대부분 자신의 처지를 부끄러워하는 인간들이었다. 그래서 가능한 마주치지 않고, 서로를 피하는 게 이곳의 예절이었다.

의외로 씩씩한 것은 여자들이었다. 세면장 겸 화장실에서 마주쳐도 여자들은 언제나 당당했고 자신의 볼일을 척척 다 보고, 서로의 방을 오가며 소곤소곤 환담을 나누기도 하고, 함께 장을 보러 가는가 하면, 그 좁은 옥탑방에서 몇몇이 어울려 즐겁게 식사를 하고, 웃기까지 하는 것이었다. 아니, 웃었다! 옥상에 나와 담배를 피던 나는 하마터면 소리를 지를 뻔했다. 그곳에서 〈웃는다〉는 것은, 그만큼이나 희귀한 일이었다.

업소의 여급임이 분명할 그녀들의 웃음소리를 들으며, 나는 그래도

이 세상을 유지하고 있는 건 여자들이 아닐까, 라는 생각을 했다. 건강한 것은 여자들이다. 과연 남자들만의 세상이란 – 생각만 해도 부끄러운 것이었다. 서로가, 서로의 낯을 쳐다볼 수 없을 만큼이나, 말이다. 쟁쟁쟁쟁 매미들이 목놓아 우는 소리가 또다시 들려왔다.

이곳에서 자신을 부끄러워하지 않는 남자는 오직 김검사뿐이었다. 그는 언제나 당당했고, 누구 앞에서나 꼿꼿했으며, 무엇을 해도 늘 열심이었다. 새벽 여섯시와 밤 아홉시엔 어김없이 옥상에 올라와 맨손체조를 했고, 밥을 먹을 시간이 되면 식탁에 누가 있더라도 당당히 자신의 반찬을 늘어놓았다. 그것은 뭐랄까, 보는 사람이 민망할 정도의 당당함이었다.

예컨대 체조를 해도 – 여자들이 있는데도 – 허리를 한껏 젖히며 골반을 내민다거나, 한쪽 다리를 쫙 벌려 엉덩이를 들썩이는 동작을 그렇게 열심히 하는 것이다. 아마 나라면, 숨쉬기 운동도 제대로 못 할 것이다. 또 세수를 해도 – 물론 누가 있더라도 – 푸파푸파 엄청난 소리를 내며 얼굴과 목이 뻘겋게 될 정도로 빡빡 문지른 후, 킁 하고 크게 코를 풀어 그 덩어리를 탁 떨치는 것으로 늘 마무리를 하고는 했다. 아마 나라면

말을 말자.

김검사는 그런 인물이었다. 그리고 그 배후에는 법대 출신이라는 자존

심과 주인아줌마의 각별한 대우가 늘 자리잡고 있었다. 물론 나이로도 가장 연장자임이 분명했지만, 그는 자신이 필요할 때 늘 대부분의 사람들에게 명령조의 반말을 썼다. 남자들은 물론, 즐겁게 웃고 떠들던 여자들도 김검사가 옥상에 올라오면 일제히 입을 다물었다. 적어도 이곳에선

그는 완전한 검사였다.

그와 마주칠 때마다 나는 꼬박꼬박 인사를 했다. 대개가 옥상이나 식탁에서였는데, 딱 한 번 아르바이트를 하던 호프에서 그를 만난 적이 있었다. 인사를 하던 나도 놀랐고, 인사를 받던 그도 상당히 얼굴을 붉혔다. 잘은 몰라도, 뭔가 흐트러진 모습을 남에게 들켰다는 표정이었다. 오백 한 잔! 안주도 없이 혼자 처량히 술을 마시길래, 나는 주방장 형에게 부탁을 해 오징어를 내다주었다. 마침 손님도 주인도 없던 터였다. 뭐냐?

서비스예요.

대수롭잖다는 표정으로 그는 고개를 까딱했다. 이를 핑계로 맞은편 자리에 앉은 나는 오징어의 다리를 뜯으며 이런저런 얘기들을 늘어놓기 시작했다. 물론 이유가 있어서였다. 우선 집안의 몰락에 대해 자세한 설명을 한 후, 그래서 형이나 내가 취직을 해도 월급을 몽땅 차압당한다고 들었다. 〈과연 법적으로〉 아버지의 빚을 우리가 갚아야만 하는

것인가. 〈과연 법적으로〉 그런 의무가 있는 것인가. 그래도 생활은 할 수 있어야 할 것 아닌가. 〈과연 법적으로〉 죽을 때까지 빚을 갚아야 하는가 - 등의 평소 억울하고 답답했던 의문점들을 낱낱이 고해바쳤다. 뚱하니 나의 하소연을 듣고 있던 그의 대답은 너무나 짧고, 간단했다.

돈을 빌렸으면 갚아야지.

언덕을 향해 올라가던 뚱돼지의 뒤통수가 사라지자, 어디선가 후끈한 바람이 불어왔다. 하필이면 에어컨의 통풍구 곁에서 나는 담배를 물고 서 있었다. 세상은 여전히 정숙했고, 저 멀리 진입로 쪽의 벚꽃나무들은 미동도 하지 않은 채 서 있었다. 그러니까 - 그가 바로 첫날 밤 내 방문을 두드렸던 김검사였다. 정말이지

말을 말자.

인간은 누구나 밀실에서 살아간다. 이하동문이다.

라는 낙서를 화장실 벽에서 발견한 것은 아마도 추석 무렵이었을 것이다. 눈에 잘 띄지 않는 구석 모퉁이에 깨알 같은 글씨로 적혀 있었고, 이미 희미해진 - 아주 오래전의 낙서였다. 〈인간은 누구나 밀실에서 살아간다〉는 검은 볼펜으로, 〈이하동문이다〉는 그후 누군가가 푸른색 사

인펜으로 답글을 단 것이었다. 나 역시

　이하동문이다.

　낙서의 주인공은 이곳에서 꽤나 많은 사색을 한 듯했다. 또다른 모퉁이에는 〈인생을 사는 것이 고시를 패스하는 것보다 힘들다〉란 글귀가 같은 필체, 여전한 크기로 적혀 있었으며 역시나 거의 지워질 정도의 오래된 낙서였다.

　그럴 수도.

　라고 나는 생각했다. 무렵의 나는 여러 가지로 지쳐 있었다. 장학금을 받아내긴 했으나 과중한 아르바이트와 〈정숙〉의 스트레스가 알게 모르게 심신을 지치게 했다. 늘 이런 곳에서 잠을 자야 하다니, 이건 마치 닭이 아닌가. 아침에 눈을 뜨면 그런 생각이 들고는 했다. 그 작은 방 안에선 아무것도 할 수 없었다. 말 그대로 잠만 잘 뿐이다.

　상체와 하체를 동시에 움직이는 행동이 거의 불가능하기 때문에, 나중엔 결국 움직임 자체가 거의 없어지게 된다. 다리를 뻗을 수 없으니 늘 어딘가가 뭉쳐 있는 느낌이고, 몸은 점점 나무처럼 딱딱해져간다. 마치 가구(家具) 같다. 아닌게 아니라, 늘 그 자리에 붙박이인 오래된 가구처럼 말이다.

1센티 두께의 베니어로 나뉜 칸칸마다 빼곡히 남자나 여자들이 들어차 있다. 그 속에서 다들 소리를 죽여가며 방귀를 뀌고, 잠을 자고, 생각을 하고, 자위를 한다. 살아간다. 생각할수록 그것은 하나의 장관이다. 뭔가 통해 있고, 비릿하고, 술렁이는 느낌이다. 어쩌면 이것은 세포막이 아닐까? 베니어의 벽에 손을 얹은 채, 나는 상념에 잠기고는 했다. 문은 늘 잠겨 있고, 창문은 없다. 그저 질식을 하지 않는 것이 신기할 따름이다. 나의 폐는 이미 퇴화된 게 아닐까? 어느새 나는, 아가미 호흡과 같은 것을 하고 있는 게 아닐까? 겨드랑이 아래의 흉곽을 짚어보며 나는 생각했다. 그러고 보니

기포와 같은 것이

방 속을 둥둥 떠다니는 것을 본 듯한 기분도 들었다. 그것은 무엇이었을까. 어쩔 수 없이 – 온순한 열대어처럼 항문을 빠져나와야 했던 억눌린 가스의 덩어리였을까. 아니면 가구로 변해버린 육신을 잠시나마 이탈해 있던 나의 지치고 고단한 영혼이었을까.

이미 그 무렵엔 – 지칠 때까지 일을 하거나, 일이 없는 날이면 배회라도 하다가 말 그대로 들어와 잠만 자는 것이 습관이 되어 있었다. 물론 원하기만 한다면, 일하던 가게의 쪽방에서 잠을 잘 수도 있는 일이었다. 다리를 쭉 편다는 것은 얼마나 근사한, 일이란, 말인가. 그럼에도

불구하고, 나는 언제나 나의 밀실로 스며들고는 했다. 이유는 바로

컴퓨터 때문이었다.

여름이 끝나갈 무렵 고시원에서 절도사건이 있었다. 한밤중에 여자 하나가 복도로 뛰쳐나와 고래고래 소리를 질렀다. 나 못 살아 나 못 살아 결국, 누가 월급을 훔쳐갔다는 얘기였다. 경찰이 와 수사를 벌였지만, 범인은 잡히지 않았다. 여자는 못 살진 않았는데, 살아 있다고도 할 수 없는 표정이었다. 사건이 있은 직후 주인아줌마가 나를 찾았다.

컴퓨터 때문이었다.

아줌마는 누차 문단속을 강조했고, 맡기지 않은 귀중품의 분실은 목욕탕에서도 책임지지 않는다는 사뭇 법적인 얘기를 장황하게 늘어놓았다. 알았노라고, 나는 대답했다. 모두가 내부인의 소행이라 믿고 있었다. 카페 여급의 월급을 훔쳐갈 놈이라면, 빈티나는 대학생의 컴퓨터도 예외는 아닐 거란 생각이 절로 들었다. 〈386 DX-II〉. 당시로선 어딜 내놔도 빠지지 않는 고급 기종의 컴퓨터였다. 그리고 그것은

이 험난한 세상에서 가진 나의 전 재산이었다. 이마저 없어진다면 − 나는 그야말로 빈털터리란 생각이 들었으므로, 결국 어떤 일이 있어도 나는 나의 밀실로 돌아오곤 했었다. 누구나 자신의 전 재산이 자신의

전부라 믿기 마련이다. 나 역시, 그랬다는 생각이다.

하루는 군 입대를 앞둔 동기의 송별회가 있어 꽤 늦은 밤까지 술을 마시게 되었다. 다들 밤을 새자는 분위기였지만, 결국엔 컴퓨터가 떠올랐다. 나는 말없이 술자리를 빠져나왔다. 자정의 언덕길은 어둡고, 쌀쌀하고, 고요했다. 이미 몸에 밴 〈우아한 걸음걸이〉로 건물 앞에 이르렀는데, 야산의 진입로 근처에서 누군가 흐느끼는 소리가 들려왔다. 술기운 탓이었을까, 나도 몰래 소리가 나는 쪽으로 다가서게 되었다. 전구를 교체할 시기를 훨씬 넘긴 가로등 아래에서, 확실히 어떤 남자가 소리를 죽여 흐느끼고 있었다.

김검사였다.

깜짝 놀란 나는 건물의 벽 뒤로 몸을 숨겼다. 자세히 보니 그곳에는 김검사만 있는 것이 아니었다. 나무를 등진 채 서 있는 묘령의 여자가 보였고, 김검사는 그 앞에서 울고 있었다. 처음 보는 여자였다. 여자는 냉랭했고, 김검사는 계속 뭔가를 하소연하고 있었다. 여자는 끝까지 냉랭한 표정을 유지하더니 결국 김검사의 손길을 뿌리치며 언덕 아래로 내려갔다. 놀란 나는 다급히 방으로 올라왔다.

쿵.

들어와 누운 지 얼마 지나지 않아 옆방의 문이 큰 소리로 울렸다. 평소와는 확실히 다른 소리였다. 무슨 일이 있었던 걸까. 도대체 김검사에겐 어떤 사연이 있는 걸까. 그 여자는 누구였을까. 궁금한 가운데 새벽의 정적 속에서 〈쟁쟁쟁쟁〉 뭔가 아주 작은 소리로 계속해서 훌쩍이는 소리가 – 삼투압에 의해, 베니어의 세포막을 넘어 – 내 방까지 스며들었다. 그것은 마치, 멀리서 들려오는 슬픈 벌레의 울음 같았다.

얼마나 시간이 지났을까. 벌레의 울음이 심한 부스럭거림으로 대체되었다. 마치 무언가를 급하게 찾는 느낌이었다. 인생에 반드시 필요한 그 무엇 – 어쩌면 그녀의 사진이 아닐까. 혹은 최초로 받았던 그녀의 러브레터? 도무지 잠을 이룰 수 없는 밤이었다. 그 부스럭거림은 점점 더 신경질적이 되어갔다. 오늘은 정말이지 조심해야겠다, 라고 나는 생각했다.

큰일이다.

그때 어떤 거대한 기운이 뱃속에서 폭발하는 느낌이었다. 한순간의 일이었다. 그것은 분명 메탄이 아니라 LPG였고, 아무리 엉덩이를 잡아당긴다 해도 수습할 성질의 것이 아니었다. 더불어 진짜 큰 문제는 움직일 수가 없다는 점이었다. 움직이기만 해도 – 결코 온순한 열대어가 아닌, 한 마리의 백상어가 입을 벌린 채 튀어나올 것만 같았다.

296

술자리의 과식을 탓하며 나는 조심스레 엉덩이를 잡아당겼다. 최대한, 그리고 내가 할 수 있는 최선을 다해 화가 난 백상어를 달래고 또 달래었다. 결국 튀어나온 것은 한 마리의 참치였다. 그나마 성공이라고 생각했지만, 문제가 끝난 것은 아니었다. 뭐랄까, 백상어가 작아져서 참치가 된 것이 아니라 – 한 마리의 백상어가 여러 마리의 참치로 쪼개진 느낌이었기 때문이다. 여러 마리의 참치는 결코 만만한 것이 아니었다.

아, 씨.

분명 그런 소리가 옆방에서 들려왔다. 낮은 소리였지만 분명한 불쾌감과 초조함이 그 속에는 녹아 있었다. 두번째 참치가 튀어나왔을 때는 예의 부스럭거림과 아, 씨가 나란히 최고조를 이루었다. 나는 두려웠다. 그래서 오늘은 정말이지…라고 결심하는데 그만 세번째 참치가 순전히 자신만의 의지로 튀어나왔다. 맙소사 비록 의도가 아니긴 했어도, 그 크기가 거의 〈노인과 바다〉 수준이 아닌가. 후회를 했으나 이미 때는 늦었다. 벌컥 옆방의 문이 열리는 소리를 나는 들었고, 곧이어 연결된 네 번의 노크 소리를 나는 들었다. 이건 마치 〈운명〉이 아닌가. 이젠 죽었다, 라는 생각으로 문을 열자 – 다름아닌 김검사가 작은 눈을 부릅뜨고 서 있었다. 상기된 얼굴로 그가 말했다.

휴지를… 좀 얻을 수 있을까?

휴지를 말아쥔 채 복도를 빠져나가는 김검사를 바라보면서 – 나는 웃음이 나오거나, 슬프거나, 어떤 비애를 느끼기보다는 – 외로웠다. 어둠 속에서 화장실의 문이 급하게 개폐(開閉)되는 소리가 들렸고, 〈쟁쟁쟁쟁〉 뭔가 아주 작은 소리의 음악 같은 것이 – 삼투압에 의해, 화장실의 세포막을 넘어 – 내 귀까지 스며들었다. 문을 닫았다. 네번째의 참치는 이미 뱃속에서 한 통의 통조림이 되어버린 지 오래였다. 참치도 인간도, 결국은 밀실에서 살아간다. 그런 낙서라도 하고 싶은 심정이었다. 그 일이 있은 지 얼마 후

형이 죽었다.

사고였다. 잘못된 전기공사에 의한 감전, 추락사였다. 칠층의 높이에서 하늘을 날았던 형은, 화장이 끝난 후 한 줌의 가루가 되어 납골당에 안치되었다. 형의 마지막 거처는 마치 〈갑을고시원〉의 일부인 듯, 작고 어두운 방이었다. 통조림 속에 보관된 참치처럼, 형은 그 작고 어두운 방 속으로 들어갔다. 참치도 인간도, 결국은 밀실에서 죽어간다.

그후 겨울이 왔을 때, 나는 북극곰만큼이나 말이 없는 인간이 되어 있었다. 김검사는 그해의 고시에서 낙방을 했고, 한 아가씨는 취객에게 폭행을 당해 코뼈가 부러졌으며, 주인아줌마는 은행 바로 앞에서 오토바이 날치기를 당했고, 나머지 사람들은 여전히 스스로를 부끄러워하며 눈을 마주치려 하지 않았다. 그 겨울의 어느 날, 고시원의 히터가 고

장을 일으켰다. 수리를 위해, 또 각 방의 통풍구를 점검한다는 이유로 삼십 분가량 모두가 방을 비워야 했다. 담배나 필까 싶어 옥상으로 올라가니, 마치 약속이라도 한 듯 대부분의 사람들이 그곳에 몰려 있었다. 더러는 잡담을, 더러는 담배를, 더러 언 손을 부비며 먼 하늘을 쳐다보기도 하는 사람들을 쳐다보며 – 나는 문득

　　누구에게나 인생은 하나의 고시(考試)와 같은 것이 아닐까.

라는 생각을, 했다. 통풍구의 점검이 끝났다는 외침이 들리자, 사람들은 우르르 자신들의 밀실로 돌아갔다. 나는 그곳에 남아 다시 한 대의 담배를 더 피워물었다. 세상은 얼어붙었고, 진입로 입구의 벚꽃나무들은 긴긴 겨울잠을 자고 있었다. 나무가 아니라면, 그러니까 인간은 – 누구나 밀실에서 살아간다. 그것은 고시를 패스하는 것보다 훨씬 힘든 일이다. 누군가 그런 낙서를 끄적여놓았다면, 정말이지

　　이하동문이 아닐 수 없다.

　그 특이한 이름의 고시원이 아직도 그곳에 있었으면 좋겠다.

　세월이 흘렀다. 그후 나는 그곳에서 일 년 반을 더 살았다. 도합 이년 육 개월이란 세월을 그곳에서 보낸 것이다. 그런 곳에서 이 년 육 개

월을 살다니, 거짓말 같은 얘기가 아닐 수 없다. 그리고 십 년이란 세월이 지나갔다. 이래저래 죽은 사람도, 죽은 고시원도 있겠지만 - 나는 살아남았다. 살다보니, 말이다.

김검사는 다음해의 고시에서도 낙방을 했다. 그리고, 그 다음은 알 수 없다. 언젠가 시골에서 그의 부모들이 올라왔고, 마지막 고시생은 울면서 짐을 쌌다는 얘기를 전해들었다. 즉, 전해들었을 뿐이다. 늦은 밤 돌아오니 그의 방은 텅 비어 있었다.

코가 무너졌던 아가씨는 수술로 코를 일으켜세웠다. 아마도 다음해의 여름방학 때였을 것이다. 나는 그녀의 소개로 그쪽 업소의 웨이터 일을 하기도 했는데, 생각보다 수입이 좋았다. 넉 달 남짓 나는 그곳에서 일을 했고, 어느 날인가 몹시 취한 상태에서 그녀와 자게 되었다. 그것이 나의 첫 경험이었다. 인생은 참으로 이상한 것이다.

절도사건은 엉뚱한 곳에서 실마리가 풀렸다. 범인은 건물 이층의 속셈학원 원장이었고, 마찬가지로 건물 일층 중국집의 간이금고에 손을 대다가 덜미를 잡혔다. 경찰에서 그는 순순히 범행을 시인했고, 돈이 목적이 아니었다는 둥 실은 그 여자를 사랑했다는 둥 전혀 속셈을 알 수 없는 말들을 늘어놓았다고 - 했다. 물론 합의를 빌미로 세 배의 돈을 뜯어냈다는 그 여급이, 살 만하다는 표정으로 떠든 말이었다.

〈386 DX-II〉에 대해서는 도대체 무슨 말을 해야 할지 모르겠다. 말이 필요 없다는 생각도 들고, 아주 많은 말이 필요하다는 생각도 든다. 그것은, 저절로 버려졌다. 언제 어느 때였는지조차 기억나지 않는다. 삶이란, 무엇이란, 말인가.

빚에 대해서도 마찬가지의 생각이다. 역시나 시간이 지나면서 빚은 저절로 사라졌다. 세상은 그런 식으로 우리의 죄를 사해준다는 생각이 들기도 하고, 아니면 형이 ─ 죽음으로써 그 빚을 모두 갚았을 거란 생각이 들기도 한다. 어떤 쪽도, 결국은 빚이란 생각이다.

백구두의 주인이 누군지는 끝까지 알 수 없었다.

아버지와 어머니는 농사를 지으신다. 물론 대부분의 생활비는 내가 보내드리는 것이고, 이른바 소일거리로서의 농사이다. 아버지의 친동생은 미국에서 붙잡혔다. 수감되었다는 소식, 그 이후의 소식은 알지 못한다. 결국 인간은 밀실에서 살아간다.

스포츠카를 몰던 친구는 미스코리아와 결혼을 했다. 더 정확히 말하자면 미스코리아 대회의 참가자와 결혼을 한 것이다. 소문은 간단하게, 미스코리아와 결혼을 한 것으로 났는데, 모두가 그 소문을 전해들었을 즈음 이혼을 했다. 그리고 연락이 끊어졌다.

그리고 나는 - 졸업을 하고, 취직을 하고, 결혼을 했다. 셋 중 어떤 일을 떠올린다 해도 간신히, 간신히, 안간힘을 다해 할 수 있었다는 생각뿐이다. 과연 인생은 고시를 패스하는 것보다 힘들었고, 그나마 나는 운이 좋았다는 생각뿐이다. 오로지?

오로지.

그리고 그사이, 역시나 간신히 - 나는 작은 임대아파트 하나를 마련할 수 있었다. 비록 작고 초라한 곳이지만 입주를 하던 날 나는 울었다. 아마 당신이라도, 울 수밖에 없었을 것이다. 마치 꿈처럼 - 나는 두 발을 뻗고 자고, 아주 자주, 내 몫의 계란후라이를 먹으며 살고 있다. 그리고 간혹, 아주 가끔

나는 그 고시원의 작은 밀실을 떠올리고는 한다. 그러니까 어제처럼, 〈몸에서 사람의 귀가 자라는 쥐〉의 뉴스라도 보면서 말이다. 이제 그것은 먼 옛날의 일이고, 나는 비교적 긍정적인 마음으로 그 특이한 이름의 고시원을 추억할 수 있게 되었다. 마치 쥐의 몸에서 자라난 사람의 귀를 이해하듯. 엉뚱하게도, 말이다. 결국 시간은 우리의 편이다.

마치 정숙이란 이름의 여자와 동거를 하는 기분이었어. 늘 정숙, 정숙, 정숙해야 했거든. 놀랍게도 맥주를 마시며, 어젯밤 나는 아내에게 그런 농담을 던지기까지 했다. 아내는 웃었고, 그럼 지금은 어때? 라고

묻기를 결코 빼먹지 않았다. 글쎄, 지금은 어떨까?

  물론 천국이지.

  라고 말하던 그 순간 – 나는 불현듯 그 특이한 이름의 고시원이 아직
도 그곳에 있었으면 좋겠다는 생각을 했다. 이유는 알 수 없다.

  아내가 잠든 후, 나는 조용히 침대를 빠져나왔다. 베란다의 창을 열
자 십오층의 넓고 광활한 밤하늘이 시원하게 펼쳐져 있었다. 저 빛들은
무엇일까. 두둥실, 마치 기포와 같이 잔뜩 무리를 지어 떠 있는 저 빛들
은 – 어쩔 수 없이 이 세계를 빠져나가야 했던 죽은 이들의 동정 어린
시선일까. 아니면 이 가구(家具)와 같은 삶을 잠시나마 이탈한, 살아
있는 우리들의 지치고 고단한 영혼들일까. 담배를 피며 나는 생각했다.

  어쩌면 나는 여전히 그 밀실 속에서 살고 있다는 기분이다. 또 혹시
나, 우리가 소유한 이 모든 것들이 실은 〈386 DX-Ⅱ〉와 같은 것들은 아
닐까 걱정이다. 물론 그럴 리는 없겠지. 이 모든 것들은 나나 당신에게
실로 소중한 재산이고, 또 우리는 누구나 그것을 모으고 지키기 위해
살고 있을 테니, 말이다.

  어쨌거나
  그 특이한 이름의 고시원이

아직도 그곳에 있었으면 좋겠다.
이 거대한 밀실 속에서
혹시 실패를 겪거나
쓰러지더라도
또 아무리 가진 것이 없어도
그 모두가 돌아와
잠들 수 있도록.

그것이 비록
웅크린 채라 하더라도 말이다.

뒤죽박죽, 얼렁뚱땅, 장애물 넘어서기

신수정(문학평론가)

1. 서사가 불가능해진 시대의 서사

  박민규를 행복한 작가라고 할 수 있을까. 2003년 『지구영웅전설』로 '문학동네작가상'을 수상하고 연이어 『삼미 슈퍼스타즈의 마지막 팬클럽』으로 '한겨레문학상'을 수상한 이력을 생각하면 그렇다고도 할 수 있을 것이다. 게다가 그뿐인가. 장편소설을 상자하자마자 『세계의문학』 여름호에 발표한 단편소설 「고마워, 과연 너구리야」를 필두로 등단한 지 만 이 년 만에 소설집 『카스테라』를 펴내기까지 그간 그가 보여준 단편소설에 대한 왕성한 창작 열정을 생각하면 그 물음에 대한 답은 더이상 고민할 필요가 없어 보인다. 요컨대 그는 모든 작가 지망생들이 꿈꾸되 쉽게 이룰 수는 없는 그런 종류의 작가가 된 것이다. 『세계의문학』『문학동네』『문학·판』『동서문학』『창작과비평』『한국문학』『현대문학』 등 국내 유수의 문예지들이 그에게 소설을 청탁했으며, 비평은 그가 발표한 소설들에 대한 주목으로 그의 열정에 보답했다. 독자들은 또 어떤가. 그들은 무엇보다도 그의 소설의 참신함에 열광했으며 쇄를 거듭하는 판매부수가 이를 증명해주었다. 이 정도라면 대단하지 않은 가. 문단의 관심과 비평의 주목, 그리고 독자들의 사랑. 작가를 행복하게 만드는 것이 이것 외에 또 무엇이 있을까. 그는 그야말로 2000년대 한국 문단이 가장 사랑한 문학계의 총아라고 할 만하다.

그러나 작가의 행복이 이러한 외적 조건으로만 완성되는 것은 아닐 것이다. 그의 문학적 부채를 생각하면 더욱 그러하다. 1968년생인 그는 다른 많은 작가들과 마찬가지로 자신의 이십대를 지배했던 80년대 문학에 대한 부채로부터 완전히 자유롭지는 못한 듯하다. 다른 무엇보다 가장 예민한 감수성을 자랑하는 이십대를 관통하던 문학은 그 자체로 문학에 대한 절대적인 이미지로 남아 있을 가능성이 매우 높다. 그의 소설 역시 그러하다. 80년대 소설의 흔적기관 같은 징후는 그의 소설을 설명하는 하나의 특징이라고 할 만하다. 그러나 그렇다고 해서 그가 이 문학에 전적으로 동의할 수 있었던 것은 아니었던 것 같다. 그는 그것을 자신의 문학으로 받아들인 것 같지는 않다. 만약 그가 이 문학을 자신의 문학으로 받아들였다면, 오늘날 우리가 알고 있는 '무규칙 이종 예술' '박민규 소설'은 아무래도 탄생되기 어려웠을 것이다.

따라서 그의 진정한 문학적 부채를 되돌아보기 위해선 90년대 문학에 대해서 이야기하지 않을 수 없다. 그가 "네 번의 이직(移職) 끝에 결국 사표"를 내고 "내친 김에 빚을 얻어 노트북"을 산 뒤 "삼천포"로 가서 처음으로 소설을 쓰기 시작했던 모월 모일 이전의 많은 시간, 즉 본

격적으로 사회생활을 시작하면서도 여전히 언젠가 소설을 쓰리라, 혹은 쓸 수밖에 없으리라 막연히 짐작만 하던 그 시간 동안의 문학은 우리가 잘 알고 있듯이 80년대의 문학과는 구별되는 어떤 것이었다. 그것을 80년대 문학이 잦아드는 자리에서 시작된 개인의 내면 및 욕망에 대한 관심, 그리고 메타픽션에 대한 옹호 등이라고 해두자. 어쨌거나 '그의 문학'이 자의든 타의든 미궁 속에 빠져 있는 동안 문학은 엄청난 형질변화 끝에 그가 알고 있던, 혹은 그럴 수밖에 없으리라고 포기했던 문학과는 전혀 다른 형태의 문학으로 진화되어갔다. 그가 이들을 자신의 문학으로 받아들였을까. 당연히 그렇지는 않았을 것이다. 그것 역시 그의 문학이 아닌 '그들의 문학'에 불과했을 것이다. 이들에게 환호하기엔 자신의 문학에 대한 자의식이 유독 컸을 수도 있다.

그럼에도 불구하고 그렇다고 해서 그가 90년대 문학의 소설적 유산으로부터 완전히 자유로웠던 것 같지는 않다. 그는 그들을 혐오하며 공감했을 것이다. 어떤 의미에서 그에게 소설을 쓸 수 있는 자신감을 선사한 것은 바로 이 혐오하며 공감한 90년대 문학이었다고 할 수도 있다. 김영하의 사물에 대한 냉담한 시선과 희극적 해프닝, 즉 쿨한 감각이 없었다면 박민규의 소설이 나올 수 있었을까. 적어도 둘 사이의 유사성을 입증할 수는 없다 하더라도 그가 그로부터 소설에 대한 동시대적 감수성을 확인한 것만큼은 분명할 것이다. 개발경제시대 판자촌의 경험을 대중문화적 감수성으로 되살려냈던 백민석의 소설이나 이만교의 가족에 대한 냉소적이지만 따뜻하고 유머러스한 시선에 대해서 역시 마찬가지 이야기를 할 수 있을 것이다. 그는 여러 가지 측면에서

90년대 문학의 창조적 계승자에 가깝다. 그렇다면 박민규 소설을 통해 80년대와 90년대를 지나온 우리 소설의 현주소를 확인해볼 수 있는 것 아닐까. 박민규의 소설집 『카스테라』를 통해 서사가 불가능해진 시대의 서사, 그 불행한 소설들을 만나보자.

2. 성장통과 나의 산수

박민규 소설의 화자나 주인공은 일인칭 '나'인 경우가 대부분이다. 이제까지 그가 발표한 장편소설 두 편과 『카스테라』에 실린 단편소설 열 편 모두 하나의 예외도 없이 전부 그러하다. 더욱 흥미로운 것은 이 일인칭 화자의 성별 역시 모두 남성으로 설정되어 있다는 점이다. 「카스테라」는 학교 근처 원룸에서 소음이 심한 냉장고와 동거할 수밖에 없었던 대학교 일학년 남학생의 이야기이며, 「갑을고시원 체류기」역시 그 제목에서 짐작할 수 있듯이 달팽이관 같은 고시원의 복도 끝 방에서 살던 청년 시절의 '나'의 경험담이 주류를 이루고 있다. 「아, 하세요 펠리컨」에서 열세 척의 오리배와 경품크레인, 그리고 고장난 두더지가 고작인 유원지에서 아르바이트를 하고 있는 나 역시 공무원 시험을 준비중인 남성이다. 「야쿠르트 아줌마」에도 표제와 달리 남성 서술자가 등장한다. 변비로 고생하던 그는 새벽의 어둠 속에서 컴퓨터 모니터 속의 여자들 단체사진을 앞에 두고 자위를 하기도 한다. 「헤드락」은 또 어떤가. 특이하게도 미국 유학생이 화자로 설정되어 있는 이 소설은 프로레슬러 헐크 호건에게 호되게 당한 '나'가 다른 사람들을 대상으로 자신이 당한 고통을 되돌려주는 이야기다. 어떤 의미에서든 남성 서술자 '나'는 박민규의 소설을 독자들에게 매개하는 가장 핵심적인 중개자다.

　　화성인들은 좋겠다. 그해 여름은 너무 무더워, 나는 늘 그런 상념에 젖고는 했다. 상고(商高)의 여름방학은 생각보다 길어서, 그런 상념에라도 빠지지 않으면 견딜 수가 없었다. 긴긴 여름, 게다가 나는 여러 일터를 전전했다. 오후엔 주유소에서, 또 밤에는 편의점에서.(「그렇습니까? 기린입니다」, 69쪽)

　　냉장고와 내가 만난 것은 대학생활을 갓 시작한 일학년 때의 여름이었다. 사상 유례없이 불쾌지수가 높았던 여름으로 기억한다. 집에 불만이 많았던 나는 학교 근처에서 무작정 자취를 시작했고, 그래서 그 좁은 방 안에 냉장고와 TV, 미니오디오와 나 이렇게 넷이 옹기종기 모여 살고 있었다. 그러나 실제로는 나와 냉장고만이 살고 있었단 느낌이다. 냉장고의 소음이 워낙 특출했기 때문이다.(「카스테라」, 16쪽)

　　이곳에 온 지는 석 달째다. 구인광고를 보고 찾아왔다. 졸업을 하고 일흔세 곳에 이력서를 넣었는데, 아무런 연락도 없었다. 일흔세 곳이었다, 일흔, 세 곳. 이해가 가지 않았다. 고장난 기계 때문에 머리를 못 내미는 두더지의 기분이랄까, 아무튼 이 나라는 고장이다.(「아, 하세요 펠리컨」, 127~128쪽)

위 인용문에서 보듯 고등학생이나 갓 대학교에 입학한 신입생, 혹은 대학을 마치기는 했으되 취직이 되지 않아 본격적으로 사회 속으로 뛰어들지는 못한 채 놀고 있는 백수 등은 박민규 소설에서 가장 빈번하게 등장하는 남성 서술자들이다. 그들은 그 동안 익숙해 있던 세계로부터 떨어져나와 막 새로운 세계 속으로 내던져진 상태다. 그들이 새롭게 도달한 세계는 '찌는 듯한 무더위'와 '불쾌지수'가 지배하는 공간이자 '냉장고의 소음'으로 대표되는 '고장난 기계'와 같은 곳이다. 이 세계를 특징짓는 것은 참을 수 없는 고통과 불쾌감, 혼돈과 불합리 등이다. 그곳은 때로 화성인을 동경해 마지않을 정도로 하루가 일과가 빡빡하거나 무언가 크게 잘못되어 있다는 느낌을 지울 수 없어 '고장난 기계 때문에 머리를 못 내미는 두더지의 기분'으로 하루하루를 소일하게 되는 곳이기도 하다.

친숙한 세계로부터 떨어져나와 이 낯선 지옥으로 들어선 청년들의 이야기는 박민규의 소설을 전형적인 성장소설의 맥락에서 읽고 싶은 유혹을 느끼게 한다. 물론 그렇다고 해서 그의 소설에 포착된 청소년들의 단절감이 단순히 입사(入社)의 통과의례를 눈앞에 둔 소년 혹은 청년들의 인류학적 고민으로만 이해될 수 있다는 의미는 아니다. 그러한 측면이 없지는 않겠지만, 그냥 그렇게 이해하고 말기엔 그의 소설에 나타난 이 미성년자들의 사회경제적 박탈감이 너무 극심하다. 옹색한 방에 유폐된 채 주유소와 편의점, 지하철 푸시맨 등의 아르바이트로 하루를 보내는 그들이야말로 자본주의 시스템의 소외자들이자 권력의 바깥에 위치한 마이너리티들이 아닌가. 따라서 그들의 성장은 무엇보다도 자본주의체제 속에서의 살아남기와 무관하지 않다. 돌이켜보면 박민규의 최초의 소설들 역시 이 문제를 고민해왔음을 알게 된다. 프로야구 원년 '마치 지기 위해 이 땅에 내려온 패배의 화신'과도 같았던 '삼미 슈퍼스타즈'나 미국식 영웅주의의 신화라고 할 DC코믹스 만화 주인공들, 예컨대 슈퍼맨이나 배트맨, 아쿠아맨 등에 대한 그의 관심은 분명 승패가 모든 것을 좌우하는 세계, 영웅이 아니고서는 살아남기 힘든 세계에 대한 비판적 성찰과 밀접하게 연관되어 있을 것이다. 박민규에게 있어 성장이란 무엇보다도 자본주의가 무엇인지에 대한 깨달음의 다른 이름이다.

그럼 짐을 옮기겠습니다.

뭐랄까, 의외로 담담한 마음으로 나는 그렇게 얘기했다. 첫 달치 방세를 건네고, 장부에 신상을 기재하고, 키를 넘겨받던 그 순간 – 나는 갑자기 어른이 된 느낌이었고, 왠지 이 세계에 대해 조금은 알게 되었다는 기분이, 들었다. 멸망한 집에서 쉬쉬하며 그것들을 빼돌릴 때처럼, 나는 말없이 한 대의 컴퓨터와 다섯 개의 가방을 방으로 나르기 시작했다. 복도와 거의 폭이 일치하는 모니터를 나르며 친구는 이렇게 속삭였다.

여기서 사람이 살 수 있을까?(「갑을고시원 체류기」, 281쪽)

「갑을고시원 체류기」의 화자는 부도가 난 집을 나와 식사가 제공되는 월 구만원짜리 고시원으로 거처를 옮기게 된다. 고시원의 방이란 "방(房)이라고 하기보다는, 관(棺)이라고 불러야 할 사이즈의 공간" (280쪽)을 말한다. 그곳은 도저히 다리를 뻗을 수 없는 공간임은 물론 의자를 책상 위에 올려놓지 않으면 잠을 잘 수 없는 곳이기도 하다. 말하자면 그것은 과연 '사람이 살 수 있을까' 의심스러운 공간에 다름아닌 것이다. 그럼에도 불구하고 이 소설의 화자는 짐을 옮겨오겠다고 말한다. 옮겨오지 않을 도리가 없기 때문이다. 집을 나와 몸을 의탁했던 친구 집에서는 이미 자신에게만 '계란후라이'를 주지 않음으로써 노골적으로 나가기를 종용하고 있는 형편이다. "일층과 이층 도합 세 대의 에어컨과 청동 보일러가 설치된 집"이라고 하더라도 안 되는 것은 안 되는 것이다. 이제 이 소설의 화자에게는 '부모'뿐만 아니라 '친구'라는 기둥마저 날아가버린 상태다. 그는 어찌되었든 이 지독한 입사식을 혼자서 치러내지 않으면 안 되게 되었다. 여기서 주목할 만한 것은 이 공간으로의 이동을 기정사실로 받아들이는 순간 화자가 느끼게 되는 '의외의 담담함'이다. 그는 관에 가까운 고시원 방의 열쇠를 넘겨받는 순간, 즉 한 달치 방세를 지불하고 장부에 자신의 신상을 기록하는 순간 '어른이 된 느낌'을 맛본다. "왠지 이 세계에 대해 조금은 알게 되었다는 기분이, 들었"(281쪽)던 것이다.

이 어른이 된 느낌, 세계에 대해 조금은 알게 된 기분은 「그렇습니까? 기린입니다」에서도 다시 한번 반복된다. 주유소와 편의점에서 아르바이트를 하고 다시 지하철에서 푸시맨으로 일하는 이 소설의 화자 상고생은 "원래 좀 노는 편"이었는데 어느 순간부터 방학 동안 착실하게 아르바이트를 하는 '조용한' 소년이 되어버린다. 그에게 대체 무슨 일이 벌어진 것인가. 이 소설에 따르면 그에겐 〈무슨 상사〉라고밖에 말할 수 없는 직장에 다니는 아버지가 있다. 어느 날 그는 아버지에게 도시락을 가져다주기 위해 그가 일하는 곳을 찾아가게 된다. 간신히 찾아낸 아버지의 사무실은 "쥐들이 다닐 것 같은 어둑한 복도와, 형광등과, 칠이 벗겨진 목조의 문. 혹시 외국(外國)인가? 라는 생각이 들 만큼이나 〈을씨년〉스러운 곳이었다".(72쪽) 아버지는 그 이상한 곳에서 갸냘픈 표정으로 사무를 보고 있었던 것이다. 이 이상한 조우 이후 그는 '조용한 소년'이 되어버린다. "뭐랄까, 그때는 몰랐지만 그 순간 마음속에 〈나의 산수〉와 같은 게 생겨났기 때문이었다."(72쪽) 말하자면, 그는 어느 순간 인생에 대해서 혹은 인생을 이끄는 '돈'이라는 것에 대해서 모든 것을 알게 된 것이다. 「갑을고시원 체류기」의 화자가 느꼈던 '왠지 세상에 대해 조금 알게 된 것 같은 기분'은 이 소년에게도 예외가 아니었다.

　　원래 좀 노는 편이었는데, 이상하게 그날 이후 나는 조용한 소년이 되어버렸다. 뭐랄까, 그때는 몰랐지만 그 순간 마음속에 〈나의 산수〉와 같은 게 생겨났기 때문이었다. 아마도 그랬다고, 지금의 나는 생각한다. 그것은 슬픈 일도 기쁜 일도 아니었으며, 누구를 원망할 성질의 것은 더욱 아니었다. 그저, 말 그대로 수(數)였던 것이다. 말수가 줄어든 대신, 나는 열심히 알바를 하고 돈을 모으기 시작했다. 야, 세상은 한 방이야. 어울리던 친구들이 안쓰럽단 투로 말했지만, 나는 알고 있었다. 결국 이들도, 같은 산수를 할 수밖에 없단 사실을. 넌 뭘 할 건데? 나? 글쎄 요샌 연예계가 어떨까 싶어.(「그렇습니까? 기린입니다」, 72~73쪽)

「그렇습니까? 기린입니다」의 화자 역시 '조용한 소년'으로 성장할 수밖에 없는 사정을 누구의 탓으로도 돌리지 않는다. 그것은 '슬픈 일도 아니고 기쁜 일도 아니고 누구를 원망할 성질의 것'은 더더욱 아니라고 생각한다. 그 역시 '의외로 담담하게' 자신의 처지를 받아들인다. '인생은 한 방이야'를 외치는 친구들 사이에서 그는 홀로 말을 삼간다. 그리고 연예인이 되겠다는 친구의 소망이 얼마나 터무니없는 것인지 혼자 조용히 헤아리게 된다. 이런 종류의 소년, 모든 것을 알고 있지만 아무 말도 하지 않는 이 조용한 소년을 우리는 '어른'이라고 부른다. 이 순간 그는 아무리 소년의 모습을 하고 있다 하더라도 이미 어른이다. 아마 당분간 그는 자신이 "아침이면 전 인류의 참상을 목격하고, 오전의 짧은 잠, 이어지는 주유소 알바와 밤의 편의점"(76쪽)을 차례로 도는 일과를 계속해야 한다는 사실을 잘 알고 있을 것이다. 그에겐 '그의 산수'가 따로 있다는 것, 부자들에겐 또 '그들만의 수학'이 따로 있다는 것을 알아차린 소년은 결국 아르바이트를 열심히 하면서 돈을 모으는 것 외에 다른 방법이 없다는 것도 알게 될 것이다. 그의 산수가 부자들의 수학이 되기에는 장애물이 너무 많다. 박민규의 소설은 이 잔인한 진실에 직면한 소년들의 성장통으로 가득하다. 그러나 그들이 (자신의 처지를 한탄하며) 절규를 한다거나 (이 세계를 뒤집어엎고자 할 정도로) 분노한다거나 하는 것은 아니다. 다시 말하지만 그들에겐 그들의

314

산수가 있다. 산수가 꼭 수학이 되어야만 하는 것은 아니다. 그럼 어떻게 한다는 것이냐. 이제 그것을 살펴볼 차례다.

3. 장애물을 모른 척하기 : 여자들의 웃음소리

먼저, 여자들의 방법이 있다. 남성 서술자의 진술이 중심이 되는 박민규 소설은 여자들에 관한 진술이나 묘사를 확보하기가 쉽지 않다. 그렇다고 해서 이것이 여자들에 관한 그의 경시를 보여준다고 하기는 어려울 듯하다. 여자들은 그의 소설 속에 빈번하게 등장하거나 서사의 중심이 되지는 못하지만 그의 소설적 지향과 관련하여 의미 있는 하나의 이미지를 획득하고 있기 때문이다. 「야쿠르트 아줌마」의 대단원을 마감하는 '야쿠르트 아줌마'의 이미지가 바로 그것이다.

섬이 사라지고 나자, 다시 외로움이 밀려들었다. 창을 열고, 나는 담배를 피웠다. 이미 밤은 빈스가 빼돌린 석유처럼 사라지고 있었다. 심하게, 기름 냄새가 났다. 세계의 거대한 톱니가, 그래서 느껴졌다. 희뿌연한 빛 속에서, 새벽의 지표(地表)에 스며든 어둠이 아스팔트로 응고되고 있었다. 통, 투둥 퉁. 그때 그 소리를, 나는 들었다. 분명 문을 두드리는 소리인 듯, 했다. 누구세요? 내가 소리쳤다. 실로 건강한 대답이, 그래서 들려왔다.

야쿠르트예요.

문을 열고 내다보니 한 사람의 야쿠르트 아줌마가 서 있었다. 옆방의 문 앞에 놓여진 우유와 야쿠르트를 보면서, 나는 소리의 원인을 알 수 있었다. 아, 예. 나는 가볍게 목례를 했다. 학생이세요? 아줌마가 물었다. 아, 예. 자취하면 속도 많이 버릴 텐데… 가방을 부스럭거리던 아줌마가 난데없이 야쿠르트를 내밀었다. 저, 저는… 돈 받는 거 아니니까 걱정 마요. 학생 안색이 안 좋아 보여서, 그럼 수고해요. 그리고 아줌마는 계단을 내려갔다. (「야쿠르트 아줌마」, 177~178쪽)

〈농담 경제학사전〉의 도도새의 멸종과 관련된 이야기와 근 한 달째 변을 보지 못하는 화자의 일상이 나란히 병치되는 「야쿠르트 아줌마」는 정녕 '변비에 관한 명상'이라고 할 정도로 변비의 정치경제학을 시침 뚝 떼고 유머러스하게 설파하고 있는 소설이다. 화장실에서 변비로 고통받으며 화자가 읽고 있는 〈농담 경제학사전〉에 따르면, 변비는 생존술의 일종이다. 멸종 직전의 도도새는 사냥꾼의 추적을 따돌리기 위해 가능한 한 배설을 하지 않거나 감추는 기술을 발전시켜왔다. 즉, 변비로 인한 그들의 멸종은 명시적이지는 않지만 강자, 사냥꾼의 살해의 결과라고 볼 수 있는 것이다. 이 우화는 여기서 그치지 않는다. 이 도도새에 관한 이야기는 아담 스미스의 '보이지 않는 손'으로 환유되면서 자유주의 경제학에 대한 고발로 이어지고, 결국에는 한 달째 지속되는 화자의 변비와 만난다. 이를 통해 그의 변비 역시 도도새의 그것과 마찬가지로 보이지 않는 손, 곧 시장이 개입된 결과라는 결론이 유도된다. 말하자면, 그의 변비는 후기산업사회를 살아가는 사람들의 "특수한 징후"에 해당된다는 것이다. 그를 진단한 대장항문과 의사는 그에게 "근간에 이런 징후가 꽤 발견되는 추세"라고 일러주며 이것은 마음을 단단히 먹는 것 외에 치유방법이 없다고 선언하기까지 한다.

이 블랙코미디는 박민규의 화려한 입담을 빌려 농담의 백화쟁명 상태를 만들어낸다. 도도새 통역사 페드로 주앙 핀투와 같은 가상의 인물과 아담 스미스 같은 실존인물을 뒤섞어놓음으로써 가상과 현실의 경계를 없애는 일은 가장 기본적인 장치에 속하고, 생존을 위해 멸종 직전의 도도새가 자신의 배설물을 처리하는 방법을 론도니 르네, 드봉이니 캄푸니 하는 이름으로 장난을 치는 것은 그의 재기를 그대로 드러내는 대목이다. 종업원으로 일하던 주유소에서 기름을 빼돌리다가 쫓겨난 자신의 경험을 담아 결국에는 〈사장님, 그 손은 제 손이 아니었습니다〉라는 제목의 노래를 부르는 블루스 가수가 되는 빈스 터투로의 인생유전 같은 것은 기본적으로 『지구영웅전설』의 창작방법론을 보다 압축적이고 유머러스한 방식으로 재현하고 있다는 느낌을 주기에 충분하다. 게다가 여기에는 변비로 고통받는 사람들을 위한 사이트의 게시판에 올려진 다양한 사람들의 육성과 결정적으로 야쿠르트 아줌마에 대한 메타포가 있다.

야쿠르트 아줌마가 왜 이 거대한 농담의 한 축을 차지하게 되었는지는 짐작할 만하다. 모두 잠든 새벽, 현관문 앞에 놓여진 야쿠르트는 보이지 않는 손의 구체적 표상으로 인정되며 그녀에게 한 편의 블랙코미디와 화자의 현재 상태를 하나로 이어주는 매개체 기능을 부여한 듯하다. 그러나 이 소설에서 야쿠르트 아줌마는 단순히 농담의 환유적 고리나 소설의 형식적 요소 가운데 하나에 지나지 않는 것이 아니다. 그녀를 표제로 내세우고 있는 데서도 알 수 있듯이 그녀는 이 모든 것을 일거에 날려버릴 핵폭탄을 탑재하고 있는 비행기와 같다. 사실 변비에 시달리다 못해 한 편의 기나긴 블랙코미디를 꾸며대고 있는 화자의 백일몽을 간단하게 분쇄시킨 것은 야쿠르트 아줌마였다. 그녀를 만나기 전까지도 화자는 '세계의 거대한 톱니'를 감지하며 편집증에 가득 찬 시선을 새벽 기표 속에 내쏟고 있던 중이었다. 그의 머릿속을 채우고 있는 것은 한 달째 방출되지 못한 변과 같은 몽상 덩어리들에 다름아니었다. 그러나 야쿠르트 아줌마가 퉁, 투둥 퉁, 문을 두드리는 순간, 이 편집증적 몽상은 일순간에 사라지게 되었다. 이것은 '야쿠르트 아줌마예요'라는 그녀의 "건강한 대답"이 화자의 추상적 관념의 세계를 물리치는 순간이라고 할 만하다. 도도새라니, 보이지 않는 손은 또 뭐야, 대체 이 무슨 거창한 잡설들이야, 야쿠르트 아줌마의 목소리가 말하는 바는 바로 이러한 것들이다. 그녀는 잡념에 시달리는 화자의 안색을 걱정하며 야쿠르트를 내민다. 심지어 돈도 받지 않은 채. 이 거대한 음모론적 세계를 물리치는 방법은 다른 데 있는 것이 아니었다. 야쿠르트 아줌마의 건강한 목소리 하나면 충분했던 것이다.

박민규의 소설에서 여성들은 관념의 똥덩어리와 무관한 존재로 그려지는 경우가 많다. 그녀들은 남자들이 세계를 거대한 게임판으로 바꿔놓고 생존을 판돈으로 요구할 때, 그 세계를 전혀 모른다는 듯이 행동함으로써 그들의 게임의 법칙 자체를 무색하게 만든다. 생각해보라, 게임의 룰을 모르는, 혹은 모르는 척하는 상대와 어떻게 게임을 할 수 있을 것인가. 도대체가 게임이 성립되지 않는 것이다. 여자들이 이 세계를 상대로 행하는 생존법은 이와 같다. 그것은 프로이트 식으로 말하자면 전형적인 부인의 메커니즘에 해당된다. 대상의 파괴를 지향하는 부정과 달리 엄연히 존재하는 대상을 없다고 가정함으로써 대상에 대한 공포를 극복하는 부인의 메커니즘은 박민규 소설의 여성들이 이 세계를 대상으로 행하는 가장 구체적이고 명확한 '여성들의 산수'라고 할 만하다. 「갑을고시원 체류기」에서도 이러한 부인의 메커니즘을 탁월한 역량으로 표출하고 있는 여성들을 만날 수 있다. 화자에 따르면 고시원에 기거하는 대부분의 남자들이 "자신의 처지를 부끄러워하"며 가능한 한 서로 마주치지 않으려고 노력하는 반면, 여자들은 자신들의 존재에 당당할 뿐만 아니라 의외로 씩씩하기까지 하다. 그녀들은 무리를 지어 장을 보거나 서로서로 소곤소곤 환담을 나누고 어떤 땐 심지어 웃기까지 한다. 웃는다는 것이 거의 희귀한 일에 속하는 그곳에서 말이다.

업소의 여급임이 분명할 그녀들의 웃음소리를 들으며, 나는 그래도 이 세상을 유지하고 있는 건 여자들이 아닐까, 라는 생각을 했다. 건강한 것은 여자들이다. 과연 남자들만의 세상이란 — 생각만 해도 부끄러운 것이었다. 서로가, 서로의 낯을 처다볼 수 없을 만큼이나, 말이다. 쟁쟁쟁쟁 매미들이 목놓아 우는 소리가 또다시 들려왔다.(「갑을고시원 체류기」, 288~289쪽)

물론 박민규가 제시하고 있는 여성 이미지에는 문제가 없지 않다. 여성을 자연이나 생명력의 원천으로 이해하는 방식은 여성에 대한 낭만적 향수의 가장 흔한 방식이기도 하다. 여성이 건강한 생활력의 표상으로 그려질 때, 정신과 추상의 세계는 오로지 남성에게만 해당되는 것으로 오해될 수도 있다. 이것은 또다른 의미에서의 남녀 성별 이미지의 고착을 낳는 원인이 되기도 한다. 그러나 박민규가 여성의 웃음소리에서 이 세상을 유지하는 힘의 원천을 발견할 때, 그것은 여성을 자연의 차원으로 돌려보내려는 기획이 아니라, 이 세상을 냉소하는 부인의 메커니즘을 찬양하려는 의도가 두드러진다는 것만은 지적할 필요가 있을 것이다. 우리는 역사상 이런 종류의 여자들의 웃음에 대해서 많이 알고 있다. 저 유명한 사이렌의 웃음소리에서부터 클레오파트라의 미소에 이르기까지, 여자들의 웃음은 언제나 거대한 허구로 구축된 남성중심세계의 관념성을 깨뜨리는 강력한 폭탄으로 작용해왔다. 이 세계가 부자들의 '수학'과 가난한 자들의 '산수'로 나뉘어져 있다면, 그리하여 이제 남은 것은 죽을 때까지 각자의 산수에 전념하는 것 이외에는 방법이 없다면, 서로 얼굴을 외면하고 눈을 마주치지 않기 위해서 노력할 일이 아니라 가끔 웃어볼 수 있는 것 아닐까. 그따위 산수는 관심도 없다는 듯.

4. 코끼리를 냉장고에 넣는 법, 또는 오리배 세계시민연합

그럼, 남자들의 방법은 없는가. 그렇지는 않다. 여기 코끼리를 냉장고에 넣는 법이 있다. 「카스테라」에 따르면 "이 세상은 각자가 〈냉장고〉를 어떻게 사용하느냐"(22쪽)에 따라 달라진다. 코끼리를 냉장고에 넣는 방법에 관한 고전적인 유머를 기억하자. 이 세상은 코끼리를 냉장고에 넣을 수 있다고 생각하는 사람과 넣을 수 없다고 생각하는 사람으로 나뉜다. 코끼리를 절대로 냉장고에 넣을 수 없다고 생각하는 사람은 한 번도 냉장고의 입장에 서본 적이 없는 사람이다. 어떤 의미에서, 그들은 한 번도 "불쾌할 정도로 외로"워본 적이 없는 사람들이기도 하다. 그러나 좁디좁은 방에서 냉장고와 끔찍하게 동거해본 경험이 있는 사람이라면, 이야기는 달라진다. 그는 냉장의 세계, 그 "어둡고 은밀하고 서늘한"(18쪽) 세계 속으로 빠져들어가 "냉장고는 인격(人格)이다"(17쪽)라고 주장하게 된다. 그에겐 이 세상이 "〈냉장의 세계라니? 알게 뭐야〉가 지배하는 눈부신 일상의 거리"와 "갑자기 맨홀 속으로 떨어진 기분"(18쪽)이 지배하는 어두운 공간으로 나뉘어진다. 한 번도 냉장고의 입장에서 생각해보지 못한 사람은 결코 후자의 세계를 알 수 없다. "한 줌의 프레온 가스처럼 지하세계의 모세관 속을 온종일 헤매"다니는 기쁨을 그들이 알 리가 없는 것이다. 이 세계가 강요하는 게임의 법칙으로부터 자유로우려면 냉장고에 코끼리를 넣을 수 있다는 것을 믿어야 한다. 단순히 믿는 것에 그치는 것이 아니라 직접 냉장고 속에 코끼리를 넣을 수 있어야 함은 물론이다.

방으로 돌아왔을 땐 자정이 가까운 시각이었다. 어둠 속에서 냉장고는 나를 기다리고 있었다. 우웅. 그의 소음이 오늘따라 힘들게 느껴졌다. 한 세기를 정리하는 일은 냉장고로서도 보통의 일이 아니겠지. 외투를 벗으며 나는 생각했다. 옷을 갈아입고 세수를 하고 이빨을 닦은 후, 관둘까, 관둘까, 두 번의 관둘까를 결심했다가 결국 냉장고의 문을 열어보았다. 예상은 했었지만 - 정말이지 단 두 명을 제외한 어마어마한 중국이 그 속에 들어가 있었다. 대책 없구만. 입을 허 벌리고 서서 나는 생각했다. 뒤죽박죽. 나로서도 이젠 뭐가 뭔지 도무지 알 수 없을 지경이었다. 그것은

하나의 세계였다.(「카스테라」, 31~32쪽)

「카스테라」의 화자는 코끼리를 냉장고에 넣을 수 있다는 믿음을 가지고 있는 남자였다. 그는 냉장고 안에 '소중한 것'이나 '해악이 될 만한 것'을 뭐든 다 담아보기로 작정한다. 처음에는 조나단 스위프트의 〈걸리버 여행기〉를 냉장고에 집어넣었다. 이것은 소중한 것의 범주에 속한다고 할 수 있다. 그 다음엔 아버지였다. 이 아버지란 존재는 무척이나 복잡한 존재라 어느 하나의 범주로 환원할 수 없다. 그는 "누구나 소중하다고는 하지만 분명한 세상의 해악"(26쪽)이기도 하기 때문이다. 어쨌든 그 다음에는 어머니와 학교, 동사무소, 신문사와 오락실…… 미국, 맥도날드, 그리고 중국 등 대규모의 유성군과 같은 것이 냉장고 속에 들어갔다. 그리하여 결국 냉장고 역시 또하나의 '세계'가 되었다. 그러나 이 세계는 냉장고 속의 세계라는 점에서 냉장고 바깥의 세계와 같지는 않을 것이다.

여성들의 건강한 목소리와 웃음소리 등이 부인의 메커니즘에 따라

이 세계의 산수를 무시하는 전략을 취하고 있다면, 코끼리를 냉장고에 넣는 방법은 일종의 괄호치기에 해당한다. 그야말로 소중하거나 해악을 끼치는 것들을 한꺼번에 감싸 괄호쳐버리는 것이다. 괄호 안으로 감싼다는 것은 그것들을 이제 더이상 이 세계에 존재하지 않는 것으로 만들겠다는 의지의 표현이기도 하다. 따라서 부인이 주체의 태도와 관련된 것이라면, 이런 의미의 괄호치기는 주체의 구체적인 행동에 속하는 것이라고 할 수 있다. 코끼리를 냉장고에 넣기 위해선 적어도 냉장고 문을 여는 행동을 할 필요는 있다. 그렇다고 해서 이것을 정치적 혁명 행위와 비견되는 것으로 이해하는 것은 곤란하다. 물론 여기에는 세상의 해악, 특히 미국과 같은 것에 대한 분노와 적개심이 없다고 할 수 없다. 그러나 이것들을 향한 적대감은 적어도 코끼리를 냉장고에 넣는 법과 관련된 유머의 차원에서 진행된다는 것을 명심할 필요가 있다. 유머는 분노와 적개심을 조롱과 무시의 차원으로 완화시켜준다. 이 완화는 진지한 혁명적 열정이 자리잡기엔 모호한 공간이기도 하다. 어떤 의미에서 이것은 정치적 혁명에 가깝다기보다는 오히려 일종의 해프닝에 더 근사하다고 할 수도 있다. 해프닝은 기본적으로 관습의 파괴와 그에 따른 감수성의 혁명을 추구하는 예술적 충격이다. 냉장고 속에 아버지, 학교, 미국 등과 같은 거대한 유성군을 집어넣는 행위는 바로 이러한 해프닝의 정신을 동경한다. 그것은 박민규가 이 세계의 산수에 대항해 자신만의 산수를 새롭게 건설하는 방법이기도 하다.

흥미롭게도 코끼리를 냉장고에 넣는 방법은 결국 예술을 창조하는 행위로 귀결된다. 「카스테라」가 박민규의 소설에 관한 출사표로 읽힐 수 있는 것도 그 때문이다. 그의 소설은 이 세계의 파편들을 끌어모아 새로운 세계의 질서를 창조하려는 의지의 소산이다. 마치 가장 소중한 것과 해악을 끼치는 것들이 뒤섞여 냉장고 속에 또하나의 세계를 완성해놓듯이. 세계의 허위는 또다른 세계의 구축으로 방어할 수밖에 없다. 그것이 예술가들의 항변이다. 그러나 그것이 아무리 순간적인 우연의 요소에 의해 지배되고 기존의 관습을 비트는 다양한 발상들의 다발로 이루어져 있다고 하더라도 그것이 예술의 이름으로 유통되는 한 거기에는 어떤 형태로든 새로운 형태의 질서가 요구되지 않을 수 없다. 그렇다면 그것은 또하나의 세계를 재구축하려는 권력의지로 수렴될 수도 있을 것이다. '무규칙 이종 소설가' 박민규에게 이것은 그의 소설의 궁극적 도달점이 될 것인가, 아니면 본질적 딜레마가 될 것인가. 이제 우리는 오리배 세계시민연합에 대해서 이야기해볼 차례가 되었다.

아

사장도 나도 입을 다물 수가 없었다. 누구도 생각지 못한 풍경이 눈앞에 펼쳐져 있었기 때문이다. 후두둑 두둑 우의의 모자챙을, 또한번 집중호우가 강타하며 지나갔다. 아, 집중호우보다 더한 그 무엇이, 우의 속의 이를테면 우리의 영혼 같은 것을 강타하며 지나갔다. 저수지는 수많은 오리배들로 가득 차 있었다. 물이 불었음에도 불구하고 물이 좀처럼 보이지 않을 만큼 많은 수의 오리배였다. 끄덕끄덕, 저마다의 주둥이를 주억거리며 – 마치 철새의 군락(群落)처럼 오리배들은 강풍과 비를 견디고 있었다. 각목을 꽉 움켜쥔 채 우리는 생소한, 그러나 분명한 우리의 저수지를 향해 천천히 걸어갔다.(「아, 하세요 펠리컨」, 140쪽)

「아, 하세요 펠리컨」의 화자는 일흔세 곳의 직장으로부터 퇴짜를 맞고 할 수 없이 공무원시험을 준비하며 유원지에서 오리배를 관리하는 일을 하게 된다. 아무도 탈 것 같지 않은 오리배는 의외로 나름의 인기가 있다. 휴일이 되면 인근 읍내와 신도시 주민들이 오리배를 타기 위해 몰려오기도 한다. 퐁퐁퐁, 발로 페달을 밟아 떠다니는 오리배란 기실 자본주의적 생산속도에 밀려난 마이너리티의 상징이기도 하다. 그들은 휴일이 되면 오리배 따위를 타며 직장에서의 스트레스를 풀고 다음날 다시 긴장된 얼굴로 무자비한 생산활동에 돌입한다. 그러나 아무리 정신을 바짝 차려봐야 소용없다. 이미 한 발을 놓친 사람들이 기존의 속도를 쫓아가기란 쉽지 않다. 부도를 낸 유원지 사장이 다시 이전의 영광을 되찾기란 쉽지 않을 것이며 일흔세 곳에서 퇴짜를 맞은 화자가 정규직으로 취직을 하기란 더욱더 쉽지 않을 것이다. 그들은 언제까지나 오리배를 타거나 오리배를 타게 하는 시시한 존재로 남게 될 것이 분명하다.

그렇다면 어떻게 해야 하는가. 다른 방법이 없는가. 「아, 하세요 펠리컨」은 오리배를 타는 사람들끼리 오리배 세계시민연합을 구성하는 방법을 제시한다. 오리배 세계시민연합은 한 국가에서의 뒤처짐을 다른 국가로의 이동을 통해 보완하는 시스템이다. 이들에겐 이들만의 네트워크가 있고 다양한 국적의 사람들로 구성된 회원들이 있다. 아르헨티

나로부터 일자리를 찾아 선진국으로 떠나는 오리배 세계시민들로부터 그들에 관한 이야기를 전해들은 화자와 사장은 마치 외계인의 역습이라도 받은 듯 강한 자극을 얻는다. 이제 그들은 자신들이 무엇을 해야 하는지 깨닫는다. 그들도 오리배 세계시민연합의 일원이 되는 것이다. 그럴 경우 이제 더이상의 마이너리티는 없다. 오리배를 타고 세계 여러 나라를 찾아 떠돌아다니는 삶이란 메이저와 마이너의 구분을 흐리게 만든다. 이곳에서의 마이너가 그곳에서는 메이저가 되고 이곳에서의 메이저가 그곳에서는 마이너가 되기도 한다. 아니 애초에 메이저와 마이너라는 구분 자체가 무색해지는 것인지도 모른다. 다만, 오리배에 자신의 가족들을 태우고 세계 이곳저곳을 떠돌기만 하면 되는 것이다. 마침내 사장이 결단을 내렸다. 그는 유원지를 화자에게 맡기고 미국을 비롯한 세계 전역을 떠돌아다니기로 작정한다.

과연 오리배 세계시민연합이 하나의 대안이 될 수 있을까. 그것은 또 하나의 '보트피플'은 아닐 것인가. 물론 그런 측면은 여전히 남아 있다. 마이너와 메이저의 구분이 무화되기는커녕 세계 어디에서도 마이너리티로 살아갈 수밖에 없는 숙명을 다시 한번 확인하게 될지도 모른다. 그러나 이들의 삶은 적어도 자유롭게 유목하며 세계 전역을 주유하는 코즈모폴리턴의 이상을 어느 정도 반영하고 있는 것은 틀림없다. 세계시민의 입장에 서지 않는 한, 사장은 왜 자신의 사업이 망해버렸는지 도무지 이해할 수 없으며 화자 또한 왜 자신을 일흔세 곳의 회사에서 퇴짜놓았는지 도저히 받아들일 수 없다. 세계시민이 됨으로써 이들은 비로소 자신들의 주박으로부터 풀려난다. 그것은 「몰라 몰라, 개복치라니」에 나오는 제임스 라벨이 했다는 말, "지구를 떠나보지 않으면, 우리가 지구에서 가지고 있는 것이 진정 무엇인지 깨닫지 못한다"(100쪽)라는 말과 그 의미가 일맥상통하는 이야기다. 우리는 세계시민으로 시야를 넓힘으로써 자신의 특수한 고민으로부터 벗어날 수 있다. 마치 엠파이어 스테이트 빌딩이 우주에서 보면 단지 한 마리의 빨판 달린 기생충에 불과하게 보이는 것처럼.

따라서 오리배 세계시민연합이 된다는 것은 몇몇 특별한 사람들에게만 허락되는 우주선에 탑승한 것과 같은 의미를 지닌다. 박민규에 따르면 우리는 오리배 세계시민연합이 되어 즐겁게 여행할 필요가 있다. 세계가 마음에 들지 않으면 군이 그 세계의 일원이 되기 위해 애쓸 필요가 없다. 우리는 우리끼리 그 세계 바깥에서 잘해나가면 되는 것이다. '삼미 슈퍼스타즈'가 이기기 위한 게임을 하지 않고 오로지 야구를 위한 야구를 한 것과 마찬가지로 오리배 세계시민연합 역시 자기들만의 세계를 찾아 여행하면 되는 것이다. 그들에겐 어디든지 갈 수 있는 오리배가 있다. 비록 퐁당퐁당 페달을 밟아야 하지만 우주선 아폴로 11호가 부럽지 않은 것은 그 때문이다.

5. 정크 예술가, 혹은 포스트모더니즘 소설가

박민규의 소설은 이중의 유산으로부터 출발한다. 그의 소설은 90년대 문학의 발랄하고 도발적인 전통에 힘입은 바 크다. 그러나 박민규에게는 80년대 문학에 대한 부채가 남다르게 작용하는 듯도 하다. 등단작

『삼미 슈퍼스타즈의 마지막 팬클럽』이나『지구영웅전설』을 생각해보면 답은 더욱 분명해진다. 늘 지기만 했던 80년대의 프로야구단과 미국식 영웅주의의 원천인 DC 코믹스의 애니메이션 주인공들을 제재로 택하고 있는 이 소설들은 때로 다소 직설적이다 싶을 정도로 사회과학적 상상력을 먼 원광으로 채택하고 있는 소설들이다. 그러나 어느 누가 그의 소설 형식에서 80년대 소설의 냄새를 맡을 수 있을까.「대왕오징어의 기습」에 그 과정이 잘 나타나 있듯이 그의 소설은 기본적으로 7, 80년대 만개한 소년잡지와 미국 대중문화에 대한 감수성을 소설 형식의 원천으로 채택하고 있다. 현실과 환상의 경계를 지우고 곧바로 환상을 현실 속으로 도입하는 방식이라든가 잦은 행갈이로 소설에 대한 몰입을 차단하고 소설이 언어로 이루어진 언어적 구조물에 다름아니라는 사실을 끊임없이 확인시키는 방식 등은 우리가 알고 있는 80년대적인 것과는 전혀 무관하다. 오히려 이러한 특징 등은 80년대 문학이 지우고 억압한 것들을 복원하는 과정에서 우리 소설이 주요한 흐름으로 채택한 가장 최신식의 형식적 충동이라고 할 만하다.

사정이 그러하다면 박민규의 소설은 우리 소설사의 새로운 단계라고 할 만하다. 그에겐 점점 더 개개인의 삶을 압박하는 사회 시스템을 자신이 선 자리의 언어로 새롭게 창조해내야 할 과제가 주어졌다. 그것은 어떤 의미에서는 90년대가 개발해놓은 소설 언어로 80년대의 문제의식으로 되돌아가야 한다는 듯한 인상을 주기도 한다. 그러나 소위 90년대의 언어와 80년대의 주제가 기계적으로 결합하는 방식은 얼마나 진부한 한편, 섬뜩할 것인가. 박민규의 독창성은 바로 이 기계적 결합의 진부한 섬뜩함을 넘어 우리 소설의 일대 갱신을 이룩하고 있다는 데 있다. 무엇보다도 그가 설파하고 있는 장애물 넘어서기의 전략이 이 결합을 생생한 현재적 관심사로 만들어놓고 있으며, 자기 세대의 문화적 경험에서 비롯된 살아 있는 문체가 그것에 구체성을 부여했다. 그는 진정말의 의미 그대로 우리 소설 전통의 창조적 재활용자라고 할 만하다. 그를 '정크 예술가'라고 부를 수 있는 것은 그 때문이다. 그는 소설의 폐차장에서 다양한 소설들의 부속품을 이리저리 갈아끼워 최신식 소설을 제조해내는 엔지니어에 가깝다. 뒤죽박죽, 얼렁뚱땅, 우리는 그의 소설을 통해 소위 포스트모던 소설미학의 가장 내면화된 최신 버전을 만나볼 수 있다. 그러나 너무 두려워할 필요는 없을 것 같다. 그에게 포스트모던은 당위지 선택사항이 아니기 때문이다. 80년대와 90년대를 흘려보내고 이제 21세기에 들어와 소설을 쓰려고 하는 자가 달리 무슨 대안이 있을 수 있겠는가. 자본주의는 점점 더 그 위세를 더하고 있고 어디에도 그 그물 바깥으로 나갈 방법은 도통 보이지 않는다. 이런 시대에도 여전히 예술적 열정을 발휘하고자 하는 기류가 있다면 우리는 그것을 포스트모더니즘이라고 부를 수도 있을 것이다. 그것은 그 자체로 우리 시대의 소설로 가는 하나의 통로이기도 하다. 박민규가 그 통로를 대로로 확장하리라는 데 이견이 없을 것이다. 우리가 그를 아끼는 이유는 바로 그것이다.

작가의 말

브라더, 브라더, 브라더

　예열된 오븐이 있다면, 또 계란과 설탕과 밀가루가 있다면 당신은 손쉽게 한 조각의 카스테라를 만들 수 있을 것이다. 그것은 기본이다. 들리는 얘기로는 아주 많은 사람들이 아주 많은 형태의 카스테라를 만들고, 먹어왔다고 한다(당연한 얘기겠지만). 즉 말하자면, 나는 당신이 아주 많은 그들 중의 한 명이기를 바라는 것이다.

　'카스테라'라면, 하고 당신은 생각할지 모른다. '카스테라'라면, 하고 내가 손쉽게 생각했듯이. 그러나 당신도 에디슨의 카스테라를 본다면 생각이 달라질 것이다. 나는 그것을 어떤 박물관의 귀퉁이에서 우연히 발견했다. 그것은 더없이 따뜻하고 밝은 빛을 발하는 진공의 유리구(球)였는데 – 뭐야 그건 전구잖아, 라고 말하겠지만 – 발명품의 아래에는 분명한 글씨의 카스테라, 1895년, 토마스 에디슨이란 문구가 적혀 있었다. 발명의 놀라움에 비해, 에디슨의 제작노트는 더없이 간단한 것이었다. 계란과 밀가루를 반죽한 후 빛이 나올 때까지 오븐에서 굽는다 – 인류를 위한 마음으로.

그것이 카스테라였다. 얘기를 전하자면, 가가린은 카스테라를 타고 비로소 지구의 대기권을 벗어날 수 있었다 하며, 지미 핸드릭스는 카스테라에 불을 붙여 그 소리로 한 장의 앨범을 만들었고, 이백(李白)은 물에 떠 있는 한 조각의 카스테라를 주우려다 삶을 마감했고, 제인 구달은 침팬지와 인간을 연결하는 카스테라 카누를 만들었으며, 마더 테레사는 스스로 거대한 카스테라의 산(山)이 되었다 하며, 이를테면 체 게바라는 누구보다도 카스테라의 등분에 관한 해박한 지식의 소유자였다고 한다.

가게에서 팔잖아.

팔지 않는 카스테라는 없다고, 당신은 생각할 것이다. 살 수 없는 카스테라는 없다고, 예전에 내가 생각했듯이. 결국 나는, 이 시시한 논리를 시시하게 만드는 유일한 방법이 – 한 조각의 카스테라를 스스로 만들어보는 일이라고 생각했다. 말하자면 계란과 밀가루를 반죽해 빛이 나올 때까지 – 하다못해, 자기 자신을 위해서라도.

노력 여하에 따라, 우리의 지구는 전구(電球)가 될 수도 있다.

그것 봐, 전구잖아.

오븐은 언제나 예열되어 있다. 세계의 재료도 언제나 당신의 주변에 쌓여 있다. 결국 이 많은 물질과 물질과 물질과 물질과 물질과 물질과 물질과 물질과 물질과 물질과 물질 들을 당신은 어떻게 리믹스 할 것인가, 관건은 그것이라고 생각한다. 가게에서 팔잖아, 사면 되잖아. 그 논리로 버티기에는 그만 지구의 시간이 너무도 진척되어버렸다 (차라리 돈이 다라면 얼마나 좋을까). 오래된 오븐의 바닥에서 새나오는 빛 – 그만 환하다, 환해버린다(그것 봐, 전구라니까).

모든 사람은 별이다. 슬라이 앤 패밀리 스톤은 그런 노래를 불렀다. 지난 7일 밤 나는 〈플라넷 라디오스〉에 남몰래 그 곡을 신청했다. 돌고래가 날 울려요. 마틴 조셉은 그런 노래를 불렀는데 그 곡을 신청한 것은 지난달 29일이었다. 29일에도 7일에도, 아무리 기다려도 노래는 나오지 않았다. 브라더 브라더 브라더, 나는 대신 마빈 게이의 〈무슨 일이 되풀이되고 있는가(What' s going on)?〉를 되풀이해서 들었다. 마빈 게이의 목소리는, 곤혹스러울 정도로 돌고래와 흡사했다.

지난달 11일에는 가까스로 지름 880미터의 달을 만들 수 있었다(플스2의 괴혼, 굴려라 왕자님 얘기다). 만들고 보니 – 그것은 대개 물질과 물질과 물질과 물질과 물질과 물질과 물질과 물질과 물질과 물질과 물질과 물질과 물질 들을 결합한 것이었다. 이것도 카스테라였군. 아마존 강에 산다는 분홍 돌고래처럼, 나는 이마 속으로 중얼거렸다.

이 책은 지미 핸드릭스의 데뷔앨범 〈너 해봤니(Are you experienced)?〉와 같은 열 개의 트랙으로 구성되어 있다. 너 해봤니 라니, 언제 들어도 멋진 말이 아닐 수 없다.

대부분의 단편들은 가까운 이들에게 주는 선물로 씌어졌다. 〈카스테라〉는 아내에게, 〈고마워, 과연 너구리야〉는 무규칙 이종 예술가 김형태 형에게, 〈그렇습니까? 기린입니다〉는 연극배우 박상종 형께, 〈몰라 몰라, 개복치라니〉는 기타리스트 신윤철씨에게, 〈아, 하세요 펠리컨〉은 고건축 사진가 박근재 형께, 〈대왕오징어의 기습〉은 미스터리 아티스트 조경규에게, 〈야쿠르트 아줌마〉는 소설가 남정욱 형께, 〈갑을고시원 체류기〉는 사진작가 강세철 형에게 주려고 쓴 것이다.

이십대는 기숙(寄宿)의 연속이었다. 원동오, 김양규, 박정우 형이 없었더라면, 형철이와 원우, 채관이와 원섭이, 경민이와 병권이가 없었더라면, 또 그 밖의 모든 이들이 없었더라면 – 나는 무사히 이십대를 지나올 수 없었을 것이다. 나는 결국, 모두의 도움으로 살아온 인간이다. 그 모두에게, 감사한다.

결국 인간이 없었다면, 나는 소설 같은 건 쓸 생각도 하지 않았을 것이다.

같은 이유로, 이 한 조각의 빵을 당신에게 바친다. 아니 바친다기보다는, 당신의 냉장실 중앙에 조용히 내려놓았으면 한다. 겨우 한 조각의 빵을 만들었다. 더 열심히 쓰겠다.

첫 소설집이다. 브라더 브라더 브라더, 돌고래처럼 흥얼거리며 나는 계란과 밀가루를 다시 반죽하기 시작한다. 둘러보면 여전히 물질과 물질과 물질과 물질과 물질과 물질과 물질과 물질과 물질과 물질과 물질과 물질 들로 이뤄진 세계지만, 지구라는 오븐은 실은 언제나 우리를 위해 예열되어 있다. 들리는 얘기로도

아주 많은 사람들이 아주 많은 형태의 카스테라를 만들고, 먹어왔다고 한다(당연한 얘기라니까).

도와준 모든 분들께 감사드린다.

이천오년 여름
박민규

문학동네 소설집
카스테라
ⓒ 박민규 2005

1판 1쇄 │ 2005년 6월 9일
1판 41쇄 │ 2023년 11월 24일

지은이 박민규
책임편집 조연주 김송은
저작권 박지영 형소진 최은진 서연주 오서영
마케팅 정민호 서지화 한민아 이민경 안남영 왕지경 황승현 김혜원 김하연 김예진
브랜딩 함유지 함근아 고보미 박민재 김희숙 박다솔 조다현 정승민 배진성
제작 강신은 김동욱 이순호 │ 제작처 한영문화사

펴낸곳 (주)문학동네 │ 펴낸이 김소영
출판등록 1993년 10월 22일 제2003-000045호
주소 10881 경기도 파주시 회동길 210
전자우편 editor@munhak.com │ 대표전화 031)955-8888 │ 팩스 031)955-8855
문의전화 031) 955-3576(마케팅) 031) 955-8864(편집)
문학동네카페 http://cafe.naver.com/mhdn
인스타그램 @munhakdongne │ 트위터 @munhakdongne
북클럽문학동네 http://bookclubmunhak.com

ISBN 89-8281-992-4 03810

잘못된 책은 구입하신 서점에서 교환해드립니다.
기타 교환 문의: 031) 955-2661, 3580

www.munhak.com